Eva Klingler / Wolfgang Wegner

Eine Frage der Moral

Margarete Reinhardt, eine Rotlichtkarriere

Eva Klingler
Wolfgang Wegner

Eine Frage der Moral

Margarete Reinhardt, eine Rotlichtkarriere

Umschlaggestaltung: Jörg Schumacher, Casimir Katz Verlag
Druck: Stückle Druck und Verlag, Ettenheim
ISBN: 978-3-938047-81-1

Vorbemerkung: Wie uns ein Zufall zusammenführte

Autoren sind immer wieder auf der Suche nach spannenden Themen für Romane oder Sachbücher. Im Grunde läuft ein Schriftsteller immer zumindest gedanklich mit einem Notizbuch durch den Alltag. Man weiß ja nie.

Dieses (gedankliche) Notizbuch hatte Eva Klingler auf ihren Hundespaziergängen in dem Karlsruher Stadtteil Rüppurr aber nicht immer dabei. Jedenfalls hatte sie bereits mehrfach den Hinweis eines befreundeten Hundehalters und Betreibers eines Malergeschäftes überhört: „Schreib doch mal was über die Reinhardt!"

Reinhardt? Der Name sagte der zugezogenen Karlsruherin Eva zunächst nichts. Und Tipps und Anregungen, über wen oder was man schreiben sollte, bekommen gerade Krimiautoren zuhauf. Meistens sind es harmlose Geschichtchen, die einem da serviert werden – von keinem Interesse außer für den Betroffenen.

Doch irgendwann einmal hörte Eva dann doch genauer hin und fragte nach: „Wer war denn eigentlich diese Reinhardt?"

Die Antwort lautete:

„Eine Barbesitzerin. Ganz bekannte Rotlichtgröße in Karlsruhe. Hat Sexfilme gedreht und Falschgeld gedruckt. Über die müsste man mal was schreiben."

Noch immer war Evas Interesse mäßig. Wer würde sich für eine längst verstorbene Bardame interessieren? Doch ihre Neugierde war jetzt geweckt. Sie befand sich gerade zwischen zwei Schreibprojekten, hatte also etwas Zeit. Sie suchte zunächst im Internet nach dem Namen. Und wunderte sich, dass das weltweite Netz zwar den Namen Margarete Reinhardt kannte und die Suchmaschine auch Treffer lieferte, von denen sich jedoch keiner auf die „Rotlichtgröße" bezog.

Der nächste logische Weg führte Eva ins Stadtarchiv Karlsruhe, eine Institution, wo sie durchaus schon öfters war. An diesem Ort des „Gedächtnisses der Stadt" würde sich doch bestimmt einiges an Informationen auftreiben lassen. Doch welch Erstaunen: Auch im Stadtarchiv fand sich so gut wie nichts über diese doch angeblich so bekannte Dame. Über diese Tatsache werden wir später noch mehr berichten.

So eine erste Enttäuschung bei der Recherche kommt im Autorenleben häufig vor, und im Normalfall gibt es jetzt zwei Möglichkeiten: Die Neugierde ist entfesselt, und der Autor beginnt jetzt erst recht zu recherchieren, oder man sieht die langwierige Mühsal, die auf einen zukommt und gibt lieber gleich auf. Wer weiß, ob sich für diesen Stoff überhaupt ein Verlag finden würde. Biographien schreibt man doch über Künstlerinnen, Politikerinnen, Weltverbesserinnen oder tapfere Widerstandskämpferinnen, aber nicht über Damen aus dem horizontalen Gewerbe …

Für welchen Weg sich Eva für sich selbst entschieden hätte, wissen wir heute nicht mehr. Denn nun begegnete sie ihrem langjährigen Kollegen Wolfgang Wegner! Und dadurch ergab sich eine neue Perspektive.

Wolfgang hatte sich 2018 intensiv mit den „dunklen Seiten" Karlsruhes beschäftigt und darüber ein Buch geschrieben. Bei seinen Recherchen kam er natürlich um die Altstadt der ehemaligen Badischen Residenz nicht herum, in der sich schon jeher das Vergnügungsviertel befand. Dabei war er auf den Namen Margarete Reinhardt gestoßen und hatte auch einen Artikel über ihr Leben gefunden. Wolfgang wurde neugierig. Lag da vielleicht ein spannender Romanstoff vergraben?

Doch zunächst mussten andere Projekte fertig gestellt werden, und das Vorhaben blieb als Idee erst einmal in der Schublade. Ganz verschwunden war sie nie. Dann schien ein flüchtiger Blick in eines der sozialen Netzwerke das Vorhaben mit einem Schlag sowieso zunichte zu machen.

Denn Eva hatte in einem Karlsruhe-Forum gefragt, ob jemand Näheres über Margarete Reinhardt wisse.

Wolfgang traute seinen Augen nicht. Das durfte doch nicht wahr sein! Die langjährige Autorenkollegin Eva Klingler, die Wolfgang seit einer gemeinsamen Radiosendung kannte, arbeitete doch tatsächlich an der gleichen Idee. Und sie war offensichtlich schon mitten drin in den Recherchen. Oder vielleicht doch nicht? Wolfgang tippte eine Nachricht: „Hallo Eva, planst du ein Buch über Margarete Reinhardt?"

„Ja, und über ihr Milieu. Aber wir könnten doch was zusammen machen. Dokumentarisch und fiktiv."

„Klingt interessant – wenn du dir das vorstellen kannst."

Das ist unsere Originalkonversation vom August 2018. Und der Beginn einer schönen Zusammenarbeit. Von da an ließ uns die Geschichte nicht mehr los, kostete uns viele Stunden in Evas kleinem Arbeitszimmer, viele gegenseitige Telefonate zu später Stunde, und machte uns zu Detektiven.

Kapitel 1

Wie schön wäre es gewesen, wenn Margarete Reinhardt, die zwanzig Jahre lang in Karlsruhe für die Sünde verantwortlich war, in einer trostlosen Arbeitersiedlung in Mannheim oder gar Gelsenkirchen geboren wäre. Da würde alles passen: kleine Wohnungen, endlos verschachtelte Hinterhöfe, kein Licht, keine Sonne und prekäre Familienverhältnisse. Deshalb ein vorgezeichneter Lebensweg.

Doch Margarete Reinhardt machte es uns niemals leicht. Schon bei ihrer Geburt nicht. Denn sie erblickte das Licht in der fränkisch-katholischen Welt in Bibergau! Ja, richtig gelesen: Bibergau. Heute Stadt Dettelbach.

Zwei Ortsnamen, von denen wir bisher noch nie gehört hatten. Provinz? Na klar, aber es gibt auch nette Provinz und dazu gehört die Gegend um Würzburg. Sogar Touristen verirren sich dorthin, denn es führen heute die A3 und die A7 an dem Ort vorbei – ein Abstecher für Leute, die kleine historisch gewachsene Dörfer mögen, also jederzeit möglich. Doch dem Bibergau von heute galt nicht unser vorrangiges Interesse.

Wir wollten vielmehr wissen: In was für eine Welt wurde Margarete Hesselbach später Reinhardt eigentlich hineingeboren und wie ist sie geworden, was sie war? Und wir fragten uns, wieviel Bibergau noch in der älteren pummeligen Barbesitzerin steckte, die sich in ihrem legendären „Reich", dem *Passage-Palast* in Karlsruhe, vor allen Gästen genüsslich die Finger abschleckte nach einem traditionellen Gericht ihrer Heimat: breite Nudeln mit Zucker.

Das Dorf

„Bibergau. Stadt Dettelbach": Das ist heute ein Dorf mit 650 Einwohnern, in dem das Bergfest des Musikvereins am Ende der Sommerferien einen der kulturellen Höhepunkte des Jahres bildet. Ein Dorf, das sich heute nicht von Tausenden ähnlicher Dörfer in Deutschland unterscheidet.

Wir versuchten uns vorzustellen, welchen Anblick Bibergau zu Beginn des 20. Jahrhunderts, als Margarete geboren wurde, abgegeben haben mochte. Gab es befestigte Straßen? Wohl eher nicht. Auch die Straßenbeleuchtung wird eher spärlich gewesen sein und eine Kanalisation wurde erst in den 1930er Jahren gebaut.

Dennoch ist Bibergau ein geschichtsträchtiger Ort. Das Dorf entstand offenbar durch die fränkische Eroberung der Gegend im 8. und 9. Jahrhundert. Anders als die meisten Dörfer dieser Größenordnung hat Bibergau sogar ein Schloss aufzuweisen. Das Gebäude am Rande der Ortschaft geht auf einen Vorgängerbau des 16. Jahrhunderts zurück. Häufig wechselte es den Besitzer, bis es 1746 an die Universität Würzburg fiel. Der Gutsbesitzer und Reichsrat Oskar von Deuster kaufte es im 19. Jahrhundert, und auch heute noch ist es in Privatbesitz.

Hier also, in der fränkischen Provinz, wuchs jene Frau auf, die später zur „Rotlichtkönigin" Karlsruhes werden sollte.

Margarete Hesselbach erblickte am 4. April 1909 unter dramatischen Umständen das Licht der Welt, denn ihre Mutter überlebte die Geburt ihres siebten Kindes nicht. In der damaligen Zeit war dies keine Seltenheit und doch für jede Familie ein ganz eigenes Schicksal. Für das Kind Margarete mag der Gedanke, indirekt für den Tod der Mutter verantwortlich zu sein, prägend gewesen sein. Hat sie sich schuldig gefühlt? Immerhin erzählte man uns, sie habe lange das Grab der Mutter finanziell erhalten, obwohl sie sie nie kennengelernt hat. Ein letztes Band zwischen Mutter und Tochter. Auch kann man sich gut vorstellen, dass sie gegenüber ihren Geschwistern das Gefühl gehabt hat, „irgendwie anders" zu sein.

Wir wissen bis heute wenig über die ersten zwanzig Jahre im Leben der Margarete, die von allen in der Familie Gretl gerufen wurde.

Ihr Mädchenname Hesselbach ist im Fränkischen und Hessischen als Familienname keineswegs selten und existiert auch als Ortsname. Etwa im Hessisch-Badisch-Bayerischen Grenzgebiet. Da Margarete sieben überlebende Geschwister hatte, ist der Name auch heute noch in der Gegend, etwa in Rottendorf, präsent. Erstaunlich erschien uns damals in diesem Zusammenhang, dass ein Altbürgermeister, der von 1982 bis 2012 in der Gemeinde gewirkt hat, den Namen Hesselbach nie gehört haben wollte. 1985, also mitten in seiner Amtszeit, verstarb Margarete und wurde im Nachbarort Rottendorf im Familiengrab bestattet. Margaretes Neffe, ein gut vernetzter Lokalpolitiker gleichen Familiennamens, hatte eine Führung durch Bibergau, dem „Stammsitz" der Hesselbachs, mit nämlichem Bürgermeister mitgemacht und den Herrn auch auf das Grab angesprochen. Warum behauptete der ehemalige Bürgermeister also uns gegenüber, der Name sei ihm gänzlich unbekannt?

Dies war nur eine von vielen Fragen, die unsere Recherchen im Laufe der Zeit aufwarfen.

Wir hatten uns jedenfalls ein ganz anderes Bild von Margaretes Herkunft gemacht. Hatten uns ein soziales Umfeld vorgestellt, das sie auf das Milieu vorbereitete, in dem sie dann so erfolgreich werden sollte. Und waren erstaunt. Sie wurde in eher bourgeoise, ja biedere Verhältnisse hineingeboren, die keinen Hinweis auf eine spätere unbürgerliche Karriere erahnen ließen. Schon der Großvater Hesselbach, ein Wanderschäfer, der offenbar zielstrebig sesshaft wurde, ließ einen Hang zum sozialen Aufstieg erahnen. Hat Margarete ihren Freiheitswillen von ihm geerbt? Auch Margaretes Vater beschritt einen geraden Weg. Er heiratete Elisabeth Krönert, eine Bauerstochter aus Horhausen. Die Hochzeit fand im Heimatort der Braut statt. Die Eltern werden die Hochzeit ausgerichtet haben. Gut möglich, dass Elisabeth eine üppige Mitgift in die Ehe gebracht hat. Und auf diese Mitgift könnte sich Margarete bezogen haben, wenn sie sagt, das Erbe mütterlicherseits sei durchgebracht worden (*KiK*, Heft 1, 1980). Sie habe das als 18-Jährige bemerkt. Rechnet man nach, wäre ihr diese Erkenntnis im Jahr 1927 gekommen. Kein gutes Jahr, wirtschaftlich gesehen.

Was auch immer sich hinter dieser Behauptung verbergen mag, wird wohl ein Familiengeheimnis bleiben.

Margaretes Vater Valentin Hesselbach war ein Beamter der Königlich Bayerischen Staatseisenbahnen, denen 1918 das Attribut Königlich geraubt wurde und die 1920 Teil der Deutschen Reichsbahn wurden. Auch Gretels Brüder ergriffen bürgerliche Berufe: Zwei gingen ebenfalls zur Bahn, ein anderer arbeitete bei der Krankenkasse. Alles damals respektable Positionen. Über die Berufe der Schwestern konnten wir nichts in Erfahrung bringen. Wenn sie aber dem traditionellen Rollenbild der frühen Jahrzehnte des 20. Jahrhunderts gefolgt sind, so werden sie zunächst Hausfrauen und Mütter geworden sein. Im Falle der älteren Schwester Marie wissen wir, dass Margarete auf ihrer Hochzeit anwesend war, denn sie ist auf einem Foto im Kreis der großen Familie zu sehen. Sie steht zwischen ihrem Vater und ihrer Stiefmutter in der obersten Reihe. Ordentlich gekleidet und korrekt frisiert im Stil der Zeit. Das Foto muss in den zwanziger Jahren aufgenommen sein. Es zeigt uns eine nicht besonders hübsche, ja fast maskuline Gestalt mit trotzigem oder mürrischem Gesichtsausdruck – so genau lässt sich dies auf dem gestellten Foto nicht erkennen. Spätere Fotos von Margarete belegen oder widerlegen diesen Eindruck – eine Ambivalenz, die sich durch ihr ganzes Leben ziehen wird.

Zurück zur Familiengeschichte: Im Jahre 1912 heiratete Margaretes Vater erneut. Mit seiner zweiten Frau Theresia hatte er noch einmal zwei Kinder: Margaretes Halbschwester Helene (1914) sowie Halbbruder Willy (1916).

Von dieser Heirat mit einem Mann mit sieben Kindern wohl überfordert, konnte die neue Mutter zunächst die Kinderschar kaum angemessen betreuen. So soll Margarete vorübergehend in einem Kinderheim gelandet sein. Sie müsste damals etwa drei Jahre alt gewesen sein. Vielleicht hatte ihr Vater das Mädchen auch unbewusst für den Tod seiner ersten Frau verantwortlich gemacht und sie loswerden wollen. Und Margarete mag sich die Erfahrung des, wenn auch nur kurzen Heimaufenthalts als Erinnerung eingeprägt haben. Später, so wurde uns berichtet, habe sich die als herzensgut beschriebene Stiefmutter Theresia aber durchaus liebevoll um ihre Stieftochter gekümmert. Ob die überlieferte Geschichte mit dem Heim stimmt, wissen wir allerdings nicht mit Bestimmtheit.

Insgesamt waren aber Gretels erste Jahre sicherlich kein idealer Start in ein behütetes Leben. Margaretes Stiefmutter war wohl wirklich eine warmherzige Frau, doch mit neun Kindern mag sie alle Hände voll zu tun gehabt haben und hat sich wahrscheinlich nicht intensiv mit Margarete beschäftigt. Vielleicht war das Mädchen ein Wildfang, vielleicht hat sie früh ihre Wirkung auf Männer ausprobiert. Wie auch immer, Margarete hat gewiss die Wärme und liebevolle Steuerung der eigenen Mutter vermisst. Doch schien uns dies als Erklärung, warum sie einen ganz anderen Lebensweg als die Geschwister nahm, nicht ausreichend. Wir mussten uns immer wieder selbst verdeutlichen: Margaretes Jugend verlief in einem katholischen Milieu auf dem Land in Bayern. Dort waren die Spielräume für junge Mädchen und ihre Lebensgestaltung nicht besonders groß. Einen interessanten Hinweis gab uns wieder Robert Hesselbach, ihr Neffe. Über der Tür des Klassenzimmers bei Lehrer Schmitt in der Volksschule, die Margarete besuchte, soll der Spruch „Ich will" gestanden haben. Dies, so ihr Onkel Willy, sei wohl ihr Lebensmotto geworden.

Die Politik griff indessen schon früh in Margaretes Leben ein: 1915 musste sie als Sechsjährige erleben, wie ihr ältester Bruder im 1. Weltkrieg fiel. Wir, die wir heute aus Kleinfamilien stammen, müssen uns weiterhin unter Margaretes Familie ein lebendiges Miteinander von Kindern verschiedener Altersstufen vorstellen. Doch vieles sprach dafür, dass sie zu ihren Geschwistern ein gutes Verhältnis hatte. Auch in ihren späteren Lebensphasen waren immer wieder Verwandte in ihrer Nähe oder besuchten sie. So war Willy Hesselbach durch seine Krankheit Multiple Sklerose schon 1958 Frührentner. An Weihnachten hat seine Halbschwester ihm deshalb gelegentlich kleine finanzielle Zuwendungen gemacht: mal 20, mal 50 Mark. Große Summen hat sie indes niemals in ihrer Heimat „liegenlassen". Es scheint so, als habe Margarete ein durchaus vernunftorientiertes Verhältnis zum Geld gehabt. Zumindest, bis sie die Filmleidenschaft ergriff … dazu später mehr.

Noch eine Anmerkung zur beruflichen Situation von Margaretes Vater: Wie für viele andere auch, boten die Bayerischen Staatsbahnen für den Haushaltsvorstand die Möglichkeit, eine Arbeit zu finden, die nicht von Ernteerfolg und Marktpreisen abhing, sondern gesichert und für die Familie ausreichend war. In den ersten Jahren lief er an jedem Arbeitstag von Bibergau nach Rottendorf und zurück – fast drei Stunden war er unterwegs. Kein Wunder, dass seine zweite Frau Theresia darauf drängte, den Familienwohnsitz zu verlegen. So stand auch für Margarete ein Umzug an. Es war nicht der letzte in ihrem Leben und sicher nicht der wichtigste. Aber er führte sie in der gesellschaftlichen Pyramide ein Stückchen höher.

Ein erster Schritt hinaus

Wer im bürgerlichen Milieu vorankommen wollte, konnte dies sowieso schwerlich im dörflichen Bibergau erreichen, sondern es bot sich als Wohnort das nur wenige Kilometer entfernte Rottendorf an. Dieser Ort war zunächst auch nur ein Dorf gewesen. Doch mit dem Bau der so genannten Ludwigs-Westbahn von Bamberg über Schweinfurt und Würzburg bis nach Hanau kam der wirtschaftliche Aufschwung: Rottendorf lag an der Strecke, 1854 wurde ein Bahnhof gebaut und ab 1865 zweigte dort die Verbindung nach Nürnberg ab. Immer mehr Personal wurde benötigt, die Bevölkerungszahl wuchs von 730 im Jahre 1840 auf 1.140 im Jahre 1895. Außerhalb des Ortskernes wurden neue Bauflächen erschlossen und Rottendorf entwickelte sich zu einem regelrechten Eisenbahnerdorf.

Die Familie zog es also von Bibergau in dieses deutlich größere Rottendorf. Zunächst lebte man in Miete. 1921, als Margarete 12 Jahre alt war, konnte das eigene Haus in der neuen Heimat bezogen werden. Vermutlich ein Haus, das von der Bahn für die Mitarbeiter gestellt wurde.

In Rottendorf hatte Margarete gewiss auch erstmals Gelegenheit, die Luft einer größeren Ortschaft und sogar die der nahe gelegenen Stadt Würzburg zu schnuppern. Einem lebenslustigen und nicht immer angepassten jungen Mädchen, und als solches können wir uns Margarete durchaus denken, mochte die Nähe zur Großstadt Würzburg mit ihren Gaststätten als prickelnd erschienen sein.

Dort etwa gab es seit 1920 das *Central-Hotel,* zu dem eine Reihe von Vergnügungsstätten gehörte. Die dortige Kleinkunstbühne, das *Central-Café,* entwickelte sich in den weiteren zwanziger Jahren zu einer sehr bekannten Spielstätte. Dennoch wird es wohl kein selbstverständlicher Aufenthaltsort für ein junges Mädchen gewesen sein.

Beispiele, wie man als durchschnittliche Frau lebte oder vielmehr leben sollte, hatte Margarete natürlich ausreichend in ihrer eigenen Familie vor Augen. Ihr Neffe schickte uns ja das davor erwähnte Foto, auf dem sie als Kind im Kreis der anderen Frauen bei der Hochzeit ihrer Schwester Maria zu sehen war. Der Bräutigam schon früh vom Habitus ein älterer Mann, bieder und provinziell. Ob ihr solch eine Ehe als erstrebenswert erschien, darf bezweifelt werden, denn sonst wäre sie gewiss nicht ihren eigenen, ganz anderen Weg gegangen. Und die Tatsache, dass ihre Mutter nach so vielen Kindern letztlich bei ihrer Geburt starb, kann kaum besonders förderlich für ihren Wunsch nach einem Ehemann und eigenen Kindern gewesen sein.

Was Margarete Hesselbach in den folgenden Jahren genau getan hat, wissen wir nicht, denn es ließen sich keine archivarischen Belege mehr finden.

1923 wird sie jedoch die Schule abgeschlossen haben, wie es für junge Mädchen üblich war. Die Familie betrieb keine Landwirtschaft mehr, sie konnte daher nicht so lange auf dem Hof helfen, bis sie einen Bauernburschen heiratete. Sie hätte natürlich einen Beruf erlernen können, doch viele Gelegenheiten hierzu gab es nicht. Vielleicht bekam sie nur ein wenig Unterricht in Hauswirtschaft und Kinderpflege, denn diese Ausbildung galt als sinnvolle Vorbereitung für das nahezu sichere Einlaufen in den Hafen der Ehe und dem Leben als Hausfrau und Mutter.

Noch etwas ist im Bereich des Möglichen: Margarete könnte als Bedienung oder Küchenhilfe in einer Gaststätte gearbeitet haben. In einem Telefonat erinnerte sich eine fast hundertjährige Schwester von Margarete: „Die Gretel konnte gut kochen!" Dass sich die alte Dame dies gemerkt hat, spricht dafür, dass sie Margarete hat kochen sehen oder dass man in der Familie von dieser Fähigkeit sprach. Dadurch wäre der Weg innerhalb des aufblühenden Bewirtungsgewerbes vorgezeichnet gewesen, denn in den zwanziger Jahren des 19. Jahrhunderts ging man zunehmend gerne auch mal „aus".

Goldene Zwanziger?

Die gerne als „golden" bezeichneten zwanziger Jahre hatten zu jenem Zeitpunkt, als Margarete mit vierzehn Jahren 1923 die Schule verließ, bereits Fahrt aufgenommen.

Da Margarete in einer Kleinstadt in überschaubaren kleinstbürgerlichen Verhältnissen lebte, wird sie von der überhitzten erotisierten Atmosphäre der Hauptstadt Berlin nicht viel, höchstens einen Wellenschlag, mitbekommen haben. Was sie aber gewiss spürte, war die Krise des Jahres 1923. Deutschland musste den auferlegten Zahlungen, die aus dem Ersten Weltkrieg entstanden waren, nachkommen und jetzt auch noch zusätzlich die Menschen im Ruhrgebiet in ihrem Widerstand gegen die französische Besetzung finanziell unterstützen. Mehr und mehr Geld wurde gedruckt, was ab dem Frühjahr 1923 zu einer „Hyperinflation" führte. Die Preise stiegen monatlich um mehr als die Hälfte, bis sie irrwitzige Höhen erreicht hatten. So kostete beispielsweise am 6. Juni in Berlin ein Pfund Margarine zwischen 7.600 und 9.600 Mark! Die Bürger verloren ihr Erspartes, bis der Spuk im November 1923 durch die Einführung der Rentenmark ein Ende hatte.

Doch der Schock saß tief. Alles Erworbene konnte also schnell verloren sein. Das sah Fräulein Hesselbach mit eigenen Augen und zog ihre ganz persönlichen Lehren daraus.

Auf Hunger und Armut hatte ein lebenslustiges und energiegeladenes Mädel wie Margarete nämlich keine Lust. Sie wollte aufregender leben als die kleinstädtischen Durchschnittsbürger, die sie kannte. Es galt nur, einen Weg dorthin zu finden, was nicht einfach war. Für den Normalbürger waren die ach so fortschrittlichen und wilden ausgehenden Zwanziger nicht unbedingt eine gute Zeit.

Den Bauern ging es schlecht, denn aus Polen, Dänemark und den Niederlanden erwuchs ihnen nun vermehrt Konkurrenz, und diese Tendenz schlug sich auch zum Kleinbürgertum durch. Die Mittelschicht war sowieso verunsichert durch den Ersten Weltkrieg und die gesellschaftlichen Folgen.

Wo war der Adel und wo waren die alten Werte geblieben? Die konservativ eingestellten Bürger der katholisch geprägten Kleinstädte, zumal in Bayern, fremdelten mit der Demokratie, die ihnen verordnet worden war. Die großen Städte und der dort um sich greifende Freigeist waren ihnen unheimlich. Krampfhaft lebte man auf dem Land so, wie in den Jahrhunderten zuvor und versuchte an den tradierten Werten festzuhalten.

Und in diesem engen und perspektivlosen Leben wird sich Margarete zunehmend unwohl gefühlt haben. Sie mag sich immer wieder gefragt haben: „Ist das mein Leben lang alles, was ich erreichen kann? Oder gibt es einen Platz, wo ich ein bisschen teilhaben kann am Luxus und der Lebensfreude der anderen?"

Nach dem Ende des Ersten Weltkrieges waren die Männer zurückgekehrt, wenn sie Glück hatten, heil. Und die machten sich daran, die bewährte Ordnung wiederherzustellen. Frauen zurück an den Herd, und die Gleichberechtigung machte Pause. Die jungen Kerle hockten in ihrer Freizeit in den Kneipen der Ortschaften und Kleinstädte rund um Würzburg, doch für junge Mädchen wie Margarete schickte sich das eigentlich nicht. Die meisten unverheirateten jungen Frauen waren Dienstmädchen und Mägde und damit strengen Benimmregeln unterworfen. Nicht nur waren sie ihren Dienstherren mehr oder weniger ausgeliefert und waren oftmals auch Opfer sexueller Übergriffe, sondern sie verdienten auch nicht viel.

Die schicke emanzipierte Sekretärin mit der eigenen Wohnung, dem frechen Bubikopf und den teuren Perlonstrümpfen war ein Berliner Phänomen, von dem man in der fränkischen Provinz nicht viel mitbekam.

Die jungen Frauen in Rottendorf spazierten vielmehr in Gruppen durch den Ort und trafen die gleichaltrigen Männer irgendwo zu kleinen Flirts. Volksfeste und kirchliche Feste boten Abwechslung, ebenso wie die damals beliebten Film-Vorführabende. Dazu wurden in den Sälen der Gaststätten oder in den Tanzlokalen einfache Vorführgeräte aufgestellt, und es flimmerten schwarz-weiße Dramen in den abgedunkelten Saal. Manchmal untermalte ein Klavierspieler das Spektakel mit dramatischen Klängen. Für Margarete war dies bestimmt die erste Begegnung mit einem Medium, das sie später faszinieren sollte und das letztendlich ihren Ruin herbeiführte.

Doch gesellschaftliche Veränderungen lassen sich niemals langfristig unterdrücken und so lugte die Moderne irgendwann auch in Rottendorf um die Ecke. Die ersten Flugzeuge veranstalteten Flugschauen; Männer mit Sporthauben lieferten sich Autorennen, und die neuen gewagten Tänze hießen *Shimmy* und *Boston*.

Doch das alles mag eher harmlos und provinziell gewesen sein. Ob man in Margaretes Kleinstadt überhaupt wusste, wie unerhört lasziv und bizarr es im fernen Berlin zuging? Wo die durch ihre Morphiumsucht dem Tod geweihte Anita Berber nackt ihre irren Inszenierungen präsentierte, wo die Kabarettistin Trude Hesterberg ihre sogenannte *Wilde Bühne* betrieb, wo smarte Gigolos in den Vergnügungsvierteln ihre willigen Opfer suchten. Ein irrwitziger, von gepantschtem Schnaps und Kokain befeuerter Tanz auf dem Vulkan fand hier statt. Eine Gratwanderung zwischen Selbstdarstellung, Josephine Baker, Bertold Brecht und dem Elend der Huren in den ärmeren Vierteln. Ein nur kurz aufgekochter Sud, in dem eine brutale Gangsterszene, die sich oftmals als Vereine mit biederen Namen wie *Immertreu* oder *Weiße Rose* tarnten, wunderbar gedeihen konnte. Diese berüchtigten Ringvereine beherrschten das Milieu.

Politisch bahnte sich im Hintergrund Ungutes an. Immer öfter kam es gegen Ende der zwanziger Jahre zu Straßenschlachten zwischen Anhängern der Nationalsozialisten und der Kommunisten. Das nie besonders gefestigte Weimarer System wankte. Die neue Ordnung hatte ohnehin wenig Unterstützung auf dem Land und in den Kleinstädten, in denen am Althergebrachten noch immer festgehalten wurde.

Und wem das Leben in der spießigen Beschaulichkeit nicht reichte, für den lockte auf jeden Fall die große Stadt mit mehr Glanz, mehr Freiheit, aber auch mit mehr Gefahren.

Doch der jungen Margarete Hesselbach schienen die Gefahren egal zu sein. Sie wollte ganz offensichtlich in die große Stadt – und wenn schon nicht nach Berlin, dann in eine andere Stadt. Warum nicht Stuttgart, wo sie bereits jemanden kannte. Nur raus. Egal wie!

Auf nach Stuttgart!

Im Oktober 1931 tauchte Margarete erstmals in Stuttgart auf. Wir wissen nicht, wo sie in den ersten beiden Jahren gewohnt hat. Und wir wissen vor allem nicht, warum sie sich entschied, ausgerechnet ins weit entfernte Stuttgart zu gehen, um Arbeit zu finden. Einen Hinweis gab uns ihre Familie: Margarete habe in Stuttgart eine gewisse Berta gekannt. Es wäre für uns ein unmögliches Unterfangen gewesen, diese Berta ohne einen Nachnamen in Akten und Adressbüchern ausfindig machen. Möglicherweise handelte es sich dabei um ein Mädchen aus Rottendorf, das bereits früher in Stuttgart sein Heil gesucht und gefunden hatte. Der Vorname ist im Verlauf unserer späteren Recherchen jedenfalls niemals mehr aufgetaucht.

Die Großstadt Stuttgart, das ist statistisch nachweisbar, erlebte in den dreißiger Jahren einen enormen Bevölkerungszuwachs. Eine Neubürgerin davon war Margarete Hesselbach. Arbeit im Vergnügungsgeschäft gab es genug.

Anfang der 30er Jahre zählte Stuttgart 400.000 Menschen. Und die wollten sich unterhalten und unterhalten werden. Nach Feierabend ging man nicht nach Hause, sondern es lockten Tanzcafés, Kabaretts und natürlich auch Nachtclubs mit erotischem Flair.

Die stärker werdende Mittelschicht der Angestellten verfügte über etwas Geld und wollte es ausgeben. Es war an schönen Nachmittagen schwierig, einen Platz in den Teestuben mit Außenbewirtung, den Weinstuben am See im Stadtgarten und den Kaffeehäusern zu ergattern, obwohl das Café am Hindenburgplatz 1.000 Gäste verköstigen konnte.

Nein, nicht nur in Berlin steppte der Bär. Josephine Baker verirrte sich durchaus auch in die sogenannte Provinz und tanzte vor jubelndem und gar nicht prüdem Publikum spärlich bis gar nicht bekleidet im Friedrichsbau. Stichwort: Bananenröckchen. Und im Publikum saßen immer mehr Frauen, die es sich leisten konnten. Sie waren schlank, trugen kurzes Haar und ebenso kurze Röcke. Sie tanzten Foxtrott oder Charleston.

Doch bei aller Liberalität und gewagten Auftritten im Kabarett – auch die erstarkende Bewegung der Nazis fühlte sich hier zu Hause. Noch waren die Braunhemden aber eine unterschätzte Gefahr.

1933 hielt Hitler eine wegweisende Rede in Stuttgart. Das perfekt durchorganisierte Turnfest lenkte ebenfalls den Blick auf die württembergische Stadt und zog viele Sympathisanten der noch jungen Naziregierung an.

Auch die meisten Männer in Margaretes Familie flirteten mit den Nationalsozialisten, wie uns der Neffe Robert Hesselbach freimütig schrieb. Ihre Brüder, allen voran Georg, der später in Bernau Im Landkreis Rosenheim lebte, waren fast alle den Rechten zugeneigt. Wie sie den späteren Lebenswandel ihrer Schwester wohl erlebt haben? Wir haben uns das oft gefragt: Da geht die Schwester alleine und unbeaufsichtigt nach Stuttgart und beginnt dort ein selbstbestimmtes Leben. Das kann im Grunde nicht in das Weltbild der katholisch-nationalkonservativ geprägten Hesselbachs gepasst haben. Und doch werden wir immer wieder sehen, dass Margarete trotz ihres gewagten Lebensstils keine Ausgestoßene in ihrer Familie war. Warum eigentlich nicht? Später werden wir eine mögliche Antwort darauf finden.

Stuttgart also! Die große Stadt .... Dort muss etwas geschehen sein, sie muss auf Menschen getroffen sein, die ihr Leben vollkommen veränderten. Denn bald schon wird das Mädel vom Lande als Musikerin in einer sogenannten „Zigeunerband" auftreten. Für den Spross einer Familie, in der es keinerlei nachweisbare künstlerische Begabung gab, ein erstaunlicher Schritt. Wir konnten diese Wandlung immer weniger begreifen, je länger wir uns mit ihrer kleinbürgerlichen Herkunft auseinandersetzten. Es gab nirgends den Hinweis auf eine Vorprägung in der Familie, die auf eine Neigung zum „Showbiz" schließen ließ.

Doch zunächst einmal beschäftigten wir uns damit, herauszufinden, wo Margarete denn in der ersten Zeit in Stuttgart gelebt hat. Wir erkundigten uns beim Stadtarchiv und fragten nach den Melderegistern. Gespannt warteten wir auf eine Antwort auf unsere E-Mail. Wir rechneten auch mit einer Enttäuschung, denn nach so langer Zeit könnten ebenso gut auch keine Unterlagen mehr vorhanden sein. Als dann die Nachricht im Postfach lag, trauten wir unseren Augen nicht: Keine Absage, im Gegenteil, eine Mitarbeiterin des Archivs hat sich sehr viel Mühe gemacht, gesucht und ist fündig geworden. In ihrer Mail listete sie Margaretes Adressen in Stuttgart auf.

Begeistert beugten wir uns über die Nachricht. Doch zu früh gefreut. Diese Antwort warf sofort neue Fragen auf. Nachdem sie die erste Zeit ohne nachweisbare Adresse gelebt hatte, wurde Margarete für uns erst am 04.04.1933 in der Hohenheimerstraße 54 greifbar. Und dann trauten wir unseren Augen kaum: Von da an zog sie bis Dezember 1938 neunmal um! Laut der Mitarbeiterin des Archivs ein höchst ungewöhnlicher Vorgang für eine junge Frau der damaligen Zeit.

Dazwischen gibt es eine kurze Phase zwischen Oktober 1933 und Juli 1934, in der Margarete nicht in Stuttgart gemeldet, sondern „auswärts" war – ein seltsamer Eintrag in einem Melderegister. Was mag die nun fünfundzwanzigjährige Gretl in dieser Zeit gemacht haben? Wir entwarfen verschiedene Hypothesen und wogen sie gegeneinander ab. Eine kurzzeitige Anstellung an einem anderen Ort schien genauso denkbar wie eine Gefängnisstrafe. Für letztere gibt es jedoch keine Hinweise in den Archiven des Frauengefängnisses Gotteszell (heute Justizvollzugsanstalt Schwäbisch-Gmünd). Zuerst fiel es uns nicht auf, aber zählt man die Monate nach, kommt man auf die Zahl neun. Unser nächster Verdacht mag gewagt erscheinen, wäre jedoch nicht untypisch für die Zeit gewesen: Margarete könnte als Hausmädchen gearbeitet haben und in diesen neun Monaten das Ergebnis eines Übergriffs seitens ihres Arbeitsgebers ausgetragen und das Kind dann zur Adoption freigegeben haben. Hausmädchen waren, wie gesagt, nicht selten „Freiwild" für die Herren des Hauses. Das würde auch erklären, warum ihre Geschwister nichts von einem Missbrauch und einem Kind wussten. Margarete lebte jetzt in einer anderen Stadt und damit in einer anderen Welt. Sogar das Telefon war noch ein seltener Luxus. Damals schrieb man sich noch Briefe, in langen Abständen vielleicht. Ein pikantes Geheimnis konnte so leicht verborgen bleiben. Blieb es für immer ihr Geheimnis? Wir werden sehen, dass Margarete vielleicht doch irgendwann einen Zipfel des Schleiers lüftet, den sie über diese Zeit in ihrem Leben gehüllt hat.

Erstaunt beugten wir uns immer wieder über den Ausdruck der Mail aus dem Stuttgarter Stadtarchiv und fragten uns: Wie kann jemand in relativ kurzer Zeit seine Wohnung so oft wechseln? Jeder weiß, dass ein Umzug kein Sonntagsausflug ist und auch in den dreißiger Jahren nicht war. Niemand tut sich das freiwillig an. Auch wenn unsere Hypothese vom Hausmädchen nicht stimmen sollte, wäre es möglich, dass Margarete vielleicht nur sehr wenige persönliche Sachen hatte und jedes Mal möbliert wohnte. Aber immer nur so kurze Zeit? Nein, diese Erklärungen stellten uns nicht zufrieden. Auch wenn dies so gewesen wäre, ergab sich die Frage, warum sie es in keiner Wohnung lange ausgehalten hat; in der Wagnerstraße 7 etwa gerade mal etwas mehr als einen Monat.

Wir stellten eine neue Hypothese auf: Vielleicht waren es keine tatsächlichen Wohnungswechsel, sondern nur Ummeldungen als eine Art Verschleierungstaktik. Aber wenn diese Annahme richtig sein sollte, ergibt sich die Frage, vor wem Margarete ihre Adresse verschleiern wollte oder musste.

Natürlich fragten wir uns, was Margarete in Stuttgart überhaupt getan hat. Für die Zeit nach 1933 lag uns der „Meldebogen auf Grund des Gesetzes zur Befreiung von Nationalsozialismus und Militarismus vom 05.03.1946" vor, kurz: der Entnazifizierungsbogen, den jeder deutsche Erwachsene ausfüllen musste. Wir werden uns mit ihm noch ausführlicher beschäftigen. Margarete gibt in diesem Dokument für das Jahr 1934 an, als Bedienung gearbeitet zu haben. Das klingt zwar unverfänglich, doch war Kellnerin ein Beruf, in welchem damals gelegentlich der Übergang zur Prostitution fließend war. In verschiedenen sozialhistorischen Untersuchungen jener Zeit wird die Zahl der Prostituierten, die zuvor als Bedienungen gearbeitet haben, mindestens um die 20 Prozent angegeben. Und so drängte sich erneut ein Verdacht auf, den wir schon zu Beginn unserer Recherchen hatten: Margarete Hesselbach aus Bibergau ist bereits lange vor ihrer Karlsruher Zeit im Rotlichtmilieu zuhause gewesen. Ein Verdacht, der sich kurz darauf erhärten sollte.

Mittlerweile hatten wir nämlich per E-Mail Kontakt zu einer jungen Wissenschaftlerin der Universität Heidelberg, Mirjam Schnorr, aufgenommen, die sich in ihrem Dissertationsprojekt „Prostituierte und Zuhälter im Dritten Reich" auch mit dem Stuttgarter Milieu in jener Zeit beschäftigte. Schon einer der ersten Sätze ihrer Antwort schlug bei uns ein wie ein Blitz: „Die Polizei in Stuttgart meldete z.B. 1924, dass alle Prostituierten in Stuttgart in der Klosterstraße Wohnung zu nehmen hatten". Margaretes zweite Wohnadresse war die Klosterstraße 12; weiterhin war sie dreimal in der Klosterstraße 11 gemeldet. Wir erfuhren weiter, dass auch nach Verabschiedung des Gesetzes zur Bekämpfung der Geschlechtskrankheiten im Jahr 1927 und dem Kasernierungsverbot der Prostitution in einzelnen Straßenzügen oder Bordellgassen immer noch Beschwerden zu finden seien, dass dennoch die „alten Dirnenquartiere" in der Klosterstraße weiter von Prostituierten bewohnt würden.

Eine Präsidialverfügung in Stuttgart von 1931 bestimmte, dass in der Nähe der Leonhardskirche, genauer gesagt in den der Kirche nahe gelegenen Straßen, das Treiben näher zu beobachten sei. Zu diesen Straßen gehört die Wagnerstraße: In den Nummern 7 und 17 war Margarete gemeldet. Nachweislich ab 1940 existierte in der Nummer 17 ein Bordell.

Natürlich ist dies kein letztendlicher Beweis, aber es scheint doch sehr viel dafür zu sprechen, dass jemand, der in der 1930er Jahren im Altstadtgebiet Stuttgarts wohnte, zumindest Berührungspunkte zum Milieu hatte. Ein weiterer Hinweis ist der hohe Grad an Mobilität, den Mirjam Schnorr bei sehr vielen in ihrer Arbeit betrachteten Frauen beobachten konnte. Und nun wird auch klar, warum sich Margarete erst 1933 offiziell anmeldete: Seit März des Jahres galt neuerdings eine Meldepflicht für Prostituierte!

Auch Margaretes Neffe Robert Hesselbach, für uns eine wichtige Quelle zur Vergangenheit seiner Tante, bestätigte uns: „Gretel war in Stuttgart eine bekannte Größe in ihrem Metier und hat hier den Grundstein zu ihrem Vermögen gelegt."

Wir werden später auf diesen Punkt noch näher eingehen, doch offenbar fuhr Margarete in jenen Jahren schon mit dem Auto, einem Opel, umher. Eine Sensation.

In ihren ersten Stuttgarter Jahren muss Margarete Hesselbach auf jenen Mann gestoßen sein, der ein Schlüssel zu ihrer weiteren geheimnisvollen Geschichte ist: Gabriel Reinhardt.

Gabriel, der Geiger

Der Sinto Gabriel Reinhardt wurde 1913 in Marbach in eine sogenannte „reinrassige" Familie hineingeboren, die von der Musik lebte. Wie in diesen Musikerdynastien üblich, bildete ihn sein Vater an der Violine aus. Eine schulische Ausbildung zum Musiker erhielt Gabriel aber offenbar nicht. Schon früh stand er auf der Bühne und tourte durch Deutschland. So trat er in den Jahren 1932 bis 1936 wohl in der Sinti-Kapelle Lehmann auf. Die schmissige Band hörte man zwischen Mai 1932 bis August 1936 etwa beim Zirkus Joh. Walter. Danach war Gabriel eigenen Angaben zufolge arbeitslos. Außerdem hatte der Geiger Engagements bei den Reichssendern in Stuttgart, Nürnberg und Frankfurt. Zeitweise spielte Gabriel mit seinem älteren Bruder Josef (1903–1981) in der Kapelle Reinhardt/Eckstein, gemeinsam traten sie in Hagen, Ulm oder Würzburg auf. In einem Schreiben der Polizeidirektion Memel (Ostpreußen) an die Reichskulturkammer in Stuttgart ist davon die Rede, dass sich Gabriel nicht in der Kapelle seines Bruder Alberty befinde, wie offenbar vermutet wurde.

Es war für uns fast unmöglich, die einzelnen Sinti-Kapellen und -Ensembles auseinanderzuhalten und ihren Weg nachzuverfolgen, zu oft wechselten wohl ähnlich klingende Namen und Besetzung. Daher konnten wir den beruflichen Werdegang Gabriels nicht vollständig rekonstruieren.

Was wir jedoch wissen, ist, dass die Brüder Josef und Gabriel 1934 in die Reichsmusikkammer (RMK) aufgenommen wurden. Diese berufsständische Zwangsorganisation war Teil der von Josef Goebbels 1933 gegründeten Reichskulturkammer. Ihre fragwürdige Aufgabe war, die „deutsche" Musik zu schützen und von „entarteten" Elementen zu befreien. Umso erstaunlicher ist vor diesem Hintergrund die Aufnahme der beiden Sinti in diese Organisation.

Jedoch ließ die Gegenreaktion nicht lange auf sich warten: Die Landesleitung Stuttgart der RMK wandte sich im August 1936 nach Berlin. Man schrieb, die „Zigeunermusiker seien dauernd unterwegs und nie zu erreichen. Bei einer musikalischen Tätigkeit konnten sie noch nicht angetroffen werden, sondern lediglich beim Hausieren mit Instrumenten." Zudem seien sie mit den Mitgliedsbeiträgen im Verzug (Zitat nach Wuttke 2014, S. 138).

Im September 1936 erfolgte dann der Ausschluss der Brüder, „da sie überwiegend auf einem nicht zum Zuständigkeitsgebiet der RMK tätig seien" (Zitat nach Wuttke, 2014, S. 138).

Die Bescheide zuzusenden, erwies sich bei Gabriel als schwierig, denn er war nach unbekannt verzogen.

Durch eine Änderung des entsprechenden Paragraphen wurden Josef und Gabriel im März 1938 wieder in die Reichsmusikkammer aufgenommen, nachdem sie im November 1937 einen entsprechenden Antrag gestellt hatten. Uns liegt dieser Antrag vor, der einen beachtenswerten Eintrag enthält: Die Frage „Sind Sie arischer Abstammung?" beantwortet der Antragsteller Gabriel Reinhardt mit „ja". Diese Angabe wird noch große Bedeutung erlangen. Sie war wohl durch eine Abstammungsurkunde belegt, die den Akten leider nicht beilag.

Wenden wir uns wieder Gabriel und Margarete zu. Die beiden beflügelten unsere Fantasie.

Seit wann kannten sich der Musiker Gabriel und die Bedienung Margarete und welcher Art war ihre Beziehung? Bei uns war also wieder Detektivarbeit angesagt.

Unermüdlich verglichen wir Daten aus Adressbüchern und schrieben seitenweise Tabellen, in der Hoffnung, die Verbindung zwischen Margarete Hesselbach und dem vier Jahre jüngeren Gabriel Reinhardt zu finden.

Doch zunächst erkannten wir, dass Gabriel in jenen Jahren, in denen er mit der Kapelle Lehmann unterwegs war, offensichtlich in einer Liebesbeziehung mit einer gewissen Maria Lehmann steckte, die 1935 den gemeinsamen Sohn Rigo zur Welt brachte. Zu dieser Beziehung später mehr.

Unser Vergleich der Meldedaten von Gabriel und Margarete in den 1930er Jahren ergab, dass sich Gabriel immer wieder gleichzeitig mit Margarete in Stuttgart aufhielt – und was uns auch auffiel: Am 23. Mai 1933 wurde er wegen „Anbieten zur Unzucht in Tateinheit mit Unzucht in der Nähe von Kirchen" zu drei Tagen Haft verurteilt. Hinter diesem unscheinbaren Satz verbirgt sich ein harter Vorwurf. Welcher Art war wohl die Unzucht, die Gabriel dort verübte?

Inmitten des Stuttgarter Rotlichtviertels befand sich die Leonhardskirche, und offenbar hatte es immer wieder Klagen gegeben, dass sich das Gewerbe der Liebesdienerinnen auch in diesem Bereich abspielte. Ist diese Kirche in Gabriels Vorstrafenregister gemeint? Und wie passt dies zu Margarete: War Gabriel ihr Freund, ihr Beschützer? Wir versuchten uns den Gabriel Reinhardt jener Zeit vorzustellen, doch es wollte einfach kein klares Bild entstehen. Zwischen 1930 und 1938 erhielt er sechs weitere Vorstrafen in verschiedenen Orten, darunter Vergehen gegen das Schusswaffengesetz und Körperverletzung.

Hier waren wir nun erstmals seit dem Beginn unserer Zusammenarbeit unterschiedlicher Meinung. In Wolfgangs Augen, der sich Gabriel durchaus im Rotlichtmilieu vorstellen konnte, romantisierte Eva den unbestreitbar gutaussehenden Gabriel Reinhardt. Sie stellte ihn sich als charismatischen Prímás vor, wie der Solist und Leiter einer ungarischen „Zigeunerkapelle" genannt wurde. Der bestens qualifizierte Prímás organisiert die Auftritte, interagiert mit dem Publikum und steht daher in hohem Ansehen. Deshalb konnte Eva sich Gabriel nicht als schmierigen Akteur im Rotlichtmilieu vorstellen und ein Anruf beim *Landesverband der Sinti und Roma in Bayern* gab ihr recht. Dessen Vorsitzender Erich Schneeberger wies es weit von sich, dass Sinti als Zuhälter o.ä. tätig gewesen seien. Das sei gegen die Ehre gewesen, zumal Sinti gläubige Katholiken mit einem strengen Moralkodex sind. Ein solcher Mensch wäre aus der Sinti-Gemeinschaft ausgeschlossen gewesen. Siglinde Reinhardt, die Witwe Rigo Reinhardts und somit Gabriels Schwiegertochter, bestätigte Evas positives Bild in einem Telefonat: Ihr verstorbener Schwiegervater sei ein sehr guter, moralischer Mensch gewesen, und es sei undenkbar, sich ihn im Rotlichtmilieu vorzustellen.

Doch ändern sich die Zeiten und mit ihnen auch die Menschen. Und in seinen jungen Jahren mag Gabriel ein anderes Leben am Rande der Legalität geführt haben, vielleicht auch verführt durch die atemlose und überhitzte Atmosphäre der dreißiger Jahre, die den Keim des Endes schon in sich trugen. Später mag er dieses damalige Leben verdrängt haben. Gabriel kann also durchaus ein Hallodri oder Kleinkrimineller gewesen sein.

Andererseits muss man bei der Bewertung Vorsicht walten lassen. Es wäre keine seltene Praxis jener Jahre gewesen, „Zigeuner" wegen nichtiger Vergehen zu kriminalisieren. Diese antiziganistische Haltung setzte sich im Übrigen noch in der Nachkriegszeit fort. Im Jahr 1956 lehnte es der Bundesgerichtshof etwa ab, Sinti und Roma für im Dritten Reich geleistete Zwangsarbeit zu entschädigen, da sie, so die Begründung des Urteils, zur Kriminalität neigten und im Dritten Reich ursprünglich nicht wegen ihrer Rasse verfolgt gewesen seien.

Zurück zu unserem mysteriösen Liebespaar.

Das Zusammenspiel von Gabriel und Margarete in jenen Jahren lässt sich auch anders denken: Möglicherweise haben sie sich kennengelernt, als Gabriel als Geiger in den Etablissements, in denen Margarete arbeitete, von Tisch zu Tisch ging und den Pärchen aufspielte. Für das junge Mädchen vom Land könnte der blendend aussehende Mann durchaus eine Verlockung dargestellt haben.

Margarete war dann fast ein Jahr aus Stuttgart verschwunden, nämlich von Oktober 1933 bis Juli 1934. Dazu haben wir ja bereits die Hypothese einer Schwangerschaft entwickelt, zu der sich nun ein weiteres Gedankenspiel gesellte.

Wir stellten uns vor, dass Margarete in dieser Zeit bereits mit der Kapelle, in der Gabriel spielte, unterwegs war, auch wenn es dafür keinen Beweis gibt. Das würde aber bedeuten, dass sie insgesamt von 1933 bis 1941 mit Gabriel in irgendeiner Form zusammen war. Diese Zeitspanne kam uns dann doch sehr lang vor, vor allem, wenn man bedenkt, dass diese Liebe und diese Beziehung keinerlei Spuren hinterlassen zu haben scheint. In keinem Dokument ist sie erwähnt, wie wir noch mehrmals sehen werden, und niemand erinnert sich an die beiden als Paar. Auch im renommierten *Lexikon verfolgter Musiker und Musikerinnen der NS-Zeit* findet die Ehe zwischen Gabriel und Margarete keine Erwähnung.

So kamen wir nach langen Diskussionen, in denen haufenweise Notizzettel beschriftet und wieder zerknüllt im Papierkorb landeten, zu dem Schluss, dass beide Hypothesen leider solche bleiben werden, weil wir keine hieb- und stichfesten Beweise finden konnten. Wieder begann eine Puzzlearbeit aus Gedanken, neuen Hypothesen und historischen Fakten.

Da Margarete selbst davon sprach, sie sei in Cafés und Konzertcafés als Bedienung in Heilbronn und Pforzheim tätig gewesen, könnte sie sich in der fraglichen Zeit auch in diesen Städten aufgehalten haben. Bleibt aber die Frage, wieso man mit einfachem Servieren, wo auch immer, so viel Geld verdienen konnte, um sich lange vor dem Krieg schon ein Auto leisten zu können, wie es Margarete selbst stolz erzählte. Das Auto und seine Herkunft werden uns später noch beschäftigen. Das Geld kam vielleicht aus anderen Quellen, denn sie selbst bekennt andererseits in einem Zeitungsartikel, dass die Grenze zwischen der Serviererin und dem Freudenmädchen fließend war. Es wurde eben auch damals animiert und – so Margarete selbst: „Die Serviererinnen mussten da ran!" (Zitat nach Wilhelm C. Feld, *KiK*, Heft 1, 1980).

Gabriel dürfte in jenen Jahren jedenfalls mit Maria Lehmann liiert gewesen sein, wenn man davon ausgeht, dass sein Sohn innerhalb dieser Beziehung auf die Welt kam. Fuhr Gabriel zweigleisig oder war die Beziehung zu Margarete zunächst nur eine Zusammenarbeit, die für beide profitabel war und die sie noch vertieften? Später ist Margarete ja als Mitglied von Gabriels Kapelle nachweisbar. Doch in der Mitte der 1930er Jahre ist ihre persönliche Beziehung vermutlich noch nicht auf dem Höhepunkt angekommen.

Pitt Reinhardt mit seiner deutsch-ungarischen Attraktionskapelle

Zigeunerkapellen

Sogenannte Zigeunerkapellen waren in den zwanziger und dreißiger Jahren äußerst beliebt und wurden allgemein bejubelt. Natürlich auch wegen der stolzen und meist in dekorativer ungarischer Tracht gewandeten Geiger, die mit ihren feurigen Rhythmen das Flair des Balkans ausstrahlten. Die meisten der deutschen Sinti-Kapellen bestanden aber aus Menschen, die schon lange in Deutschland lebten und durchaus in der Gesellschaft angekommen waren. In ihren Wohnorten sah man sie nicht ungern.

Dies änderte sich schlagartig, als die Nazis an die Macht kamen und begannen, die Sinti zu stigmatisieren und zu kriminalisieren. Ab 1939 wurden die meisten „Zigeunermusiker" ohnehin mit einem Auftrittsverbot belegt. Und nicht nur das.

In den *Amtlichen Mitteilungen der Reichsmusikkammer,* die von Beginn des Jahres 1934 bis Ende 1943 erschienen, erfuhr man ab 1938, wer aus der RMK ausgeschlossen worden war. Die Bescheide wurden zwar nach wie vor persönlich zugestellt, doch nun eben auch öffentlich nachlesbar gemacht.

Die Begründung für den Ausschluss liest sich in nüchternem Bürokratendeutsch: Der Ausschluss erfolge anhand vorliegender Tatsachen, die zeigten, dass die ausgeschlossene Person nicht die für die Ausübung ihrer Tätigkeit erforderliche Zuverlässigkeit und Eignung aufwiese.

Die sogenannte „Rasse" des Ausgeschlossenen – wie bei anderen staatlichen Maßnahmen etwa „Jude", „Halbjude" oder „Zigeuner" – wurde hier meistens nicht angegeben. Nur gelegentlich findet sich das Wort „Zigeuner" hinter dem Namen.

Dadurch wurde die rassische Verfolgung der Musiker kaschiert, und auch nach dem Ende der Schreckensherrschaft der Nazis wurde deshalb das volle Ausmaß der Diskriminierung erst nach und nach ersichtlich.

Der Ausschluss aus der Reichsmusikkammer, der auch Gabriel Reinhardt betreffen wird, war eine Schikane. Doch das genügte den Nazis nicht. Mit menschenverachtender Grausamkeit folgten die systematische Deportation und Ermordung ganzer musizierender Sinti-Dynastien. So etwa die der Ecksteins, die mit den Reinhardts aus Gabriels Linie und damit auch mit Margarete, einer künftigen Reinhardt, in vielfältiger Weise verbunden waren. Die Brüder Eckstein betrieben die beliebte und umjubelte *Tanz- und Unterhaltungskapelle Eckstein*. Johannes, Richard und Markus Eckstein waren leidenschaftliche und professionelle Musiker, die „Live"-Musik vom Feinsten boten. Ab 1935 ließen sie sich in Vöhringen (Bayern) nieder und übernahmen als Einzelmusiker oder Kapelle Engagements in ganz Süddeutschland.

Diese Mitglieder der Familie Eckstein, die zunächst von staatlichen Maßnahmen verschont geblieben waren, wurden nach einer Denunziation durch den damaligen Bürgermeister im März 1943 vor den Augen einer stumm betretenen Menschenansammlung in Vöhringen abgeholt und deportiert. Noch im gleichen Jahr starben 17 Personen aus der Familie der Ecksteins an Gewalt, Hunger, Auszehrung und grausamen medizinischen Experimenten, etwa mit Giftgas.

Eva, die dieses Thema persönlich sehr mitnahm, telefonierte sowohl mit Walter Wuttke, dem Autor des Buches *Familie Eckstein – Lebensschicksale einer Musiker Sinti Familie aus Vöhringen und Rosenheim*, als auch mit Erich Schneeberger, dem Vorsitzenden des *Landesverbandes Deutscher Sinti und Roma in Bayern*. In diesen Gesprächen mussten die Worte sorgsam gewählt werden.

Die Unmenschlichkeit, mit der nahezu alle Familienmitglieder dieser begabten Musikerfamilie vom Senior bis zum Kleinkind umgebracht wurden, lässt auch heute noch das Blut in den Adern gefrieren.

Ohne in Margaretes Kopf schlüpfen zu können, muss man sich fragen, wie sie persönlich eigentlich dieses Schicksal von Menschen empfunden hat, die sie gewiss gut gekannt hat.

Die familiären Beziehungen unter den Sinti-Kapellen und den Familien waren und sind sehr eng. Ganz bestimmt waren ihr auch die Mitglieder der Eckstein-Kapelle vertraut.

Und wie wir bereits wussten, hatte Alwina und Markus Eckstein von September 1940 bis Januar 1943 Gabriels Sohn aus der Ehe mit Maria Lehmann bei sich schützend aufgenommen und ihm für diese Zeit ihren Nachnamen gegeben. Das alles muss Margarete gewusst und gesehen haben.

Doch welche Spuren mag das Schicksal von Menschen, mit denen sie musiziert hat, deren Gastfreundschaft und Lebenslust sie genossen und geteilt hat, in ihrer Seele hinterlassen haben?

Sie war 1943 kein junges naives Mädchen mehr, sondern eine Frau von 34 Jahren, die gesehen haben muss, was da in Deutschland geschah, wenn sie nur genau hingesehen hatte.

Vielleicht hat sie stillschweigend akzeptiert, was damals passierte. Hat sie am Ende mit den Machthabern und Mördern gemeinsame Sache gemacht, wofür wir keine Beweise haben, oder hat sie die Nazis geschickt für ihre Zwecke genutzt und hat sich so durch die Kriegsjahre und die Nachkriegsjahre laviert?

Dies sind Fragen, die uns wochenlang umtrieben und nicht losließen. Denn wir ahnten: In deren Antwort würde der Schlüssel zu der widersprüchlichen und in vieler Hinsicht mysteriös gebliebenen Persönlichkeit von Margarete Reinhardt liegen – einer Frau, die uns im Rückblick stets als gutmütige und schlichte Kneipenwirtin beschrieben wurde. Margaretes Geschichte in den dreißiger Jahren bleibt geheimnisvoll. Genauso, wie sie es vielleicht beabsichtigt hat.

Gabriel Reinhardts Mitgliedschaft in der Reichsmusikkammer war von kurzer Dauer. Am 29. Januar 1940 wurde der erneute Ausschluss aus der RMK vollzogen. Als Begründung wurden die Vorstrafen Gabriels herangezogen, die nun natürlich wieder in einem anderen Licht erscheinen. Der Präsident der Kammer schreibt wörtlich, er schließe Gabriel aus,

> „da Sie insgesamt 6 mal wegen Betrugs, Körperverletzung und groben Unfugs zu Geld- bzw. Gefängnisstrafen verurteilt worden sind und infolgedessen nicht die erforderliche Zuverlässigkeit für die Ausübung einer musikalischen Tätigkeit besitzen." (StAL K 745 II Bü 1_0015).

Dieser Hinauswurf musste den Vorschriften gemäß als Dokument persönlich bei dem jeweiligen Musiker abgegeben werden. Dies war im Fall Gabriel Reinhardt nicht möglich, da er 1938 von Esslingen, wo er offenbar gemeldet war, mit unbekanntem Ziel verzogen war. Das war übrigens keine Besonderheit, denn die sogenannten Zigeunerkapellen zogen so oft um, dass man ihrer kaum habhaft werden konnte. Gewiss auch ein Grund, warum sich die flächendeckende Erfassung und angestrebte Vernichtung der Sinti aus Sicht der Nazischergen hinzog.

Letztendlich konnte man eine Adresse in Würzburg ermitteln. Aber auch dort traf man Gabriel nicht persönlich an, doch wurde das Schreiben am 17. August lt. Vermerk des Postbeamten an seine Ehefrau übergeben. Nach allem, was wir wissen, war dies zu jenem Zeitpunkt: Margarete Hesselbach, die nun Reinhardt hieß.

Doch der Reihe nach: Zunächst wussten wir nur, dass sich Margarete und Gabriel zumindest zeitweise gleichzeitig in Stuttgart aufgehalten hatten, und zwar in einem Viertel, das dem Vergnügen gewidmet war. Dort müssen sie sich nähergekommen sein, und Margarete hat ein bisher nicht dokumentiertes Interesse an Musik entfaltet. Offenbar hat sie sich spätestens gegen Ende der 30er Jahre der Kapelle von Gabriel und seinen Mitmusikern angeschlossen. Den Beweis dafür liefern uns zwei Ansichtskarten, die Gretel schrieb: Am 18.11.1939 berichtet sie, dass sie mit der Kapelle im Gasthaus *Sandlerbräu* in Bonn gespielt habe. Aus dem Jahr 1940 liegt uns eine weitere Karte von Margarete vor, die sie mit der „Deutsch-Ungarischen Attraktionskapelle“ zeigt und die sie ihrem Bruder Wilhelm schreibt. Dieser ist als Soldat im Feld. In eher unbeholfenen Worten und einfacher Schrift teilt sie ihm Folgendes mit: Sie möchte ihm ein Geschenk machen und fragt, was er brauche. Durchaus eine nette und schwesterliche Geste. Darunter kritzelt sie noch die Worte „Gruß auch von Pitt“.

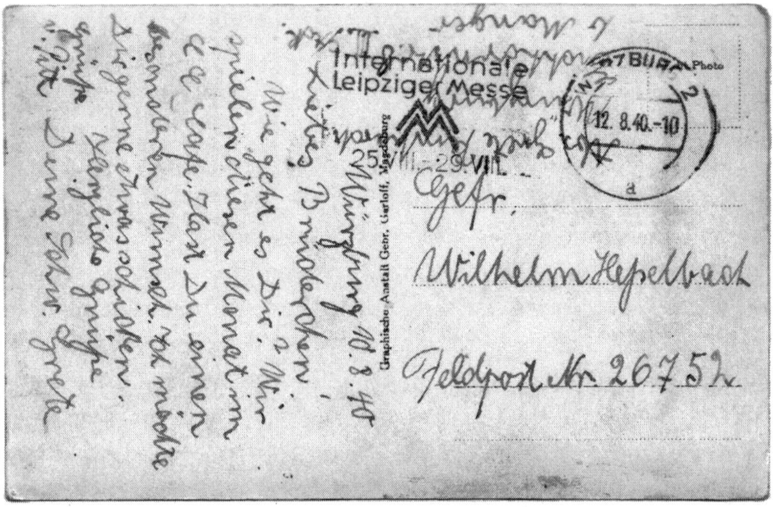

Pitt war einer von Gabriel Reinhardts zahlreichen Vornamen, mit denen er auftrat. Andere waren Pitto und Jaro. Als Pitt war und ist er der Familie bis heute bekannt, was eine E-Mail von Robert Hesselbach zeigt. Hat die Familie überhaupt gewusst, dass sein richtiger Name Gabriel Reinhardt war?

Ob sie nun regelmäßig in der Kapelle mitwirkte oder nicht, wissen wir nicht. Margarete konnte offenbar kein Instrument spielen und wies keinerlei überliefertes künstlerisches Talent auf. Ein Gespräch mit ihrer Nichte Frau Erk ergab, dass die Kapellen ihres Wissens nach seinerzeit nach Köpfen bezahlt wurden und Margarete so tat, als spiele sie Gitarre. Dadurch sollte die Gage steigen.

Da man in der damaligen Zeit sicher nicht einfach Ansichtskarten mit dem Abbild einer Kapelle druckte, wenn diese nicht zumindest für einige Zeit zusammenblieb, muss die Zusammenarbeit auf Dauer angelegt gewesen sein.

Trotz allem wundert es uns, dass eine Nicht-Sintezza einfach so mit einer „Zigeuner"-Kapelle umherreiste. Sie muss sich gut integriert haben in das Gefüge dieser Kapelle, nicht nur in ihre Musik, sondern auch in Gestik, Mimik und Bühnenpräsenz des Ensembles. Sonst hätten die restlichen Mitglieder der Kapelle sie nicht in ihrer Mitte akzeptiert. Und sie muss bei jedem Auftritt auch riskiert haben, dass es zigeunerfeindliche Angriffe geben würde, dass sie „in einen Topf" mit den 1939 bereits verfolgten und geächteten Zigeunern geworfen wurde. Warum tut man das? Romantische Gefühle oder Geltungsbewusstsein. Heroischer Mut oder Naivität?

Seltsamerweise hat Margarete später nicht mehr von dieser Zeit erzählt, als sie das einzige uns bekannte Interview gab. Es war, als habe es diese Beziehung, als habe es diese Kapelle niemals gegeben. Dabei muss dies ein prägender Abschnitt in ihrem Leben gewesen sein. Auch in ihren Filmen, in denen sie ja das Rotlichtmilieu immer wieder thematisierte, kommt weder ein „Zigeuner" vor noch ein ungarischer Musiker oder dergleichen. Sie mag ihre Gründe gehabt haben, warum sie nie mehr über diese Episode in ihrem Leben gesprochen hat.

Sie habe allerdings behauptet, sie sei früher Tänzerin gewesen, hat uns Mario Beisel berichtet, der in ihren letzten Jahren als Anstreicher bei ihr tätig war. Einen Beweis für eine Tänzerin Margarete Hesselbach haben wir nirgends gefunden. Vielleicht ein Wunschtraum des eher ungeschlacht wirkenden Mädchens? Auf der Ansichtskarte sitzt sie jedenfalls wie selbstverständlich neben dem stehenden Gabriel und sieht hübsch und zufrieden aus. Sie sieht aus, als gehöre sie dorthin.

Am Ende unserer Nachforschungen gewinnen wir den Eindruck, dass die Zeit mit Gabriel und der Kapelle vielleicht die glücklichste in Margaretes Leben war.

Hochzeit in schwierigen Zeiten

In der gemeinsamen Zeit mit der Kapelle haben Gabriel und Margarete geheiratet, und zwar offiziell vor einem deutschen Standesbeamten und nicht in einem Konkubinat nach Sitte der Sinti und Roma. Nur so war Margarete berechtigt, den Brief der Reichsmusikkammer entgegenzunehmen.

Wir wussten von dieser Ehe, seit wir Margarete Reinhardts Sterbeurkunde in den Händen hielten. Doch welch großes Rätsel sich uns hier auftun würde, ahnten wir zunächst nicht. Am 14. Januar 1939 schloss man den Bund der Ehe in Dortmund im Standesamt Mitte. Ab Januar 2020 hatten wir nun auch die Gelegenheit, die Heiratsurkunde einzusehen. Sie wurde uns nach Ablauf der Sperrfrist im Februar 2020 vom Standesamt in Dortmund zugeschickt. Eva wartete jeden Tag am Briefkasten und konnte es kaum erwarten. Dann kam endlich der ersehnte Brief. Alles war so, wie wir es bereits wussten: Beide Ehepartner waren als „deutschblütig" klassifiziert – damals eine Voraussetzung, um überhaupt heiraten zu dürfen. Am 20.4.1955 wurde dieser Begriff übrigens durchgestrichen und mit dem Stempel „ungültig" versehen – eine damals in Dortmund übliche Praxis, wie man uns auf Rückfrage versicherte.

Margarete und Gabriel waren höchstwahrscheinlich schon eine gewisse Zeit in Dortmund gemeldet, da ja ein Aufgebot bestellt werden und eine Wohnadresse am Ort der Eheschließung angegeben werden musste. Dies würde letztlich bedeuten, dass Margarete mit zwei Meldeadressen gegen die Gesetze verstoßen hat. Alles nicht ganz ungefährlich.

Laut Heiratsurkunde gab es zwei Trauzeugen: Erstens ein gewisser Rudolf Thomas von Beruf Ordner sowie Walter Blazejak. Bei Walter Blazejak handelt es sich um einen Veteranen des Ersten Weltkriegs, ein mehrfach dekorierter Soldat. Am 23.11.1933 erhielt er ein Erinnerungskreuz in Gedenken an seine Zugehörigkeit zum Königlich-Preußischen Infanterieregiment 49. Doch damit nicht genug: Am 11. Februar 1935 wurde ihm das von Reichspräsident Paul von Hindenburg gestiftete Ehrenkreuz für Frontkämpfer verliehen. Auf der entsprechenden Urkunde ist als Beruf allerdings „Musiker" angegeben – auch dies würde zu Gabriel und Margarete passen. Auf der Heiratsurkunde erscheint er jedoch als Behördenangestellter. Das frischgebackene Ehepaar Reinhardt lebte offenbar bereits in der Brückstraße 37 zusammen. Diese Information ließ uns aufhorchen, denn diese Straße und das nach ihr benannte Viertel waren der Ort der Dortmunder Rotlichtszene. Dies könnte zu unseren Einschätzungen von Margaretes Stuttgarter Zeit passen. Sie war inzwischen längst im Milieu zu Hause.

Wir versuchten uns, die seltsame kleine Truppe vor Augen zu führen, die an jenem feucht-kalten Samstag vor dem Dortmunder Standesbeamten erschienen war: Ein stattlicher Musiker mit dunklem Teint und schwarzem Haar, seine gestandene, aber wohl etwas derb und einfach wirkende Braut, ein womöglich vierschrötiger Ordner, was auch immer wir uns genau unter diesem Beruf vorzustellen haben, und ein Angestellter und Veteran des Ersten Weltkriegs, den gar eine Kriegsversehrung plagte.

Alle vier Beteiligten haben bei der Trauung unterschrieben. Während Gabriel Reinhardts Handschrift auffallend schön ist und für einen gewissen Bildungsgrad spricht, wirkt Margaretes Unterschrift kindlich und eher ungeformt. So bleibt ihre Handschrift übrigens ihr ganzes Leben lang. Die Vorfahren der Ehewilligen sind, wie damals üblich, ebenfalls genau aufgelistet. Alle sind katholisch, nur bei der Nennung von Margaretes Mutter fehlt eigenartigerweise die Konfession. Dies ist interessant, denn mit den Vorfahren nahm man es damals sehr genau. Ein Rätsel, das sich schwer lösen lässt.

Aber das war nicht das Erstaunlichste, sondern verblüffend war die Tatsache, dass diese Ehe im Jahr 1939 überhaupt möglich war. Das Gesetz zur Reinhaltung des deutschen Blutes untersagte Ehen zwischen Ariern und Menschen „artfremder Rassen". Der damalige Reichsinnenminister Frick erklärte hierzu am 3. Januar 1936: „Zu den artfremden Rassen gehören in Europa außer den Juden regelmäßig nur die Zigeuner". Ab Herbst 1935 sollten durch das „Ehegesundheitsgesetz" und das „Blutschutzgesetz" Ehe- und Fortpflanzungsbeschränkungen ausdrücklich auch für „Artfremde" gelten. Obwohl hier auch mit Nachdruck auf das Verbot von Eheschließungen zwischen „Deutschblütigen" und Zigeunern hingewiesen wurde, waren die Standesbeamten in der Praxis manchmal außerstande festzustellen, ob einer der Heiratswilligen als Zigeuner zu betrachten war. Grundsätzlich jedoch sollten alle jene Verbindungen unterbleiben, die der „Reinerhaltung des deutschen Blutes" widersprachen. Hierzu gehörten Ehen mit „Zigeunern, Negern und deren Bastarden".

Hier gilt es, kurz innezuhalten. Robert Ritter ist ein Name, bei dem uns während der Recherchen ein kalter Schauer über den Rücken lief. Der 1901 in Aachen geborene Ritter hatte unter anderem Psychologie und Psychiatrie studiert. Zwischen 1932 und 1935 entwickelte er als Oberarzt der Jugendabteilung der Psychiatrie an der Universitätsklinik Tübingen rassische und eugenische Theorien über die biologischen Grundlagen von sozialer Auffälligkeit. Im August 1936 übernahm er die Leitung der neu gegründeten „Rassenhygienischen und Bevölkerungsbiologischen Forschungsstelle im Reichsgesundheitsamt" und wurde zu einem der führenden Rassentheoretiker der Nationalsozialisten. Unter seiner Leitung erarbeitete das RHF etwa 24.000 Gutachten über Sinti und Roma, die darin als „Voll-Zigeuner" (reinrassig), „Zigeuner-Mischling" oder „Nicht-sesshafte Zigeuner" bestimmt wurden. Diese Gutachten bildeten die Grundlage für Zwangsmaßnahmen gegen Sinti und Roma bis hin zur Deportation in das „Zigeunerlager Auschwitz". Dort trafen sie auf einen noch weit schlimmeren Arzt des Grauens: Josef Mengele. Robert Ritter ist dennoch einer der wichtigsten – und dafür nie verurteilten – Schreibtischtäter des sogenannten „Porajmos", des Völkermords an den Sinti und Roma.

Wir können es nicht beweisen, aber nach den uns vorliegenden Unterlagen wurde Gabriel von Robert Ritter persönlich untersucht. Er gab dabei an, ein rassereiner Zigeuner zu sein und sich an die Stammesgesetze zu halten. Mehr noch: Er könne sich sogar vorstellen, eine Deutsche bzw. Arierin zu heiraten. Später werden wir uns mit diesem Absurdum näher befassen.

Während all unserer Forschungen und Beschäftigungen mit der Zeit der Naziherrschaft war die Brutalität und die Dummheit eines solchen intoleranten, in sich scheinbar geschlossenen, Systems wie das des Dritten Reiches immer wieder unglaublich und ließ uns mehr als einmal schockiert zurück. Es ist nämlich etwas anderes, ob man von den Gräueln im Geschichtsbuch liest oder ob sie in den Originaldokumenten zutage treten.

Die rassereinen Zigeuner hatten zunächst Vorteile gegenüber den sogenannten „Mischlingen", die das Naziregime für gefährlicher hielt, weil sie aus dessen Sicht schwerer zu erkennen waren und besonders durch moralische Verderbtheit hervorstachen. Es gab verschiedene Erlasse, nachdem „reinrassige" Sinti und „gute Mischlinge" zunächst von Deportationen verschont blieben. Die Zahl der so Verschonten war aber verschwindend gering und betrug weniger als 1 Prozent der bei Kriegsbeginn in Deutschland lebenden „Zigeuner".

Eine Ehe mit einer Person „deutschen Blutes" konnte sich, sowohl bei Juden als auch bei Zigeunern, positiv auf den weiteren Verlauf der staatlichen Restriktionen auswirken. Auch Gabriels Bruder Johann wurde durch die Ehe mit der sogenannten „deutschblütigen" Ida Renz geschützt und endete nicht im Konzentrationslager, so wie der älteste Bruder Rudolf, der 1942 im Konzentrationslager Gusen I, das zum Komplex um Mauthausen gehörte, ermordet wurde.

Noch einmal, weil es so unglaublich erscheint: Bei seiner Hochzeit bezeichnete sich Gabriel selbst als „deutschblütig."

Obwohl wir wissen, dass sich nach der kruden Rassepolitik der Nazis reinrassige Zigeuner einer gewissen Schonung erfreuen konnten, dürfte die Ehe zwischen Margarete und Gabriel keinesfalls das gewesen sein, was sich der Nazistaat für ein bayerisches Mädel erhoffte. Und der südländisch anmutende Gabriel Reinhardt glich gewiss nicht dem Idealbild des blonden Ariers, übrigens ebenso wenig wie die meisten Nazi-Größen, aber das sei nur am Rande erwähnt.

Gabriel hatte zwar mit einem gewissen Stolz angegeben, ein reinrassiger Zigeuner zu sein, doch andererseits war er vorbestraft, was ihn normalerweise zu einem unerwünschten Subjekt abstempelte. Die Tatsache allerdings, wie er sich äußert, spricht für ein großes Selbstbewusstsein und Selbstwertgefühl. Denn selbst wenn man davon ausgeht, dass ein reinrassiger Zigeuner als Angehöriger einer indischen, sprich arischen Rasse, angesehen wurde, hätte sich Gabriel keinesfalls rechtmäßig als „deutschblütig" bezeichnen können. Denn das war er in den Augen der Nazis gewiss nicht.

Der aus einer intakten schwäbischen Familie stammende Gabriel, attraktiv, ein Frauentyp und begabter Geiger, hatte möglicherweise noch nicht begriffen, wie weit offen die Tore des Konzentrationslagers für ihn schon standen.

Gabriel Reinhardt war auf jeden Fall ein Draufgänger: Margaretes große Liebe. Der Musiker war für die Behörden schwer greifbar, tauchte hier und dort auf, heiratete, ließ sich scheiden, heiratete nochmals und zeugte Kinder – und im Hintergrund warteten immer noch seine erste große Beziehung samt Sohn. Es fiel uns sehr schwer, das Wesen des Mannes zu greifen, das flüchtig wie Quecksilber durch die Finger perlte.

Der Standesbeamte in Dortmund muss also den Eintrag „deutschblütig" überlesen oder nicht allzu genau hingeschaut haben. Oder sollte er es nicht, war er vielleicht bestochen? Denn im Laufe unserer Recherchen erschien es uns immer wieder wahrscheinlicher und glaubhafter, dass Margarete einen Gönner im Hintergrund hatte oder maßgebliche Leute kannte, die diese Ehe wohlwollend gestatteten.

So sonderbar wie die Ehe selbst, ist auch die Tatsache, dass sie in Margaretes Familie offenbar kein Problem gewesen war und eher als harmlos-freudiges Ereignis gesehen worden ist, wie die zuvor erwähnten Ansichtskarten belegen. Vor allem der „Gruß von Pitt" lässt darauf schließen, dass die Familie Gabriel Reinhardt kannte oder zumindest von seiner Existenz wusste. Ob nun als Gabriel oder als Pitt, jedenfalls war seine Existenz kein Geheimnis und er war auch nicht geächtet. Margaretes Nichte Frau Erk bestätigte dies auch ohne eine Wertung in einem Telefonat: „Ja, die Gretel war mit einem Zigeuner verheiratet!"

Kehren wir noch einmal zu einem der seltenen Momente zurück, in der diese Ehe auf dem Papier sichtbar wurde: Am 17.08.1940 wurde Gabriel Reinhardt das bereits erwähnte Schreiben der Reichsmusikkammer zugestellt und zwar in der Eichhornstraße 21 in Würzburg. Er selbst war nicht da. Es hieß, die „Ehefrau" habe das Schreiben in Empfang genommen. Dies kann, wie schon gesagt, nur Margarete gewesen sein. Wenn man den Forschungen von Walter Wuttke (2018) folgt, lebte Gabriels Sohn Rigo zu dieser Zeit bei dem Paar. Da man zur Untermiete bei einer Familie oder Einzelperson namens Manger wohnte, mag das Zusammenleben nicht gerade luxuriös ausgesehen haben.

Große Welt – getreu Margaretes Wahlspruch: „Ich will"? Bis jetzt jedenfalls noch nicht.

Was ist nun der Hintergrund dieser Ehe, die so gar nicht in Margaretes weiteres Leben zu passen schien und die uns deshalb sehr mysteriös vorkam?

Werfen wir noch einmal einen Blick auf Gabriel Reinhardts leicht verwirrendes Privatleben. Während er in der Kapelle Eckstein spielte, hatte er bereits die erwähnte Liebesbeziehung mit der Sintezza Maria Lehmann. Sie führten eine Ehe auf „Zigeunerart", die wohl bei keinem staatlichen Standesamt registriert wurde. Diese Verbindung stellte also keinen Hindernisgrund für die staatlich sanktionierte Heirat mit einer anderen Frau dar.

Ein seltsam gruseliger Zufall übrigens, dass bei den Archivalien des Generallandesarchivs in Ludwigsburg ein Entschädigungsfall Margarete Reinhardt, geborene Lehmann, genannt wird. Als deren Todesdatum wird der 1.12.1943 angegeben. Es handelte sich hierbei zwar nicht um die erste Frau Gabriels, aber solche Namensgleichheiten und Zufälle schienen unsere Recherchen vom ersten Tag an zu begleiten.

Gabriel Reinhardt hat Margarete Hesselbach geheiratet, als die „Zigeunerehe" mit Maria noch zwei Jahre bestand. Was mögen die Gründe für diesen Entschluss gewesen sein? Gewiss keine bewusste Bigamie, sondern vielleicht Opportunismus oder der schiere Überlebenswille. Das bestätigte in einem Telefongespräch auch Rigos Frau und Gabriel Reinhardts Schwiegertochter Siglinde Reinhardt, die diese erste kurze Ehe ihres Schwiegervaters in Gesprächen nur als Randnotiz erlebt hat. Sie sei wohl zu seinem Schutz geschlossen worden. Ansonsten wollte sie nicht über die Beziehung sprechen.

Und die moralische Seite der Angelegenheit? Letztendlich ging Gabriel wohl davon aus, dass er Maria niemals wiedersehen würde, denn er musste annehmen, dass sie im KZ gestorben war. Denn 1940 wurde Maria Lehmann ins „Zigeunerlager" Dorneywald in Witten/Ruhr deportiert. Dort heiratete sie im Oktober 1941 Christian Winterstein und wurde am 12. März 1943 nach Auschwitz gebracht. Winterstein ist daher möglicherweise auch der Vater von Marias Tochter Maria Gisela, die 1939 geboren wurde und am 25 August 1943 in Auschwitz ermordet wurde. Ob Christian Winterstein das KZ Auschwitz lebend verlassen hat, wissen wir nicht.

Maria Lehmann hingegen überlebte das Konzentrationslager. Als Gabriel nach dem Krieg davon erfuhr, kehrte er vorübergehend zu seiner ersten Frau zurück. Diese Beziehung hielt jedoch nicht. Maria Lehmann starb verarmt in einem der weniger guten Mannheimer Stadtviertel unweit der Rotlichtmeile. Gabriel selbst soll später noch einmal Kinder mit einer anderen Frau gehabt haben. Genaueres konnten wir nicht herausfinden.

Doch zurück zu Margaretes wohl einziger Ehe im Leben.

Ob die Heirat für Gabriel eine reine Zweckehe war, bestimmt zu seinem Schutz, oder auf echter Zuneigung beruhte, werden nur die beiden gewusst haben. Auf der Postkarte, die sie an ihren Bruder schreibt, wirkt Margarete, die eine Gitarre so in der Hand hält, als könne sie spielen, durchaus zufrieden. Sie scheint sich in diesem Milieu wohl zu fühlen. Heute würde man sagen, es war „ihr Ding". Lebenslang wird sie die

Bühne, die Show und das Publikum lieben, wenn auch später meistens als Veranstalterin.

Auf der Postkarte, die uns als Kopie vorliegt, schreibt sie, sie trete mit der Band im Würzburger *CC* auf – eine gute Adresse in der Amüsier- und Varietébranche, die es schon gab, als sie noch ein junges Ding aus der Provinz war. Vielleicht war es schon damals ihre Sehnsucht gewesen, dort einmal auf der Bühne bejubelt zu werden.

Das *Central-Café* in Würzburg, kurz *CC* genannt, ging zurück auf den berühmten Gasthof *Zum Kleebaum*, der erstmalig 1351 erwähnt wird. Ein Gasthof blieb das Haus in seiner Geschichte immer, später hieß er *Fränkischer Hof.* Noch vor 1900 wurde in den Hof ein Varieté gebaut, wo Sonntags-Matineen für die ganze Familie stattfanden. 1920 entstand nach Renovierungen das *Central-Hotel* und wurde im Besitz des Direktors Jakob Strauß zu einem modernen Hotelbetrieb mit Café ausgebaut. Die angeschlossene Kleinkunstbühne konnte es mit den bedeutendsten Spielstätten in Deutschland aufnehmen. Alles, was Rang und Namen hatte, gastierte im *Central-Café.* Jakob Strauß holte Stars wie Paul Lincke und Johann Strauß, gleichnamiger Neffe des „Walzerkönigs", nach Würzburg.

1929 wurde die Örtlichkeit nochmals erweitert und modernisiert. Ein paar gute Jahre folgten, doch dann kamen die Nazis ans Ruder und hatten sofort den jüdischen Besitzer als Veranstalter dekadenter und undeutscher Spektakel ausgemacht. 1933 marschierte die SA vor dem *CC* auf und verlangte nach Strauß, der aber bereits geflohen war und das Dritte Reich im Exil überlebte.

Und in dieser Atmosphäre und in diesem Milieu und unter diesem Damoklesschwert ist also die *Deutsch-ungarische Attraktionskapelle* auch in den Kriegsjahren noch aufgetreten. Erstaunlich zumindest, denn die Stigmatisierung, Ausgrenzung und Vernichtung der Sinti hatte längst in großem Stil begonnen. Sogar Margaretes Neffe bekannte, dass er sich schon immer gewundert hatte, dass diese Auftritte noch möglich waren.

Dies ist eines der „Wunder", die sich um Margarete ranken. Wir werden noch mehr von ihnen hören.

1941 wurde die Ehe von Margarete und Gabriel geschieden, und das gibt fast noch größere Rätsel auf, als ihr Zustandekommen. Wir konnten es nicht verstehen. Gerade 1941 wurde es für die im Reich verbliebenen „Zigeuner" noch brenzliger. Die Arbeitsmöglichkeiten wurden weiter eingeschränkt, und wegen kleinster Vergehen drohte das KZ mit dem fast sicheren Tod.

Warum lässt man sich in solch einer Situation von seiner „deutschblütigen" Frau scheiden? Auf der Heiratsurkunde aus Dortmund ist auch die spätere Scheidung vermerkt. Aus dem Aktenzeichen 107/40 schließen wir, dass die Scheidung bereits 1940 eingereicht wurde. Damit wäre zwischen den beiden nur etwas mehr als ein Jahr eheliche Harmonie gewesen. Oder war die Trennung von Anfang an geplant gewesen? Wer und was mag der Trennungsgrund gewesen sein?

Und das ist der Moment, in dem Theresia Wintersteins tragische Geschichte, die eine gewisse traurige Berühmtheit erlangt hat, sich mit der von Margarete Hesselbach verwebt.

Ob Margarete dabei war, als sich Gabriel Reinhardt und Theresia Winterstein ineinander verliebten, wissen wir nicht. Es ist aber sehr wahrscheinlich, denn 1940 waren Gabriel und Margarete noch verheiratet und traten gemeinsam auf. Jedenfalls muss es in dieser Zeit zwischen Theresia und Gabriel „gefunkt" haben.

Schauen wir uns Theresia genauer an. Theresia Winterstein, geboren 1921 in eine bekannte süddeutsche Sinti-Dynastie, war Sängerin und Tänzerin am Würzburger Stadttheater. Doch sie trat zunächst im bereits erwähnten *CC* in Würzburg auf und zwar vor Soldaten auf Heimaturlaub. Theresias Familie war schon lange in Würzburg ansässig und assimiliert. Ihre Angehörigen hatten für Deutschland im Ersten Weltkrieg gekämpft; manche standen auch in diesem Krieg an verantwortungsvollen Posten. Wir stellen uns vor, wie Theresia, eine bildhübsche junge Frau, die 1940 von den Nazis als „Mischling" eingestuft worden war, zu der Musik der Kapelle tanzte, die von dem charismatisch wirkenden Geiger Gabriel Reinhardt geleitet wurde.

Theresia hatte Großes vor: Sie träumte von einer Theaterkarriere. Ein Stück vom Ruhm davon erhaschte sie, als sie im Februar 1940 ein Teil des Balletts der Oper *Carmen* sein durfte. „Zigeunerstoffe" auf der

Bühne waren sehr gerne gesehen; deshalb machte man Ausnahmen bei der ansonsten inzwischen laufenden rassischen Verfolgung für einzelne Sinti. Bis April 1940 dauerte ihr Engagement, dann war für die „Nicht-Arierin" Schluss mit dem Traum von der großen Bühnenkarriere. Danach wurde ihr gestattet, in geschlossenen Veranstaltungen im *Central-Café* weiter aufzutreten. Angeblich hatten sich die Soldaten für sie eingesetzt.

Gabriel erhielt ebenfalls Auftrittsverbot und versuchte sich als Geiger über Wasser zu halten.

Für beide Künstler wurde das Leben nun zunehmend schwierig. Gabriel wurde 1941 zur Arbeit in einer Bäckerei zwangsverpflichtet, wohingegen Theresia verschiedene Gelegenheitsjobs als Näherin, Bonbonarbeiterin und zuletzt bis Oktober 1942 Platzanweiserin im Kino ausübte.

Im Sommer 1942 wurde Theresia von Gabriel schwanger. Was für Eltern normalerweise ein Glücksgefühl bedeutet, war für die beiden jedoch der Beginn einer Tortur. Sie mussten die Schwangerschaft der Gestapo mitteilen, denn eigentlich stand Theresia bereits auf der Liste zur fälligen Zwangssterilisation.

Normalerweise wäre ein Kind also abgetrieben worden, doch Theresia erwartete Zwillinge – und geriet damit in die Fänge der von Josef Mengele und anderen „Ärzten" betriebenen Zwillingsforschung! Die junge Frau durfte die Kinder austragen, und im März 1943 kamen die beiden Mädchen Rolanda und Rita zur Welt. Wenig später wurden die Säuglinge zu medizinischen Experimenten in die Uniklinik Würzburg gebracht, wo Theresia wenige Tage später ihre tote Tochter Rolanda mit einem Kopfverband fand. Sie flüchtete mit Rita aus der Klinik und versteckte sie für Monate bei Verwandten. Im August 1943 wurde Theresia zwangssterilisiert.

Eine dramatische und unglaublich traurige Geschichte, die uns sehr bewegte.

Hier stellte sich uns aber doch die Frage, wieso die Nazis nicht alle Mitglieder der Familie ins KZ deportiert und umgebracht haben, wie es doch das Schicksal so vieler Sinti war? Theresia hat immerhin widerrechtlich ein Kind aus der Klinik entführt und versteckt. Dadurch wurde ihre Schonung aus unserer Sicht noch unverständlicher, denn mit Sinti, die gegen die willkürlichen Gesetze verstießen, wurde meist „kurzer Prozess" gemacht.

Am 23. März 1944 heirateten Gabriel Reinhardt und Theresia Winterstein. Sie lebte weiterhin bei ihren Eltern, er in einer eigenen Wohnung. Das kam uns mehr als seltsam vor, so wie Gabriel Reinhardts Liebesbeziehungen überhaupt ein wenig eigenartig anmuten. Das müsste uns im Grunde nicht interessieren, aber da er nun mal Margaretes einziger Ehemann war und wahrscheinlich eine prägende Figur in ihrem Leben, versuchten wir ihn besser kennenzulernen. Auch steht Gabriels Schicksal stellvertretend für das Los vieler rassisch verfolgter Künstler.

Zu den vielen Geheimnissen, die diesen Mann umgeben, gehört auch ein ganz besonderer Brief.

Ein mysteriöser Brief

Ein Schreiben, das wir bei den wenigen Unterlagen der Gestapo über Gabriel Reinhardt finden, könnte vielleicht ein neues Licht auf die Ehe von Gabriel und Theresia werfen. Der Absender nennt sich Anton Maier und gibt als Adresse lediglich das Hauptpostlager Wien an. Das ließ uns stutzig werden, denn auf diese Weise verschleiert jemand offensichtlich bewusst seine Identität. Außerdem enthält der Brief kein Datum. Seltsam ist schließlich auch die Anschrift: „Reinhard. Franziskanerhotel Würzburg". Diese Adresse ist in keinem anderen Dokument oder den Adressbüchern als Anschrift für Gabriel Reinhardt genannt. Eine Aktennotiz der Staatspolizeileitstelle Nürnberg-Fürth, Außenstelle Würzburg, vom 4. Mai 1943, gibt Aufschluss darüber, wie der Brief in ihre Hände gelangt ist:

> „Das Original des beigefügten Briefes wurde durch die Post versehentlich dem Hausmeister XX (Name aus Gründen des Persönlichkeitsschutzes nicht genannt, die Autoren), der im Hotel ‚Franziskaner' hier beschäftigt ist, zugestellt und von diesem geöffnet. Nach Kenntnisnahme von dem Inhalt wurde der Brief durch den Buchhalter XX des vorgenannten Hotels der Stapo-Außenstelle Würzburg zwecks Überprüfung der Angelegenheit übergeben. Nach den getroffenen Feststellungen handelt es sich bei dem Adressaten um den Zigeuner Gabriel Reinhardt, geb. 7.1.1913 in Marbach (...)."

Weiter scheint sich die Gestapo nicht um den Fall gekümmert zu haben, was uns erneut überraschte. Denn in diesem Brief fordert der ominöse Herr Maier Gabriel dazu auf, das Land zu verlassen und nach Ungarn zu fliehen.

Wir lasen den Brief wieder und wieder. Doch statt Licht entstand noch mehr Nebel. Der Text strotzt nur so vor Rechtschreibfehlern, was sich damit erklären lässt, dass sich „Herr Maier" selbst als Ungar bezeichnet. Wir haben Zweifel an dieser Aussage, denn einige Fehler deuten eher auf ein jiddisches Idiom oder eine ostpreußische Herkunft hin: „Ich mechte ihnen gernen helfen", „ein hibsche Mann."

Der geheimnisvolle Verfasser weiß von den Zwillingen und davon, dass eines von beiden verstorben ist. Und er weiß, dass Gabriel einen Sohn hat. Sein Angebot ist deutlich: „Si misen aber in geheim wie am schnelsten Würzburg ferlasen, natierlich iren Soun mit nehmen, und den halben Mentschen da lasen (…)." Das erschien uns ungeheuerlich: Die kleine Rita, Überlebende unmenschlicher Versuche, wird als „halber Mensch" bezeichnet. Der Sohn – es kann sich nur um Rigo aus der Verbindung mit Maria Lehmann handeln – ist es jedoch wert, außer Landes gebracht zu werden.

Von Anfang an nimmt der Tenor des Briefes eine feindselige Haltung gegenüber Theresia Winterstein ein, die der Autor Tesi nennt. Ist dies ein Indiz dafür, dass Anton Maier, Gabriel und Theresia sich kannten? Immerhin spricht der Verfasser Gabriel an einer Stelle als Kollege an. Theresia wird als „kranke und schwache Person" bezeichnet, während Gabriel doch „ein angesehner Mann" sei. Deutlich wird der Vorwurf eines angeblichen Altersunterschieds oder doch zumindest eines äußerlich erkennbaren Charakterunterschieds: „Den die Leute meinen das Fr. Tesi ist iere Tochter, Si Kolege, iberlegen sich Fr. Tesi ist keine Frau für Si (…)." Und er wird noch deutlicher: „Fr. Tesi ist nicht sou erlich wie Sie halten, den Si ist etwas Mund fertig, man kan Si nicht ales fertrauen (…)."

Der Brief endet mit einem konkreten Fluchtplan über Wien, wo eine Mittelsperson auf Gabriel und seinen Sohn warte, nach Ungarn. Sollte die Gestapo darauf wirklich nicht reagiert haben? Oder hat sie es gar selbst inszeniert? Nach langen Diskussionen kommen wir zu dem Schluss, dass es Anton Maier nie gegeben hat. Vielmehr vermuten wir hinter dem Pseudonym eine eifersüchtige Frau, die, koste es was es wolle, Gabriel von der Konkurrentin Theresia loseisen wollte. Margarete jedoch erschien uns nach intensivem Hin- und Herwiegen der Argumente zu diesem Punkt unwahrscheinlich, wenn auch nicht gänzlich ausgeschlossen.

Es wäre übrigens auch nicht das letzte Mal, dass ein Brief in ihrem Auftrag geschrieben wird.

Nach dem Ende des Zweiten Weltkrieges lebte Theresia weiterhin mit ihren Eltern und ihrer Tochter in Würzburg. Gabriel Reinhardt kehrte nach Stuttgart zurück. Am 31. März 1947 wurde die Ehe geschieden. Es begann ein jahrelanger Sorgerechtsstreit um die Tochter.

1956 heiratete Theresia den amerikanischen Soldaten Emanuel Seible, der die Tochter adoptierte. Man zog in die USA. Rita Seible, die durch die Nazi-Versuche an ihr dauerhaft gesundheitlich beeinträchtigt ist, heiratete den Amerikaner George Prigmore, mit dem sie zwei Kinder bekam, doch auch diese Ehe hielt nicht. Rita Prigmore kämpft heute mit Vorträgen und in Interviews gegen das Vergessen des Mordes an ihrem Volk.

2007 starb Theresia Winterstein.

Wir wissen nicht genau, welche Rolle Margarete in diesem Drama spielte. In einem Telefonat behauptete Theresia Wintersteins Tochter Rita Prigmore, sie habe nichts von einer ersten Ehe ihres Vaters mit einer Margarete gewusst.

Bemerkenswert mutet jedoch an, dass sie in diesem Gespräch mit Eva auch nicht genauer nachgefragt hat, wie es normal gewesen wäre, wenn man eine solche Tatsache über seinen Vater erfährt. Etwa: „Was für eine Frau? Lebt die noch?" Ebenfalls seltsam, dass ein weiteres Familienmitglied, nämlich die Ehefrau von Gabriels Sohn Rigo Reinhardt, die keine Sintezza ist, durchaus von der ersten offiziell geschlossenen Ehe ihres Schwiegervaters wusste und die eigene Tochter hingegen nicht. Doch offenbar war auch die zweite Ehe mit Theresia Winterstein nicht spannungsfrei.

Hierzu würde auch der jahrelange Sorgerechtsprozess um Rita passen. Warum hat man dann also 1944 überhaupt geheiratet und liegt auch hier eine schützende Scheinehe vor?

Auch Gabriels Bruder Josef wurde 1938 rassenhygienisch untersucht. Robert Ritters Mitarbeiter Adolf Würth gruppierte Josef in seinem Gutachten als „Zig(euner) Mischling I. Grades" ein. Seine Frau Ida Renz, mit der er nach Zigeunerart in einem Konkubinat lebte, galt dagegen als „deutschblütig". Dieser Umstand mag Josef Reinhardt vor dem Konzentrationslager gerettet haben. Gabriel könnte dem Beispiel seines Bruders in dieser Hinsicht gefolgt sein, was wir ja zuvor bereits diskutiert haben.

Wir haben stets vermutet, dass die Verbindung mit Gabriel Reinhardt und der restlichen Kapelle mit der Scheidung 1941 erlosch. Doch sicher können wir uns dessen nicht sein. Margarete hat beispielsweise lebenslang den Namen ihres Mannes beibehalten, obwohl der Nachname Reinhardt ziemlich häufig in Sinti-Kreisen vorkommt und sie sich selbst dadurch immer in eine „bestimme Ecke" gestellt hat. Nur einmal hat sie einen Doppelnamen benutzt, nämlich Margarete Reinhardt-Hesselbach, als Produzentin des Films *St. Pauli Herbertstraße*. Nach dem Scheidungsrecht des Dritten Reiches hätte sie ihren Mädchennamen wieder annehmen können. Auch Gabriel hätte verlangen können, dass sie seinen Namen ablegte und zwar mit der Begründung, dass sie einen unlauteren Lebenswandel führte.

Die Jahre nach der zerbrochenen Beziehung mit Gabriel liegen im Dunkeln. Im Zuge der Entnazifizierung – mehr dazu im nächsten Kapitel – gibt sie in der Zeit des „Tausendjährigen Reichs" folgende Wohnorte an: Vom 1.1.1933 bis zum 1.10.1938 will sie in Stuttgart wohnhaft gewesen sein. Als Beruf nennt sie Kellnerin. Darüber haben wir schon berichtet. Vom 1.10. bis zum 1.12.1942 nennt sie Würzburg als Wohnort, wo sie als Musikerin gearbeitet habe. Das wäre also ein Jahr länger als die Ehe mit Gabriel gedauert hat. Wo und in welcher Konstellation mag Margarete da noch aufgetreten sein? Trotz aufgelöster Ehe mit Gabriel immer noch in seiner Kapelle? Das ist schwer vorstellbar. Sie wird auch wohl kaum in einer anderen „Zigeunerkapelle" gespielt haben, denn der Spielraum für diese Musiker wurde immer geringer. Und für Auftritte als Solistin hätte ihre Musikalität bestimmt nicht gereicht. Ein weiterer Zeitraum ihres Lebensweges also, über den wir nichts Genaues sagen können.

Vom 1.10.1942 bis zum 1.8.1944 sei sie, so der Meldebogen, in Stuttgart wohnhaft gewesen. Hierfür gibt es aber keinen behördlichen Beweis. In den Adressbüchern findet sie sich jedenfalls nicht.

In den Adressbüchern der Zeit nach dem Krieg tauchte Margarete dafür nun tatsächlich in Karlsruhe auf. Eine andere Margarete Reinhardt, die bereits 1942 oder früher in Karlsruhe wohnhaft war, wird wohl nur eine Namensvetterin sein.

Margarete gibt im Entnazifizierungsbogen für die Jahre 1942 bis 1944 als Beruf „Geschäftsführerin Gold und Silber" an, und zwar mit einem Jahreseinkommen von immerhin stolzen 4.000 RM, was ungefähr dem Doppelten eines durchschnittlichen Arbeitergehaltes entspricht. Dies ist einigermaßen verwirrend. Der Edelmetallhandel war in der Zeit der Naziherrschaft zunehmend in staatlicher Hand und ab spätestens 1940 war es strafbar, gegen das Verbot des privaten Gold- und Silberhandels zu verstoßen.

Außerdem verfügte Margarete nach allem, was wir wissen, nicht über eine wie auch immer geartete kaufmännische Ausbildung. Wie wurde aus der Bedienung und Gelegenheitsmusikerin also einfach mal so eine Geschäftsführerin?

Nehmen wir an, sie wohnte tatsächlich, so wie sie es angab, in den Jahren 1942 bis 1944 in Stuttgart, so keimte in uns ein hässlicher Verdacht. Ein Verdacht, den wir durch die Lektüre einer Spruchkammerakte erhärten konnten.

Spruchkammern: Das waren jene gerichtsähnlichen Institutionen, die der Entnazifizierung dienen sollten. Sie stellten fest, ob der oder die Betroffene Hauptschuldiger (Kriegsverbrecher), Belasteter (Aktivisten, Militaristen und Nutznießer), Minderbelasteter (Bewährungsgruppe), Mitläufer oder Entlasteter ist und ordneten Sühnemaßnahmen an. Ihre Rechtsgrundlage war das Gesetz Nr. 104 zur Befreiung von Nationalsozialismus und Militarismus vom 5. März 1946, meist nur „Befreiungsgesetz" genannt, das der Länderrat des amerikanischen Besatzungsgebietes erlassen hatte. Alle Deutschen, die die nationalsozialistische Gewaltherrschaft aktiv unterstützt hatten, sollten zur Wiedergutmachung verpflichtet und von öffentlichen Ämtern ausgeschlossen werden. Aus öffentlichen Mitteln zahlbare Pensionen oder Renten wurden aberkannt, ebenso das Wahlrecht, die Wählbarkeit und das Recht, sich als Mitglied einer Partei politisch zu betätigen.

Im Unterschied zu Strafverfahren war bei den Spruchkammern die Beweislast umgekehrt, d.h. nicht die Spruchkammer musste die Schuld des Betroffenen beweisen, sondern der Betroffene musste die Schuldvermutung entkräften. Dies führte dazu, dass die Mehrheit der Angeklagten sich zu rechtfertigen versuchte und vor allem Zeugen für ihr untadeliges Verhalten benannte. Die Aussagen dieser manchmal dubiosen Zeugen führten nicht selten zu einer Entlastung der Betroffenen. Sie erhielten eine Bescheinigung, die meist folgenden Wortlaut hatte: „Aufgrund der Angaben in Ihrem Meldebogen sind Sie von dem Gesetz zur Befreiung vom Nationalsozialismus und Militarismus vom 5. März 1946 nicht betroffen." Da dieser „Freispruch" auf einer weißen Postkarte mitgeteilt wurde, erhielt er im Volksmund den Begriff „Persilschein".

Die Düsseldorfer Firma Henkel, die das gleichnamige Waschmittel seit 1907 produzierte, hatte übrigens mit all dem nichts zu tun.

Wieso kamen wir überhaupt auf den Gedanken Margarete Reinhardt habe sich an jüdischem Eigentum vergriffen?

Die damalige Margarete Hesselbach wohnte 1935 kurzzeitig in dem Haus Eberhardstraße 23, eine Adresse unweit des Gebietes, in dem sie sich dauernd an- und ummeldete. In diesem Haus befand sich auch der eingesessene und renommierte Edelmetallhandel der jüdischen Familie Richnowsky – eine geachtete Familie. Juden gehörten zu Stuttgart und waren meistens längst assimiliert. Sie waren zu mehr als der Hälfte selbstständig und zumeist im Handel tätig, darunter führend in der Textil- und Lederwarenbranche. Aber es gab auch 21 Juweliere, Optiker und Uhrmacher.

In Friedenszeiten lebten in Stuttgart mehr als 4.500 jüdische Bürger, was einem Prozent der Bevölkerung entsprach. Am Ende des Dritten Reiches sollen es noch 24 gewesen sein, andere Zahlen sprechen von 150. Auch in den Adressbüchern kann man diesen grauenhaften Schwund nachverfolgen. Namen, die in einem bestimmten Haus stets anzutreffen waren, waren plötzlich aus den Adresslisten gelöscht. Ein eigenes Kapitel im Adressbuch von 1942 galt noch den sogenannten „selbstständigen Juden", die noch in irgendeiner Form ihrem Gewerbe nachgehen konnten.

Die Eberhardstraße war, laut Adressbuch aus den Jahren seit 1933, eine Straße, in der es auffallend viele „Gold- und Silberläden" gab. Viele davon waren in jüdischer Hand. Beginnend mit 1933 und den Boykottmaßnahmen gegen jüdische Läden und kulminierend mit der Reichspogromnacht vom 9. November 1938 wurde den Besitzern dieser Geschäfte das Leben zunächst schwergemacht, dann wurden sie zur Flucht und zum Verkauf gedrängt.

Per Verordnung vom 21. Februar 1939 wurden jüdische Bürger schließlich gezwungen, sämtliches Gold, Silber und Edelsteine gegen eine geringe Entschädigung abzugeben. Pro Forma wurde ein Schätzer entsandt. Das Meiste wurde eingeschmolzen, manches verkauft, schöne Dinge landeten in Büros oder Museen. Die eingeschmolzenen Dinge wurden zu Medaillen und Bilderrahmen verarbeitet.

Gab es ein Ladengeschäft, übernahmen oft arische Mitbewerber oder linientreue Bürger diese Läden und führten sie fort.

So erging es auch den Richnowskys, Margaretes ehemaligen Mitbewohnern. Ihr wertvolles Firmeneigentum wurde angeblich beschlagnahmt, beziehungsweise offenbar in Restbeständen oder Teilen an die Stuttgarter Schmuckhändlerin Johanna Gallion übergeben. Soweit die Lesart.

Wir haben herausgefunden, wie es wirklich war. Auch hier ist Margarete möglicherweise nicht weit. Wenn auch im Dunkeln, wie so oft.

Johanna Gallion

Johanna Hildegard Gallion wurde am 2. September 1903 als Tochter der Eheleute Josef Kaupp und Amalie Kaupp geboren. Ihr am 11. März 1901 geborener Bruder Max Kaupp betrieb seit dem Tod des Vaters ein Antiquitätengeschäft im elterlichen Haus in der Stuttgarter Brunnenstraße 20. 1922 heiratete Johanna den Bankbeamten und Kaufmann Karl Gallion, der am 16. August 1895 in Karlsruhe geboren wurde. Dies wissen wir aus den Recherchen des Detektivs Eugen Traub, dessen Ermittlungen Teil der Spruchkammerakte geworden sind. Traub suchte nach Angehörigen in Karlsruhe, konnte jedoch nur feststellen, dass die beiden Schwager 1910 bzw. 1917 verstorben waren und somit die Familie in Karlsruhe ausgestorben war. Es existierte nach dem Krieg in

Karlsruhe noch ein Ausstattungsgeschäft namens Gallion und zwar in der Kaiserpassage, doch können wir hier keinen beweisbaren Zusammenhang herstellen.

Johanna Gallion aus Stuttgart besaß 1942 ein Antiquitätengeschäft in der Esslinger Straße.

In der Akte eines Detektivs, dem es vornehmlich um den Lebenswandel der Gallion ging, fanden wir interessante Einschätzungen. Ein Zeuge und als Altertumshändler eine Art Kollege gab zu Protokoll: „Frau Gallion hat durch ihre unmoralische Veranlagung den ganzen Antiquitätenhandel in Stuttgart in den schlimmsten Verruf gebracht." Der Ermittler konfrontierte den Zeugen mit der Behauptung, er habe gehört, wenn ein junger Mann zur Gallion in den Laden komme, müsse der Betreffende damit rechnen, „dass ihm von der Gallion der Hosenladen geöffnet werde." Daraufhin antwortete der Zeuge: „Mein lieber Herr, der Betreffende braucht gar nicht jung zu sein." Ein weiterer Zeuge bestätigt die „Hosenladen"-Behauptung und fügt hinzu, dass sich Johanna Gallion viel in Nachtlokalen aufhalte.

Zusammen mit ihrem Ehemann, ihrem Bruder und zwei weiteren Männern traf sich Johanna Gallion immer wieder zum Stammtisch im *Postmichl*. Als der Barbesitzer Julius Lintz zur Gruppe stieß, verlegte man das regelmäßige Treffen in dessen *Peterhofbar*. Es müssen feuchtfröhliche und vielleicht auch frivole Treffen gewesen sein. Stellen wir uns eine Bedienung vor, die dieses Treiben klammheimlich beobachtet, Wortfetzen aufschnappt, wenn sie an den Tisch tritt und eine gewisse Bewunderung für diese Frau Gallion entwickelt, die sich um keine Regeln von Anstand und Moral zu scheren scheint. Und dann erfährt diese Bedienung, die womöglich selbst auch anschaffen geht, dass diese Herrschaften „durch Judengeschäfte reich gewordene Leute sind", so ein Zeuge im Spruchkammerprozess.

Margarete könnte eine solche Bedienung gewesen sein. Und in ihr könnte der Entschluss gereift sein, es der Johanna Gallion gleichzutun; zumal dieser Lebenswandel noch einen weiteren Vorteil bringen könnte.

> „Vor einem Verkehr mit Frau Gallion ist größte Vorsicht am Platze, denn sie ist eine Frau, die imstande ist, über Leichen zu gehen und die dabei von hochstehenden Persönlichkeiten unterstützt wird (...)."

Diese Aussage ließ uns hellhörig werden. Die „hochstehenden Persönlichkeiten" waren schnell ermittelt, die Namen der Herren sind aktenkundig, tun hier jedoch nichts zur Sache. Dass es sich allesamt um Mitglieder der Geheimen Staatspolizei handelte, muss aber ebenso erwähnt werden wie die Aussagen von Zeugen, die Johanna Gallion mehrmals beim Betreten bzw. Verlassen des *Hotel Silber* beobachtet hatten. Dies war der umgangssprachliche Name des berüchtigten Stuttgarter Gebäudes in der Dorotheenstraße 10, in dem sich von 1937 bis 1945 die Staatspolizeileitstelle Stuttgart, also die Gestapo-Zentrale, für die Reichsteile Württemberg und Hohenzollern befand. Die Geheimpolizei beteiligte sich nicht nur an der Verfolgung der Juden, sondern auch an jener von Sinti und Roma, von Homosexuellen und von sogenannten Asozialen. Sie verfügte über eigene Spitzel, zu denen auch Johanna Gallion gehört haben mag. Und wo eine Frau mit speziellen Angeboten und Interessen aus- und einging, könnte auch eine zweite das Gleiche getan haben.

Nachdem Johanna Gallion 1947 einen entlastenden Bescheid erhalten hatte, der ein Jahr später im Zuge einer weiteren Untersuchung bestätigt wurde, wurde es im Juli 1949 für die mittlerweile 45-Jährige nun doch ungemütlich. Sie wurde nun aufgrund des bereits erwähnten „Gesetzes zur Befreiung von Nationalsozialismus und Militarismus" vom 5. März 1946, auch Gesetzt Nr. 104 genannt, als Hauptschuldige angeklagt. Die Anklagepunkte sollen im Originalton wiedergegeben werden:

1) Die Betroffene ist Denunziantin und Anzeigenerstatterin im Sinne des Art. O/I/2.
2) Weiterhin hatte sie regen Verkehr mit und gute Beziehungen zu der Gestapo und deren Angehörigen, leistete Spitzeldienste für die Geh. Staatspolizei und bereicherte sich auf ungerechte Art und Weise an jüdischem Eigentum mit Unterstützung der Gestapo.

Die Anklagebehörde sieht es aufgrund von Zeugenaussagen als erwiesen an, dass sich Johanna Gallion „anlässlich der Zertrümmerung des jüdischen Juweliergeschäfts Richnowsky, zusammen mit ihrem Bruder, in den Laden begab und mit einem Arm voll Sachen wieder herauskam." Sie soll während der „Judenaktion" – gemeint ist die Reichspogromnacht vom 9. November 1938 – „eine führende Rolle" gespielt haben. Im Auftrag der Gestapo sollen sie und ihr Bruder „Juwelen und sonstige Waren" aus jüdischen Geschäften entnommen haben. Doch es war mehr als nur eine spontane Plünderungsaktion. Im Prozess gegen ihren Bruder Max Kaupp wird Johanna Gallion gefragt:

„Haben Sie das Geschäft Richnowsky übernommen?"

Johanna Gallion antwortet: „Ich habe nicht das Geschäft, sondern die Ware übernommen."

Die Anklagebehörde stellt fest: „Auf diese Art und Weise kam eine enorme Steigerung des Vermögens der Betroffenen und ihres Bruders zustande."

Die schmutzigen Geschäfte mit dem Besitz jüdischer Personen, die nicht selten bald darauf im KZ starben, müssen so lukrativ gewesen sein. So habe die Gallion 1941 „für einige hunderttausend Mark Schmuck an sich" getragen und sich 1943 nicht mehr Altwarenhändlerin, sondern „Goldwarenhändlerin" genannt.

Gold und Silber!

Übrigens verband sich für uns noch ein weiteres seltsames Erlebnis mit der Familie Richnowsky. Im Rahmen des Projekts *Stolpersteine* wurde eine Messingtafel auch für Arthur und Frieda Richnowsky verlegt. Im Internet dokumentiert eine Seite u.a. die Biographien der deportierten und ermordeten jüdischen Mitbürger, für die in Stuttgart bislang *Stolpersteine* verlegt wurden. Eva rief Barbara Heuss-Czisch, eine der beiden Autorinnen des Textes über Arthur und Frieda Richnowsky, an und wollte Genaueres zu dieser Familie erfragen. Das Gespräch endete zu Evas Erstaunen sehr abrupt. Merkwürdig.

Als wir also diese Spruchkammerakten studierten, keimte immer eindringlicher der hässliche Verdacht, dass sich Johanna Gallion und Margarete gekannt und womöglich gar gemeinsame Geschäfte gemacht haben. Sie lebten und arbeiteten im gleichen Viertel und bewegten sich im Vergnügungsgewerbe. In der Stuttgarter Altstadt kannte man sich gewiss ebenso, wie man sich auch heute im „Milieu" noch kennt.

Margaretes Angabe, „Geschäftsführerin Gold und Silber" gewesen zu sein, bekommt immer deutlichere Konturen. Die neuen arischen Inhaber der ehemals jüdischen Schmuckläden nannten sich oftmals und gerne auch „Geschäftsführer". In der Annahme, das Dritte Reich würde tatsächlich tausend Jahre währen, erschien ihnen die Übernahme eine risikolose Sache zu sein.

Liegt hier der Schlüssel für den schnellen Reichtum von Margarete Reinhardt nach dem Krieg? Hierzu fehlt uns zwar ein Beweis, aber eine mögliche Erklärung wäre es allemal.

Nachdem Margarete ja eine kurze Zeit im Hause der Richnowskys gelebt hatte und durch ihr Arbeitsumfeld wie auch immer mit der Gegend vertraut war, ergab sich für Eva die Hypothese, dass Margarete als Geschäftsführerin eines kleinen Ladens, vielleicht einer Pfandleihe oder eines kleineren Schmuckgeschäftes, tätig war. Durch ihre Bekanntschaft oder auch Beziehungen mit den Machthabern hätte sie vielleicht als Strohfrau fungiert, bis der ursprüngliche Besitzer zurückkommen könnte oder wäre auch „für immer" Eigentümerin gewesen.

Nun waren im Jahr 1942, das sie im Fragebogen als Beginn ihrer Geschäftsführertätigkeit angibt, die entsprechenden Betriebe bereits arisiert. Die meisten waren 1938 bereits abgewickelt. Möglich wäre, dass ein anderer Geschäftsmann oder Bekannter zunächst diese Aufgabe übernommen hatte, dann eingezogen wurde oder aus anderen Gründen ausschied. Margarete, die offenbar findig und auch durchaus gut vernetzt war, könnte eingesprungen sein. Es gab neben den Profiteuren tatsächlich auch gutwillige „Ariseure", die die übernommenen Betriebe nur pro forma weiterführten.

Nun würde auch Margaretes Aussage, schon vor dem Krieg ein Auto besessen zu haben, Sinn machen. Aus der Akte des Spruchkammerverfahrens gegen Max Kaupp wissen wir, dass Autos das erste waren, was man den Juden abgenommen hatte. Schon 1938 hatten sie ihre Führerscheine und Fahrzeuge abzugeben. Man darf davon ausgehen, dass diese Autos nicht verschrottet, sondern weitergefahren wurden – oder auch verschenkt, als Bonus sozusagen. Eine interessante Forschungsarbeit wäre es übrigens, den Verbleib dieser Autos nachzuverfolgen. Wie viele davon mögen heute blankpoliert in Fahrzeugmuseen stehen, ohne dass man etwas über ihre Geschichte weiß?

Ein weiterer Interpretationsansatz betrifft eine nicht weniger hässliche Theorie. Ab 1942 wurde das Gold, das man den in Auschwitz und den anderen Vernichtungslagern ermordeten Juden abgenommen hatte, geschieden, um es zu Geld zu machen. Staatlich kontrollierte Scheideanstalten nahmen ihre Arbeit auf, so wie die Degussa. Hatte es hier einen Job für die laut eigenen Angaben dreimal ausgebombte Margarete gegeben? Ihr angestammtes Gewerbe mag in Zeiten des

Krieges und angesichts eines gewissen Männermangels darniedergelegen haben.

Wenn unsere Theorie von der Übernahme eines Ladens zuträfe, wäre Margarete keineswegs mit nichts aus Stuttgart nach Karlsruhe gekommen, wie sie selbst behauptete, sondern hätte durchaus das eine oder andere Schmuckstück aus dem Gold- und Silberhandel dabeihaben können. Werte, die später in ihre Bars flossen.

Aber hätte der ihr gegenübersitzende Beamte beim Ausfüllen des Entnazifizierungsbogens nicht nachfragen müssen, was der Begriff „Gold und Silber" bedeutete. Der Name des Inhabers und die Adresse der Firma sind in Margaretes Bogen nicht angegeben, obwohl eigentlich gefordert. Übrigens fehlen diese Angaben bei allen drei Berufen von Margarete. Eine Einsicht in andere vergleichbare Meldebögen zeigt, dass dies zumindest ungewöhnlich war.

Zunächst hatte Wolfgang noch Zweifel an der Juwelier-Theorie, denn sie passte seiner Meinung nach ja so gar nicht in Margaretes übliches Tätigkeitsfeld: Kneipe, Kapelle, Konzertcafé mit Animation. Eva meinte aber, dass etliche Jahre im Leben der Margarete Reinhardt ja nach wie vor nicht genau nachzuvollziehen sind. Wer weiß – vielleicht hat sie als junge Frau in einem Schmuckladen oder in einer Pfandleihe gearbeitet. Vielleicht hat sie Gabriel Reinhardt auch in diesem Zusammenhang kennengelernt. Margarete war findig und vielseitig und könnte in verschiedene Gewerbe hineingeschnuppert haben.

Trotz aller intensivster Recherchen und vieler Gedankenspiele haben wir dieses Rätsel einfach nicht endgültig lösen können.

Wäre Margarete, in der Absicht sich zu bereichern, in das „Arisierungsgeschäft" eingestiegen, so würde das einen sehr dunklen Schatten auf ihre Persönlichkeit werfen. Angesichts der Tatsache, dass sie in ihren Karlsruher Jahren als gutmütig und ehrlich beschrieben wurde, fällt es uns schwer, in ihr eine Kriegsgewinnlerin zu sehen, die im wahrsten Sinne des Wortes über Leichen ging.

Doch es bleiben Zweifel offen.

Kapitel 2

1944 will Margarete nur mit einem Koffer und den Kleidern, die sie auf dem Leib trug, nach Karlsruhe gekommen sein. So stellte sie selbst später ihr Debut in Karlsruhe dar. Doch wie bei allem anderen, was sie betrifft und was sie selbst von sich erzählt, ist Vorsicht geboten.

Tatsache ist, dass Margarete 1946 bereits auf der Erfolgsspur unterwegs war … mitten hinein in das Wirtschaftswunder und in ein neues Leben.

Karlsruhe, im August 1944

Karlsruhe glich im Jahr 1944 vielen anderen Städten mitten im Krieg. Ihren eigenen Angaben zufolge kam Margarete im August in die Fächerstadt, in der schon die ersten Wunden des Bombenkrieges erkennbar waren. Schon seit 1941 musste die Bevölkerung immer wieder in die Luftschutzkeller flüchten, sobald die Sirenen heulten. Kurz darauf war in diesem Fall dann das Führungsflugzeug der Bomberstaffel am Himmel zu sehen, dem die Bevölkerung bald den Namen „Bomberkarle" gab. Wer noch nicht im Keller war, musste sich jetzt beeilen, den Blick immer wieder besorgt nach oben gerichtet. Am 9. August 1944 hatten britische Bomber einen Angriff auf den Rangierbahnhof geflogen, bei dem 103 Menschen ums Leben kamen: Ausländische Gefangene oder Zwangsarbeiter und deutsche Begleitmannschaften, die sich in einem Zug auf dem Gelände des Bahnhofs befanden. Interessanterweise berichtet die *Badische Presse* am folgenden Tag nicht über diesen Angriff, sondern übernimmt unter dem Titel „Flammen über der Stadt" einen Artikel aus dem *Führer*. In typischer Propagandamanier werden ein offenbar idealtypischer Angriff sowie die Abwehrmaßnahmen der Wehrmacht geschildert. Dort heißt es: „Schließlich ist es einem Teil der feindlichen Bomber doch gelungen, den Flakgürtel zu durchbrechen. Schon fallen die ersten Bomben. Deutlich sind die Einschläge zu hören. Ein Haus stürzt unter der Wucht der Detonation zusammen." Alles halb so schlimm, könnte man angesichts dieser Zeilen denken. Doch die Leser der *Badischen Presse* ahnten noch nicht, was vier Wochen später auf sie zukommen sollte.

Der Weg nach Westen

Kehren wir zu Margarete zurück: Warum verließ sie Stuttgart, wo sie immer wieder gewohnt hatte und gewiss heimisch geworden war, und kam ausgerechnet nach Karlsruhe? Sicher ist, dass sie offenbar aus Stuttgart wegwollte. Der Grund dürfte sogar auf der Hand liegen: In den vier Nächten vom 25. bis zum 29. Juli 1944 radierten alliierte Bombenstaffeln die Stuttgarter Innenstadt von der Landkarte. Die Angriffe forderten 884 Tote und 1.916 Verwundete, 100.000 Menschen wurden obdachlos. Kaum anzunehmen, dass Margarete nicht auch zu letzteren gehörte. Im wahrsten Sinne des Wortes über Nacht hatte sie nicht nur sehr wahrscheinlich ihre Wohnung verloren, sondern vor allem ihre Arbeitsgrundlage, denn die Bordelle sowie entsprechende Wohnungen, in denen „Gäste" empfangen werden konnten, standen nicht mehr. Und auch wenn sie noch existiert hätten: Kunden wären ausgeblieben. Auch dem von uns angenommenen Gold- und Silbergeschäft wäre die Grundlage entzogen worden.

Daher dürfte ihre Aussage der Wahrheit entsprechen, eine Freundin habe ihr gesagt, Karlsruhe sei noch nicht so zerstört, und dies habe den Ausschlag für die Reise dorthin gegeben.

Möglicherweise gab es da aber auch dunkle Geschäfte in dem Milieu, in dem sie sich seit langem bewegte und die ihr vielleicht jetzt angesichts des nahenden Kriegsendes zu heiß wurden. Wir möchten nochmals betonen: Es gibt zwar keinen Beweis, dass sie von der Arisierung jüdischer Geschäfte profitierte, doch wäre sie nicht die Einzige gewesen, die da zugriff, wo andere alles zurücklassen mussten.

Wie dem auch sei: Margarete war nun in der einstigen badischen Residenz angekommen, eine Stadt, die sie nie mehr wirklich verlassen sollte.

Führen wir uns nochmals das Kriegsgeschehen vor Augen, so steht fest, dass sie gewiss jemanden in Karlsruhe gekannt hat oder zumindest eine Anlaufstelle gehabt haben muss. Alle Schilderungen von Zeitzeugen über jene Jahre machten deutlich: Wenn überhaupt, verließ man in diesen Tagen die eigene Heimatstadt, um aufs Land zu flüchten, wo es sicherer war und wo es mehr zu essen gab. Man würde dann im Allgemeinen dahin gehen, wo man Verwandtschaft hatte. Dies geschah in Deutschland in den letzten Kriegswochen tausendfach. Eva erinnerte sich in diesem Zusammenhang immer wieder auch an ihre eigene Mutter, die 1944 aufs hessische Land flüchtete, zu entfernten Verwandten. Nicht immer waren diese bäuerlichen Verwandten übrigens begeistert über den Zuzug der Städter, die sich ihrer nun plötzlich erinnerten. Und Margarete hatte ja durchaus noch Verwandtschaft in den kleinen Orten bei Würzburg, die sie hätte aufsuchen können. Aber dorthin zog es sie anscheinend nicht. Zielstrebig erwählte sie die Fächerstadt zu ihrem künftigen Wirkungsort.

Und da war sie nicht die Einzige...

Zuzug nach Karlsruhe

Weg aus dem Osten, weit weg vor den nachrückenden Russen und ihren Gräueltaten, ihrer Rache. Möglichst weit nach Westen. Das mögen viele sogenannte Flüchtlinge 1944 und 1945 gedacht haben, denn der Verbleib im Osten war gefährlich und im Westen regierten die Amerikaner, die als großzügiger galten. Auch die GIs waren angehalten, sich der deutschen Bevölkerung gegenüber unfreundlich zu verhalten – aber dabei korrekt! Die Soldaten rechneten mit Angriffen der sogenannten „Werwölfe", einer von Heinrich Himmler 1944 errichteten Truppe, die Anschläge, Sabotageakte und Attentate verüben sollte. Umso überraschter waren die Besatzer, dass die Besiegten sie freundlich empfingen und die Menschen dankbar waren für jede Zigarette und jedes Stück Schokolade.

Nicht wenige Vertriebene strandeten also in Karlsruhe, das wegen seiner Lage im Südwesten Deutschlands ein bevorzugter Fluchtpunkt für Menschen war, die aus ihrer Heimat, etwa in Ostpreußen oder Donauschwaben, fliehen mussten. Die Donauschwaben stammten ohnehin vorwiegend aus der Pfalz, dem Elsass und Lothringen und kehrten somit in die Gefilde ihrer Heimat zurück, aus der sie Ende des 17. Jahrhundert ausgewandert waren.

In den Jahren 1945 und 1946 kamen die Menschen im Durchgangslager für Flüchtlinge in Karlsruhe an und wurden von dort verteilt: In die Ortschaften und Dörfer der Umgebung. Dort wurden sie von wenig begeisterten Gastgebern in hastig hergerichteten Zimmern in ihren eigenen Wohnungen einquartiert. Das war eine Verwaltungsanordnung, die nur missmutig und misstrauisch befolgt wurde. Waren das überhaupt richtige Deutsche und was für seltsame Gebräuche, Gerichte und Dialekte brachten sie mit sich?

Und man lebte doch selbst schon so beengt. Etwa die Hälfte der 1939 noch verfügbaren Wohnungen in Karlsruhe war als „leicht beschädigt" eingestuft. Umso brisanter, als die Karlsruher Bevölkerung durch den Zuzug der Flüchtlinge stetig anwuchs. Da kamen nicht nur die Menschen vom Balkan mit ihrer fremdartigen Sprache und ihren anderen Lebensgewohnheiten, die den großzügigen Genuss von Zwiebeln und Knoblauch beinhalteten, sondern auch die Vertriebenen, die aus den Ostgebieten des vormaligen Deutschen Reichs heranfluteten. Bei einer Aufnahmequote von 1946 bis zu 15 Prozent der Bevölkerung bedeutete dies fast 30.000 Menschen, die sich zu den 12.700 Migranten addierten, die bereits 1945 gekommen waren. Und die meisten würden nicht mehr gehen. Nach Angst, Flucht und Vertreibung klammerten sie sich an die Vision einer neuen Heimat.

So wurde in der ehemaligen Residenz gebaut wie besessen, damit alle ein Dach über dem Kopf hatten. Fast 30.000 Wohnungen entstanden bis 1950.

Viele dieser zugezogenen Menschen waren entwurzelt, konnten in ihren vormaligen Berufen nicht mehr Fuß fassen. Manche davon kamen zwar nicht direkt auf die schiefe Bahn, aber doch auf eine abschüssige. Und sie alle brauchten Geld, um dem steigenden Lebensstandard und dem beginnenden Konsuminteresse frönen zu können.

Aus diesem Reservoir der Vertriebenen mag auch die geschäftstüchtige Margarete ihr Personal für ihre neuen Unternehmungen rekrutiert haben. Da werden wohlerzogene Mädchen zum Familieneinkommen durch eine Tätigkeit als Animierdame beigetragen haben, da mag der eine oder andere Türsteher früher irgendwo in seiner östlichen Heimat ein solider Kaufmann gewesen sein. Hinzu kamen all die orientierungslosen Kriegsheimkehrer, die sich schwer wieder in ihre alten Familien eingliedern konnten, sofern sie ihre Lieben überhaupt wiederfanden.

Die Welt war durcheinandergemischt, die alten Ordnungen galten nicht mehr. Wie immer in solchen Zeiten: Eine Chance für zupackende Leute mit Geschäftssinn und Mut.

Die Stadt und den Wohnsitz zu wechseln war also, wie wir gesehen haben, nicht unproblematisch, denn einen Platz im hauseigenen Luftschutzkeller gab es im Allgemeinen nur für Bewohner des betreffenden Hauses. Sonst blieben nur die öffentlichen Luftschutzkeller, die umständlicher zu erreichen waren.

Margarete muss also irgendwo zur Miete oder Untermiete gewohnt haben. Aber wo? Im Adressbuch von 1943/44 (Redaktionsschluss Ende November 1943) fanden wir eine Arbeiterin namens Margarete Reinhardt, wohnhaft in der Waldhornstraße. Das kann unsere Margarete nicht sein, wenn wir ihren Angaben glauben, dass sie erst 1944 in die Fächerstadt kam. Das Adressbuch von 1945/46 (Redaktionsschluss Ende Dezember 1945) verzeichnet zwei Frauen mit dem Namen Margarete Reinhardt: Die eine trägt nur die Bezeichnung „Frau" und war in der Rittnertstraße 29, also im Stadtteil Durlach, zu Hause. Bei der anderen steht die Berufsbezeichnung „Musikerin". Das ließ uns aufhorchen: 1946 bezeichnete sich Margarete auf dem Entnazifizierungsbogen auch als Musikerin. Wir hatten wohl die Richtige gefunden. Und auch ihre Adresse passte zu dem Bild, das wir von ihr in ihren Stuttgarter Jahren haben: Durlacher Straße 81. Altstadt also! Übrigens war dies auch das ehemalige Zuhause der von den Nazis verschleppten und ermordeten Mitglieder der Karlsruher Familie Reinhardt. Von einer großen Familie blieb nur ein einziger Mensch am Leben. Leider ist es heute nicht mehr möglich, herauszufinden, ob es familiäre Verbindungen zwischen diesem Zweig der großen Reinhardt-Familie und jenem des Gabriel Reinhardt gab.

Lange hielt es Margarete nicht in ihrer Wohnung, denn im folgenden Jahrgang 1947 ist sie in der Brunnenstraße 7 verzeichnet und blieb dort bis 1954.

Für die Zeit ab August 1944 fanden wir keine Belege, was Margarete genau getan hat. Sie mag zunächst bei jemandem untergeschlüpft sein oder, wie gesagt, bei Bekannten oder ehemaligen Kollegen zur Untermiete gelebt haben. Für eine junge Frau, die niemanden kannte, wäre es in Karlsruhe in jenen Monaten sowieso nicht einfach gewesen, eine Wohnung zu finden; zumal das dicht bebaute sogenannte Dörfle, das ehemalige Arbeiterviertel, überfüllt war – dazu später mehr. Dieses Dörfle war offenbar bei den Bombenangriffen auf die Fächerstadt einigermaßen glimpflich davongekommen. Aber natürlich blieben die Straßenzüge, in denen einst italienische Arbeiter lebten, nicht vollkommen ungeschoren. Ein Blick in das Adressbuch von 1945/46 zeigt dies deutlich: Rund um ihre Adresse in der Brunnenstraße 7 werden zahlreiche Häuser mit dem Bei-Wort „zerstört" bezeichnet.

Bomben auf Karlsruhe

Und der Bombenkrieg holte Margarete vermutlich ein. Am 5. September 1944 folgte ein Angriff bei Tageslicht, der den Auftakt einer ganzen Serie bildete. Die Karlsruher Bevölkerung konnte kaum Atem schöpfen. Schon am 8. September griffen Mosquito-Bomber an und warfen Luftminen und Sprengbomben ab. Um 11.15 Uhr dann der nächste Alarm, der Schlimmstes befürchten ließ, denn mehr als 1.000 US-Bomber waren im Anflug auf Südwestdeutschland. 303 von ihnen nahmen Kurs auf die Fächerstadt, mit dem Ziel, die Eisenbahnhauptwerkstatt, heute im Umfeld der Stuttgarter Straße, endgültig zu zerstören. Innerhalb von zehn Minuten fielen fast 1.000 schwere Bomben sowie 66.660 Stabbrandbomben in das Gebiet zwischen Wasserwerkbrücke, Wolfartsweierer Brücke und Eisenbahnwerk. Das Gelände wurde regelrecht umgepflügt, Gebäude komplett zerstört und die vielen Waggons auf den Gleisen in Flammen gesetzt. Zusätzlich griffen Jagdflugzeuge in das Geschehen ein und attackierten Züge.

Wenige Minuten nach Mitternacht, am 27. September, rollten in England über 200 Bomber zum Start, um kurz vor fünf erstmals die Methode des sogenannten „Todesfächers" anzuwenden, bei der ein Leitflugzeug dabei einen Punkt vor dem eigentlichen Zielgebiet markierte. Die Bomber überflogen diese Stelle und klinkten dann nach einer genau berechneten Zeitspanne ihre Bomben aus.

Dieser Angriff überraschte die Bevölkerung völlig. Die meisten suchten, da es zuvor schon Fehlalarm gegeben hatte, die Luftschutzkeller nicht auf. Ein fataler Fehler: Die Flugzeuge warfen fast eine halbe Million Brandbomben ab. Bald schon standen Schloss, Kleine Kirche, Evangelische Stadtkirche, Rathaus, St. Stephan und viele Wohnhäuser in Flammen; es brannte von der Oststadt bis nach Mühlburg. Panik kam auf, überall wurde hektisch versucht, die kleinen Bomben mit Sand zu bedecken oder aus dem Haus zu werfen. Gegen sechs Uhr sogen die vielen Feuer wie in einem Kamin frische Luft aus dem Hardtwald an, doch die breiten Straßen, die vielen Plätze und die von früheren Bombenangriffen herrührenden Häuserlücken verhinderten, dass ein Feuersturm, wie ein Jahr zuvor in Hamburg, entstehen konnte.

Margarete überlebte, wie auch immer, dieses Inferno. Und dann herrschte plötzlich Stille über der Stadt – und in ganz Deutschland. Der Krieg war zu Ende. Es schlug die „Stunde Null", das deutsche Volk und Margarete Reinhardt gingen auf Neustart.

Unter Besatzung

Der 8. Mai 1945, den wir heute als „Tag der Befreiung" feiern, war ein zwiespältiger Tag. Ein Freudentag war er für die Opfer des Nationalsozialismus. Die Türen vieler KZs hatten sich bereits früher geöffnet (Auschwitz im Januar und Buchenwald im April) und entließen lebende Skelette in die Freiheit. Diejenigen, die im Untergrund Widerstand geleistet hatten, konnten aufatmen. Die Kriegsgefangenen und Zwangsarbeiter würden ihre Heimat wiedersehen.

Doch für die Millionen Deutsche, die als Mitläufer gedient hatten, bedeutete der Tag eine Niederlage und der Schleier der Lügen des

NS-Reiches wurde jäh zur Seite gezogen und enthüllte die grausame Wahrheit hinter der Propaganda.

Auch Karlsruhe musste sich der Realität stellen. Der 4. April 1945 wurde dann für viele zum Schreckenstag. Als erste deutsche Großstadt zogen die Franzosen in der badischen Residenz ein. Die Truppen, darunter viele Nordafrikaner, nahmen Straße für Straße und Haus für Haus in Besitz, die Zivilbevölkerung zitterte – vor allem die Frauen, wie wir noch sehen werden.

Doch die Karlsruherinnen und Karlsruher hatten Glück, denn die Besatzung der Franzosen dauerte nur bis zum 7. Juli 1945, dann rückten die Amerikaner ein.

Allgemeine Erleichterung. Die Amerikaner, nicht vom Krieg derart betroffen wie das Nachbarland Frankreich, und daher weniger feindselig, mussten den traditionell auf Strenge und Disziplin getrimmten Deutschen wie Wesen von einem anderen Stern erschienen sein. Gepflegt und gut genährt saßen sie in lockerer Haltung in ihren Jeeps und auf den Panzern, die Kinnriemen der Stahlhelme offen und in den Mundwinkeln eine Zigarette. Zu den Kindern waren sie freundlich, denn ihr anfängliches Feindbild vom schlimmen Deutschen wich bald dem Mitleid mit den hungernden Frauen und Kindern. Zuerst lockere, dann freundschaftliche Beziehungen entstanden, insbesondere durch die jeweilige Einquartierung der jungen Männer oder der Offiziere in Privatwohnungen. Die älteren Karlsruher gaben sich verhalten, aber die jungen Frauen entspannten und atmeten neugierig so etwas wie gänzlich unbekannte freie Luft. Und bei der Entspannung zwischen Besatzern und Besetzten half nicht nur der Swing, sondern auch die eine oder andere Zigarette oder das Paket Kaffee oder die begehrten Nylonstrümpfe. Zu lange hatten die Frauen auf alles Schöne und Luxuriöse verzichten müssen: Warum also nicht ein bisschen nett zu einem großzügigen Bill oder Jim sein, wenn man dadurch an Lebensmittel für die ganze Familie kam, die ansonsten unerreichbar waren?

Das sprach sich herum. Auch bis zu Margarete, die mit ihren nunmehr 36 Jahren nicht mehr ganz in das Bild der jungen „Fräuleins" passte, aber mal wieder ihren ganz eigenen Weg der Zusammenarbeit mit den GIs fand.

Das Viertel, in dem Margarete in Stuttgart aktiv gewesen war, lag seit Juli 1944 in Schutt und Asche. Ihrem ursprünglichen Gewerbe konnte sie nun nicht mehr nachgehen, und ein eventueller Gold- und Silber-Laden dürfte auch nur noch ein Trümmerhaufen gewesen sein.

Doch auch nach dem Zusammenbruch des Dritten Reiches muss sie mit irgendetwas Geld verdient haben. Und es scheint ihr in den chaotischen Jahren nach dem Krieg nicht schlecht gegangen zu sein. Ein Brief ihres Neffen lässt die Vermutung zu, dass sie doch mit etwas mehr als jenem Paar abgelatschter Schuhe, von denen sie selbst erzählt hat, nach Karlsruhe kam. Er schrieb uns, sie habe wohl den Grundstock ihres späteren Vermögens in ihrer Zeit in Stuttgart gelegt. Unsere Hypothese über Margaretes Zeit in Stuttgart schließt hier an.

Zugereiste Frauen, die vielleicht schon vorher im horizontalen Gewerbe tätig gewesen waren, folgten wie ein Kometenschweif den amerikanischen Soldaten nach, zogen als nicht gemeldete Untermieterinnen in Wohnungen von Karlsruhern ein und bezahlten ihre Miete mit dem, was sie für den Sex mit den „Amis" bekamen.

Wir können uns Margarete allerdings nicht als einfache „Bordsteinschwalbe" vorstellen. Vielmehr sind wir der Meinung, dass die an Jahren gereifte Margarete nach all dem, was sie auch mit Gabriel erlebt hat, im Gewerbe der käuflichen Liebe nicht mehr selbst aktiv wurde. Sie wird eine solche Nachkriegsgewinnlerin gewesen sein, die in ihrer Wohnung Zimmer stundenweise vermietete und eine wie auch immer geartete Vermittlerrolle einnahm.

Interessant ist hierbei wieder unsere Ursprungsquelle, der Artikel im Magazin *Kultur in Karlsruhe (KiK)*. Wir lasen ihn wieder und wieder, jedes Mal mit anderen Augen. Wir suchten nach versteckten Hinweisen und uns fiel auf, dass Margarete in diesem Interview ein besonderes Bordell erwähnte. Im Text heißt es:

> „Dann kam das Kriegsende und zunächst die französische Besatzung. Davon betroffen waren besonders einige Bürger aus der Kapellenstraße, gleich neben der späteren *Hawaii-Bar*: Sie mussten nämlich schleunigst ausziehen und dem französischen Truppenbordell Platz machen."

In den ersten Tagen und Wochen ihrer Besatzung wüteten die französischen Truppen in den Straßen Karlsruhes. Jedes Mädchen, jede Frau, gleich ob 14 oder 75, musste Angst haben, die Nächste zu sein. Unmenschliche Szenen spielten sich ab, wenn die häufig marokkanischen Soldaten vor einem Haus Schlange standen, in dem eine Frau festgehalten wurde.

Die Betroffenen empfanden den erzwungenen Geschlechtsverkehr als Schande und schwiegen wahrscheinlich lebenslang über ihre traumatischen Erfahrungen. Zu den psychischen Leiden dieser Erniedrigung gesellten sich nicht selten physische Folgen. Die Akten der Landesfrauenklinik in Karlsruhe verzeichnen 278 Abtreibungen nach Vergewaltigungen, was ein Schlaglicht auf das Geschehen wirft. Hierbei fällt auf, dass der Rassengedanke der Nazis in den Köpfen noch verankert war: Schwangerschaftsabbrüche als Ergebnis von Übergriffen dunkelhäutiger Männer wurden bevorzugt behandelt. Die meisten französischen Offiziere ließen ihre Soldaten gewähren, andere schritten in manchen Fällen ein; auch Exekutionen von Vergewaltigern ohne vorherigen Prozess sind belegt.

Es musste jedenfalls gehandelt werden, um dieser Verrohung Einhalt zu gebieten. Auf Anregung des neu eingesetzten Karlsruher Polizeichefs Georg Kaenemund befahl die französische Militärregierung in den Tagen vom 10. bis zum 15. April 1945 mehrere Bordelle einzurichten, und zwar in der Hoffnung, dadurch den Vergewaltigungen deutscher Mädchen und Frauen durch französische Soldaten ein Ende zu bereiten. Zwei der für die Etablissements vorgesehenen Häuser waren bewohnt und mussten eigens geräumt werden. Neben dem Block Kriegsstraße 122-124 war dies die Kapellenstraße 70, also tatsächlich neben jenem Gebäude, in dem Margarete fast zehn Jahre später ihre erste Bar einrichten und in dem sie selbst wohnen wird.

Von dieser nüchternen Erkenntnis ist es nicht weit zur Vermutung, dass eine Frau, die über genügend Erfahrung im „Sexgewerbe“ verfügte, diese Gelegenheit nutzte und, in welcher Form auch immer, in einem der Bordelle tätig war.

Eine zweite Hypothese über Margaretes Aktivitäten nach dem Kriegsende ist mehr als eine Vermutung, denn wir können sie in großen Teilen durch Dokumente belegen. Sie hat mit der Schattenwirtschaft der ersten Nachkriegsjahre zu tun.

Der Schwarzmarkt blüht

Während des Krieges hatten die Deutschen, was die Versorgung mit Lebensmitteln anging, noch keine größere Not leiden müssen, auch wenn es Rationierungen gegeben hat. Das änderte sich nach dem endgültigen Zusammenbruch, als der Nachschub von Nahrungsmitteln aus den besetzten Gebieten ausblieb und gleichzeitig Millionen so genannter „Displaced Persons" – befreite ausländische Zwangsarbeiter und Häftlinge – wieder menschenwürdig ernährt werden mussten. Erstaunlich nahtlos gingen Druck und Ausgabe von Lebensmittelkarten weiter. 1.550 Kalorien wurden in der amerikanischen Zone einem erwachsenen Deutschen zugestanden, wobei diese Obergrenze nicht immer erreicht wurde. Man bezog seine Ration und wurde zum „Otto Normalverbraucher", den ein spindeldürrer Gert Fröbe 1948 in dem Film *Berliner Ballade* unter der Regie von Robert A. Stemmle spielte.

Händler, die nicht handeln durften, aber noch über heimlich zurückgelegte Waren verfügten, alliierte Soldaten mit großem Interesse an Nazi-Devotionalien und anderen „Souvenirs" aus dem besetzten Land, und Menschen, denen weniger zugeteilt wurde, als auf den Lebensmittelkarten aufgedruckt stand: Dies waren die Faktoren, die zu einem schnell aufblühenden Schwarzmarkt führten.

Für viele Menschen war der verbotene Tauschhandel oft die einzige Möglichkeit, an Kartoffeln, Fett oder Fleisch zu gelangen. Andere jedoch kamen zu kleinen Vermögen, indem sie die Notlage ihrer Mitmenschen ausnutzten.

Ganz ungefährlich war dieses Leben in der Grauzone jedoch nicht. Auf den Schwarzmärkten trafen sich Menschen unterschiedlichster Schichten und unterschiedlichster Charaktere: Brave Bürger, Soldaten, „Displaced Persons" und zwielichtige Gestalten. Eine undurchsichtige Gemengelage, und es gehörte einiger Mut oder eine gehörige Portion Abgebrühtheit dazu, sich unter diese Leute zu mischen. Neben die Kaufmannswitwe, die aus der Not heraus ihren Schmuck tauschen oder verkaufen musste, trat der Kriminelle, der zu allem fähig war. Um die Geschäfte abzuwickeln, stand man eng beieinander. Wie Exhibitionisten öffneten Männer und Frauen ihre Jacken und Mäntel, um mit den darunter verborgenen Waren Käufer anzulocken. Schwarzmarkt und Straßenstrich – sie ähnelten einander wahrlich.

Man taxierte das Gegenüber, suchte nach Anzeichen der Gefahr oder des Vertrauens – auch wenn dieses Vertrauen nur wenige Minuten oder gar Sekunden anhalten sollte. Wer sich auf diesem Markt bewegte, brauchte Menschenkenntnis oder erwarb sie sich in dieser besonderen „Schule des Lebens".

Und auch von Seiten der Ordnungsmächte drohte Ungemach. Sowohl die Amerikaner als auch die schon im April 1945 unter der französischen Besatzung neu aufgestellte kommunale Karlsruher Polizei führten Razzien durch und kontrollierten die einschlägigen Plätze, konnten den Schwarzmarkt jedoch nicht in den Griff bekommen. Die „Verbrauchsregelungsstrafverordnung" und andere Gesetze sahen mitunter drastische Strafen vor: 1947 konnte man für Schwarzmarktgeschäfte für drei Jahre ins Gefängnis kommen. In Sachsen drohte gewerbsmäßigen Händlern gar die Todesstrafe.

Doch all das half wenig. Die Kriminalität im Umfeld dieser Schattenwirtschaft nahm schnell derart große Ausmaße an, dass die Arbeit für die neuen Polizeibeamten extrem gefährlich wurde. Der Alliierte Kontrollrat beschloss daher schon im November 1945, die deutsche Polizei mit Pistolen und Karabinern zu bewaffnen.

Und inmitten dieses chaotischen, unkontrollierbaren und gewalttätigen Treibens sahen wir Margarete gedanklich vor uns. Wie hat sie sich da behauptet? Als Frau alleine? Sie gab selbst in Interviews freimütig zu, von Schwarzmarktgeschäften gelebt zu haben: Zigaretten und Schokolade, das war die Währung dieser Jahre.

Nicht lange nach der Besetzung der Stadt durch die Franzosen kam im Nymphengarten ein erster Schattenmarkt in Gang. Französische Soldaten besaßen Mehl, Butter, Kekse oder Kaffee. Die Deutschen dagegen hatten Luxuswaren wie Uhren, Schmuck oder Leica-Kameras, die im Augenblick keinen Wert mehr besaßen. Im Austausch erhielten die einen „Mitbringsel" für die Lieben daheim, die anderen ergatterten notwendige Dinge für den täglichen Bedarf.

Unter den Amerikanern nahm der illegale Handel in Karlsruhe zu. Seine Schwerpunkte waren einerseits die Altstadt und andererseits das Gebiet um den Bahnhof. Die beste Währung jener Zeit waren jedoch amerikanische Schokolade und amerikanische Zigaretten. Als eine Zigarette den Gegenwert von fünf Reichsmark erreicht hatte, wurden Tabakblätter zum Kauen zum neuen Genussmittel und begehrten

Tauschgegenstand. Überall in ihrer Besatzungszone hielten die GIs den Schwarzmarkt in Gang, befeuerten ihn gar. Denn sie bekamen von daheim all das, was sich hier gut verkaufen oder tauschen ließ. In der ZDF-Dokumentation *Damals nach dem Krieg* (2008) erzählt der ehemalige Soldat Mickey Dorsey, 1946 Proviantmanager der US-Army in Augsburg, wie er durch den Schwarzmarkt so viel Geld verdiente, dass er sich nach seiner Rückkehr in die USA ein Auto und ein kleines Flugzeug kaufen konnte. Mehr noch: Er sprach Mädchen an, bot ihnen Schokolade und Nylonstrümpfe, „dann konnte ich mit den Mädchen mitgehen". So hatte Dorsey immer wieder ein Mädchen an seiner Seite und bald sogar eine feste deutsche Freundin, in deren Heimatdorf er zu einer Art „Star" wird. Beim Anschauen dieses Films konnten wir uns gut Margarete vorstellen, wie sie mit den GIs allerlei Geschäfte machte und vielleicht ihre Erfahrungen aus der Stuttgarter Zeit einsetzte.

Für Margarete könnte die Anwesenheit der Amerikaner in Karlsruhe wie eine Wundertüte gewesen sein, die reich gefüllt war, wenn man nur wusste, wie man sie öffnete. Und das wusste sie. Am Ende des Krieges war sie 36 Jahre alt, kein Mädchen mehr, unschuldig schon gar nicht. Sie war eine gestandene Frau, hatte ihre Erfahrungen gemacht und sich erfolgreich durch das Dritte Reich gemogelt. Und womöglich war das, was sie anzubieten hatte, mehr als nur Schokoladenriegel und Glimmstängel. Auf dem Schwarzmarkt konnte sie ihre in Stuttgart erworbenen Talente und ihr Wissen endlich wieder geldbringend einsetzen. Aus der Not der deutschen Frau machte sie eine Tugend – *ihre* Tugend. Nur so lässt sich erklären, dass sie 1946 bereits wieder ein Auto besessen haben will. Dieses Fahrzeug wird uns noch näher beschäftigen.

Einer unserer zahlreichen Informanten, der – wie so viele – ein bisschen, aber nichts Genaues wusste, berichtete, Margarete habe in den Jahren nach dem Krieg ein besonderes Geschäft betrieben: „Sie hat mit dem Reichert vom Verkehrsmuseum Bildchen vom Heiligen Land verkauft." Gemeint ist Bernhard Reichert, der 1968 in einem ehemaligen Sägewerk im damaligen Pfaffenroter Ortsteil Marxzell ein Fahrzeugmuseum eröffnete, um seiner Sammlung von Autos und Zweirädern ein Zuhause zu geben. Bei einem Gespräch konnte sich ein Sohn Reicherts an nichts Derartiges erinnern. Sein Vater hatte für das Volksbildungswerk gearbeitet und kam ohnehin erst 1958 wieder nach Karlsruhe, nachdem die Familie ausgebombt worden war und im Odenwald eine neue, sichere Bleibe gefunden hatte. Bernhard Reichert habe aber, so sein Sohn, immer gerne mit Gegenständen katholischen Ursprungs und Charakters zu tun gehabt.

Der Sohn aber sagte uns in einem Telefonat, dass er bestätigen könne, dass viele Leute damals mit dem Verkauf von Nazi-Erinnerungsstücken Geld gemacht haben. Dies war illegal. Eigentlich mussten alle Nazi-Memorabilien abgegeben werden, aber der eine oder andere hat eben doch die Hakenkreuze, die Ausgaben von Hitlers Machwerk *Mein Kampf*, die Auszeichnungen und Hitlerbildnisse behalten. Diese Zeugen des Grauens haben die Amis gerne gekauft und viel Geld dafür bezahlt. Ja, den Amerikanern ging es gut im besetzten Deutschland. Sie wollten sich amüsieren und sind gerne in die wiedereröffneten Bars gegangen, doch Margarete hatte in jenen ersten Nachkriegsjahren noch kein eigenes Etablissement dieser Art. Aber der Wunsch danach, der wuchs in ihr. Einen eigenen Laden haben, Chefin sein. Ja, ich will …

In Haft

Ein Zufall half uns, etwas Licht in das Dunkel von Margaretes Leben in den ersten Nachkriegsjahren zu werfen. Bei ermüdenden und oftmals frustrierenden Recherchen im Generallandesarchiv Karlsruhe stießen wir endlich auf eine Akte aus den 1960er Jahren – sie wird später noch Thema sein. Da wir diese Akte aus Gründen des Persönlichkeitsschutzes nicht ohne weiteres einsehen durften, kam es zu einem Gespräch mit dem Historiker und Archivmitarbeiter Dr. Martin Stingl. Er war von unserem Thema und den Recherchen angetan, sagte uns Unterstützung zu und machte sich selbst auf die Suche – mit sensationellem Ergebnis! Im Generallandesarchiv schlummerte eine Akte der Justizvollzugsanstalt Karlsruhe über die Aufenthalte von Margarete in deren Mauern. Und wir durften diese Akte uneingeschränkt sehen!

Wir fieberten dem Tag entgegen, als uns die Akte ausgehändigt werden sollte. Es handelt sich um ein dünnes Heftchen mit bräunlichem, vergilbtem Papier. Förmlich konnten wir die Zeit riechen, die sich in den Bögen verfangen hatte und vor unseren Augen entstanden

Bilder des Karlsruhes jener Zeit: Zwischen Trümmern herumirrende Menschen auf der Suche nach etwas Brauchbarem, erste Versuche, die Stadt und ein geregeltes Leben aufzubauen. Und dazwischen begegneten uns Gestalten, die zwar einem neuen aber weniger an einem bürgerlichen Leben interessiert waren – darunter Margarete. Mit jedem Umblättern wurde uns deutlicher, wie sehr sie an die Stuttgarter Zeit angeknüpft hatte.

Am 3. Februar 1946 wurde Margarete erstmals in das Frauengefängnis der Justizvollzugsanstalt Karlsruhe eingeliefert. Laut Akte wurde die 37-jährige Frau mit der Kennkartennummer 12 60 23 in ihrer Wohnung in der Durlacherstraße 81 verhaftet. Als Grund ist angegeben: „Involved in black market activities, in her possession were american goods." Man hatte also amerikanische Waren in ihrem Besitz gefunden, die für den Schwarzmarkt bestimmt waren oder von dort stammten. Das amerikanische Militärgericht in der Karlstraße verurteilte Margarete zu einem Monat Gefängnis und 2.000 Reichsmark Geldstrafe. Obwohl man die Summe in Relation zum damaligen Geldwert setzen muss, handelte es sich doch um eine empfindliche Strafe. Wie sie diese Summe aufbringen konnte, wissen wir nicht, aber die Akte sagte uns, dass sie die Strafe tatsächlich abgesessen hat. Am 2. März um 12.00 Uhr öffneten sich die Tore der Justizvollzugsanstalt und Margarete wurde in die Freiheit entlassen.

Doch nicht lange: Bereits am 25. Oktober wurde sie erneut verhaftet. Und wieder ging es um den Schwarzmarkt. Das Verhaftungsprotokoll besagt: „There were found american items." Eine weitere unscheinbare Notiz jedoch schlägt bei uns ein wie eine Bombe: „V.D. check is necessary." „V.D." ist die Abkürzung für „veneral disease" und das bedeutet nichts anderes als Geschlechtskrankheiten. Nebenbei sei bemerkt, dass jene Frauen, die sich mit Amerikanern einließen, im Volksmund nach der Abkürzung V.D. bald den Namen „Veronika Dankeschön" erhielten.

Man hatte also eine „Veronika Dankeschön" verhaftet und unverzüglich eine Untersuchung auf Geschlechtskrankheiten angeordnet. Auch dies ist ein Beleg dafür, dass Margarete Reinhardt in Karlsruhe den gleichen Beruf ausgeübt hat wie höchstwahrscheinlich auch in Stuttgart: Wenn es sich lohnte und wenn es sich ergab, war sie der käuflichen Liebe nicht abgeneigt. Und es blieb nicht bei diesem einen

Eintrag: Auch am 19.06.1948 erging der Beschluss, die zuvor in die JVA eingelieferte Margarete Reinhardt in die Hautklinik zur Untersuchung auf Geschlechtskrankheiten zu bringen.

Insgesamt fünfmal saß Margarete im Karlsruher Gefängnis: Nach der Verurteilung im Februar 1946 war es in den anderen vier Fällen jeweils Untersuchungshaft. Soweit hierzu Einträge vorliegen, wurden ihr Delikte vorgeworfen, die mit Schwarzhandel zu tun hatten.

Die Akten belegen auch, dass Margarete nicht nur in Karlsruhe unterwegs war, sondern sich auch in anderen Regionen bewegte. Im November 1947 saß sie unter der Gefangenenbuchnummer 1459/47 zwei Tage in Untersuchungshaft. Zugrunde lag ein Haftbefehl des Amtsgerichts Gelnhausen, der schließlich am 11. Oktober aufgehoben wurde. Gelnhausen liegt im Südosten Hessens, auf halber Strecke zwischen Frankfurt am Main und Fulda. Bis jetzt hatten wir keine Hinweise auf eine Beziehung Margaretes zu der hessischen Stadt. Ein Artikel im *Spiegel* (Heft 45/1963) wirft aber vielleicht Licht auf die Beweggründe für ihre Reise. In der dortigen amerikanischen Garnison waren bis zu 4.000 GIs stationiert. Für sie gab es in der Stadt spezielle Bars, getrennt nach Hautfarbe, in denen gefeiert werden konnte. Wenn der Sold ausgezahlt wurde, tummelten sich auch zahlreiche Prostituierte in den Lokalen. Vielleicht war Margarete eine von ihnen, denn immerhin lautete der Haftbefehl auf „Landstreicherei u.a.", was darauf hindeuten könnte, dass sie sich vor den Toren der Kaserne aufgehalten hat. Eine andere Erklärung könnte der Versuch sein, sich dort mit US-Waren einzudecken, die dann in Karlsruhe verkauft werden sollten. Im Juni 1948 wurde Margarete aus dem Landesgefängnis Mannheim nach Karlsruhe überstellt. Mannheim war einer der größten Standorte der US-Army in Deutschland.

Irgendwo hinterließ es uns ein wenig ernüchtert, dass Margarete wie eine Landstreicherin immer wieder im Gefängnis gelandet war. Es zerstörte ein Stück weit unseren, vielmehr vor allem Evas Nimbus von der gescheiten fortschrittlichen Geschäftsfrau, mit dem sie Margarete gelegentlich umgab. Von all diesen Vorkommnissen hat Margarete natürlich in Interviews nichts gesagt oder wenn, dann nur kurz anklingen lassen. Was sie wohl sagen würde, wenn sie wüsste, dass 35 Jahre nach ihrem Tod zwei seriöse Autoren auf ihren Spuren wandelten?

Am 22. April 1946 saß Margarete wahrscheinlich etwas nervös einem Beamten des 2. Polizeireviers gegenüber, das sich in der Kronenstraße 15 an der Ecke zur Kaiserstraße befand. Grund war das Entnazifizierungsverfahren, in dem uns Margarete erstmals „persönlich" gegenübertritt.

Nach der Übernahme der Besatzung durch die amerikanischen Streitkräfte begannen diese mit rigorosen Entnazifizierungsmaßnahmen. Jede Karlsruherin und jeder Karlsruher musste einen Fragebogen ausfüllen, der 131 Fragen umfasste. In der Folge wurden hunderte städtische Bedienstete, Lehrer und Ärzte der Krankenhäuser aus dem Dienst entlassen sowie die Mehrheit der Unternehmen unter treuhänderische Aufsicht gestellt. Die Maßnahmen führten zu großer Unruhe in der Bevölkerung. Ihr trat im August 1945 der zum Oberbürgermeister ernannte Hermann Veit mit deutlichen Worten entgegen: „Die Entlassungsmaßnahmen sind unverkennbar schwer, aber man muss bedenken, wie teilnahmslos das deutsche Volk zugesehen hat, als ein großer Volksteil in die Konzentrationslager geschickt und dort unmenschlich behandelt wurde." (Stadtarchiv Karlsruhe, H-Reg. A852, zitiert nach Werner, 1986, S. 170).

Und Margarete? Sie hatte Glück, denn im März 1946 zog sich die amerikanische Militärregierung aus der Entnazifizierung zurück und überließ sie den deutschen Behörden. So musste Margarete nicht den früheren umfangreichen Fragebogen ausfüllen, sondern lediglich den „Meldebogen auf Grund des Gesetzes zur Befreiung vom Nationalsozialismus und Militarismus vom 5.3.1946". Dieser Fragebogen umfasst lediglich 13 Fragen und ein Bemerkungsfeld.

Anstelle der zuvor pauschalen Einordnung in bestimmte Gruppen aufgrund der Zugehörigkeit zu NS-Organisationen trat nun die Einzelfallprüfung durch die oben bereits genauer beschriebenen Spruchkammern. In Karlsruhe mussten sich zwischen April 1946 und Oktober 1948 schätzungsweise 100.000 Personen den Kammern stellen. Übrig blieben nur 30 Hauptschuldige, 140 Belastete und ca. 50.000 Minderbelastete.

Von Margarete lag uns der oben schon erwähnte Meldebogen vor, auf dem sie alle Fragen nach der Mitgliedschaft in einer NS-Organisation mit „nein" beantwortet. Je öfter man sich den Bogen anschaut, umso seltsamer erscheinen die dort gemachten Angaben. Und dabei sind es nicht allein die Tätigkeiten, über die wir schon berichtet haben, sondern auch die Antwort auf die Frage, in welche Gruppe des Gesetzes sich Margarete eingliedere: In „keine" hat sie geantwortet, wo man doch „Entlastete" erwarten würde. Doch halt, so einfach ist es nicht.

Das Gesetz besagte nämlich, entlastet sei, „wer trotz seiner formellen Mitgliedschaft oder Anwartschaft oder eines anderen äußeren Umstandes, sich nicht nur passiv verhalten, sondern nach dem Maß seiner Kräfte aktiv Widerstand gegen die nationalsozialistische Gewaltherrschaft geleistet und dadurch Nachteile erlitten hat".

Wir können uns nicht vorstellen, dass Margarete das Gesetz gekannt hat. Sicherlich wusste sie nicht, wie sie vermeiden konnte, zu einer der genannten Gruppen zu gehören. Und doch wusste sie, was sie zu sagen hatte. In der Frage Nr. 13 heißt es: „Falls Sie glauben, dass das Gesetz nicht auf Sie Anwendung findet, geben Sie Gründe an." Margarete diktierte dem Beamten: „Da ich mich niemals politisch betätigt habe."

Somit war sie aus dem Schneider, zumal der Beamte offenbar nicht weiter nachgehakt hat. Wurde Margarete im Vorfeld beraten oder bekam sie von ihrem Gegenüber die richtigen Tipps? Letzteres ist gut vorstellbar, denn angesichts der großen Zahl der zu Befragenden wollte man die leichten Fälle vielleicht schnell vom Tisch bekommen.

Die Antworten auf dem Meldebogen geben auch einen Hinweis darauf, dass Margarete keiner Beschäftigung nachging, die einer Genehmigung durch die Militärregierung bedurfte. Denn wie ja bereits beschrieben: Sie war nach eigener Aussage im Schwarzhandel tätig.

Rüder Ton: Der Fall Otto Rimile

Wie waren die Menschen eigentlich kurz nach dem Krieg miteinander umgegangen, wenn es um „etwas" ging? Oder anders gefragt:

In welcher Welt lebte Margarete Reinhardt in jenen Jahren, und wie ordnete man das „Milieu" neu, kaum waren die Rauchschwaden, die aus den Trümmern quollen, abgezogen?

Darauf wirft der kuriose Rechtsstreit Kurt Vollmer gegen Otto Rimile, der ebenfalls im Kneipenmilieu stattfand, in den Jahren nach dem

Krieg begann und sich bis in die 50er Jahre hinzog, ein bezeichnendes Licht. Kurt Vollmer hatte einen Pachtvertrag mit der Stadt Karlsruhe den *Passage-Palast* in der Kaiserpassage betreffend. Damals hieß Margaretes späteres Sahnestückchen aber noch *Central-Palast*. Pachtvertrag hin oder her: 1946, nach dem Krieg, hatte sich aber einiges geändert. Kurt Vollmer war auf den östlichen Schlachtfeldern, wie man sagte, verschollen und sein Vater Gustav Vollmer klagte an seiner Stelle die Rechte ein. Die Stadt Karlsruhe hatte den Vertrag gekündigt, mit Hinweis darauf, dass das Gebäude vom Krieg stark beschädigt sei und die vormalige Nutzung so nicht mehr möglich sei. Eine Renovierung und Wiederherstellung waren unumgänglich.

In diese Bresche sprang der 1909 in Freiburg gebürtige Otto Rimile, aber zu Unrecht, wie sein Bekannter Gustav Vollmer behauptete. Und nun entspann sich ein aktendicker Rechtsstreit, der ein Licht auf die Verhältnisse der Hitlerjahre warf, die so schnell offenbar nicht vergessen gemacht werden konnten.

Otto Rimile war offenbar ein äußerst farbenfroher Charakter, der sich angeblich mit dem in Rede stehenden Lokal auch gleich die gesamte private Wohnungseinrichtung des Verschollenen einverleibte. Und überhaupt war er wohl eher unzuverlässig. Er sollte 1944 in Freiburg bei der Wiederherstellung der Lokalität *Casino* helfen, verschwand jedoch nach wenigen Arbeitstagen, angeblich um Wein in der Pfalz zu organisieren. Dabei sei er von Tieffliegern angegriffen und verletzt worden und deshalb arbeitsunfähig. Doch, laut dem Kläger, sei Rimile vielmehr mit einem sehr eng befreundeten Gestapobeamten in Teutschneureut, wie der Kern des heutigen Stadtteils Neureut damals genannt wurde, unterwegs gewesen, um Tabak zu organisieren.

Doch dann kam das Kriegsende und eine Wendung. Rimile tauchte nämlich urplötzlich als Angehöriger der französischen Polizei auf, der er erzählt hatte, er sei stets ein Gegner des Naziregimes gewesen und habe sogar im Gefängnis gesessen, da er 1944 einen Juden beschützt habe. Nichts davon stimmte, so Vollmer. Rimile habe wegen falscher Etikettierung von Weinen gesessen. Rimile hingegen denunzierte seinen Widersacher Vollmer, dieser sei ein überzeugter, ja glühender Nazi gewesen und habe Kontakte mit SS-Leuten gepflegt. Gleichzeitig versuchte Otto Rimile sich Kurt Vollmers *Casino* in Freiburg unter den Nagel zu reißen.

Und so ging es weiter. Der eine behauptete, im Garten des anderen lägen Brillanten versteckt, und der andere gab an, der Vater habe seinen Sohn bewusst in den Osten, Richtung Warschau, an die Front geschickt. Man denunzierte sich und man stritt alles ab, was nach brauner Farbe aussah.

Der genaue Verlauf des Prozesses ist hier uninteressant. Interessant ist die Bitterkeit, mit der hier nach dem Krieg Deutscher gegen Deutsche steht, und interessant ist auch, wie schnell das Vergnügungsgewerbe wieder erblühte und Menschen anzog, die schnelle Geschäfte machen wollten. Und vor allem: Keiner wollte ein Nazi gewesen sein! Dies war die Welt, in der sich Margarete bewegte.

Ein Auto: Ausdruck von Emanzipation?!

„Lange vor dem Krieg" will Margarete bereits ein Auto besessen haben: einen Opel. 1946, dem Jahr ihrer ersten Haft, will sie sich erneut einen Wagen dieser Marke geleistet haben. Die Frage drängte sich uns auf, wie sie an einen Führerschein gekommen war.

Es lohnt sich, an dieser Stelle ein wenig weiter auszuholen.

Wir wissen bereits, dass Margarete Hesselbach gewiss nicht das brave Mädel vom Lande war, das den vorgezeichneten Lebensweg einer katholischen fränkischen Beamtentochter ging. Ein weiterer Hinweis auf ihre verblüffende Selbstständigkeit ist nun die Tatsache, dass sie nicht nur ein Auto besaß, sondern dieses auch selbst fuhr.

Und das war keinesfalls selbstverständlich. Ab 1919 durften Frauen im Deutschen Reich wählen, doch erst 1958 durften sie ohne Erlaubnis ihres Gatten ein eigenes Bankkonto eröffnen, sich weiterbilden oder arbeiten gehen. Diese Einschränkungen beinhalteten auch den Besitz des Führerscheins.

Doch auch in den Goldenen Zwanzigern, aus denen uns ja Bilder von emanzipiert wirkenden, Zigarillo rauchenden Vamps überliefert sind, war es eine absolute Seltenheit, dass eine Frau einen Führerschein erwarb – und vor allem in der Provinz, und dazu zählte Stuttgart trotz allem.

Nahezu alle Frauen scheiterten an der Voraussetzung einer damals notwendigen technischen Grundausbildung. Außerdem musste bei ledigen Frauen der Vater sein Einverständnis zum Erwerb der Fahrerlaubnis erklären.

Und Margarete war vor dem Krieg ledig.

Wenn sie „lange vor dem Krieg" den Führerschein gemacht hat – also etwa 1933 oder 1935 –, so wäre sie also Mitte Zwanzig gewesen. Und wenn unsere Vermutungen stimmen – bereits im Milieu in Stuttgart angekommen.

Dort wäre sie – obwohl Stuttgart schon früh eine Auto-Stadt war und relativ hohe Zulassungszahlen aufwies – als weibliche Autofahrerin und Autobesitzerin jedenfalls aufgefallen und hätte sich auch von den anderen Frauen, die dort in den engen Gassen der Altstadt anschafften, abgehoben. Sie sagt, sie war Serviererin in Konzert-Cafés in verschiedenen Orten – und davon konnte man sich ein Auto leisten?

Und auch von allen anderen Frauen unterschied sie sich durch diesen Lebensstil. Obwohl zwar ab 1935 der Erwerb des Führerscheins für Frauen auf den amtlichen Formularen überhaupt gedruckt vorgesehen war und vorher immer lediglich das vorgegebene „Herr!" durchgestrichen war, dürften weibliche Autolenkerinnen vor dem Krieg ein exotischer Anblick gewesen sein – und vielleicht auch ein reizvoller. Auch für Gabriel könnte die selbstbewusste und zupackende Margarete eine gewisse Anziehungskraft ausgeübt haben.

Margarete lebte für ihre Zeit ungewöhnlich. Die „normale" Frau, die in den zwanziger und dreißiger Jahren nach dem traditionellen Rollenbild Hausfrau und Mutter war, blieb in ihrem Wohnviertel, sorgte für die Familie und hatte keine Verwendung für einen Führerschein. Außerdem wurde damals die Fahrausbildung auf dem Auto des Schülers gemacht. Welche Frau nannte vor dem Kriege schon ein Auto ihr Eigen?

Auch nach dem Krieg war die autofahrende Margarete bestimmt ein Hingucker. Durch die Bombardierung der Städte, auch Karlsruhes, fehlte es an allem: Betten, Kleidung, Hausrat, Essen. Kaum einer dachte bis tief in die 50er Jahre hinein daran, sich ein Auto anzuschaffen, wenn er es nicht beruflich brauchte. Aber Margarete schon!

Während viele Frauen, die unter Hitler als „Männerersatz" einen Führerschein gemacht hatten, sich nach dem Krieg mit diesem Papier aus dem Dritten Reich nicht auf die Straßen trauten, war das alles offenbar nicht Margaretes Problem. Letztlich hatte sie auch keinen Mann, der sie chauffierte. Was sich später ändern würde.

Jemand, der sich 1946 bereits wieder ein Auto leisten konnte, musste zumindest die anderen Grundbedürfnisse abgedeckt haben – und das alles nur mit Zigaretten und ein paar anderen Schwarzmarktgeschäften? Und wie stellt man sich eine Margarete auf der Wache vor, die wegen Schwarzmarkts in den Knast wanderte und gesundheitspolizeilich untersucht wurde, und die andererseits einen Opel in der Hinterhand hatte.

Wie so oft passt bei der Frau mit den vielen Gesichtern da einiges in ihrem Leben nicht zusammen.

In den 1950er Jahren zeigte Margarete ihren Aufstieg auch wieder anhand eines Autos: Sie kaufte sich zunächst einen Chevrolet, dann einen offenen Cadillac mit Flossen, mit dem sie zwischen der *Hawaii-Bar* und dem *Passage-Palast* pendelte. Auf ihrem Weg sah sie die durch Bomben gerissenen Lücken in den Häuserzeilen, Menschen, die frühmorgens schon zur Arbeit gingen; Menschen mit Gesichtern, die durch die Härte des Krieges und die Schrecken der Flucht noch gezeichnet waren. Sie fuhr durch die Gassen des Dörfles, wo es in den teilweise heruntergekommenen Häuschen rustikal und südländisch zuging, mit Wäscheleinen von Fenster zu Fenster.

Doch sie war reich geworden, und nun war wohl auch die Zeit gekommen, nicht mehr immer selbst zu fahren, sondern sich auch mal chauffieren zu lassen. Eines der wenigen Fotos von Margarete zeigt sie auf dem Beifahrersitz des mondänen Schlittens, am Steuer ein smarter, gutaussehender und deutlich jüngerer Mann mit kurzem schwarzem Haar. Margarete wirkt mit dem locker um den Hals geschwungenen Tuch wie eine Diva, die so gar nicht in eine südwestdeutsche Provinzstadt passen will.

Am Ende von Margaretes Leben stand der Cadillac lange verkehrsuntüchtig unweit ihrer Wohnung. Das legendäre Gefährt wurde abgeschleppt und an einen Sammler verkauft. Leider ist nicht mehr nachzuvollziehen, wo sich dieser Wagen heute befindet. Wir hätten ihn gerne gefunden, denn dieser Cadillac ist mehr als ein Auto: Es ist ein Symbol für eine Frau, die sich etwas nahm und etwas herausnahm!

Zwischenton: Ein ominöser Sohn

Auch bei der Beschäftigung mit den 1940er Jahren ging uns eine Frage nicht aus dem Kopf: Hatte Margarete, als sie nach Karlsruhe kam, gar ein kleines Kind dabei? Schon ganz am Anfang unserer Recherchen war diese Frage ein zentrales Thema, hatten wir doch von einer Informantin, die nicht genannt werden will, von einem angeblichen Sohn gehört. Die Informantin weiter: Margarete habe ihren Sohn aufs Land gebracht, um ihn zu schützen. Das würde zur Evakuierung der Karlsruher Kinder im November und Dezember 1944 passen. Doch wir fanden nirgendwo einen Hinweis auf den Sohn, auch nicht in offiziellen Dokumenten, wo sie stets als kinderlos bezeichnet wird. Wir bekamen dann hinter vorgehaltener Hand und mit der Bitte um strenge Anonymität Hinweise auf eine Persönlichkeit mit relativer lokaler Bekanntheit, die dieser ominöse Sohn sein soll. Einiges schien zu stimmen, so etwa das Berufsbild, in dem sich der Betreffende bewegt, und das nicht vollkommen unvereinbar mit Margaretes Geschäftsfeld und ihren Interessen scheint. Wir brüteten die wildesten Theorien aus und stellten uns vor, Margarete habe ein Kind mit einem einflussreichen Mann gehabt – ein Mann, der sie und den gemeinsamen Sohn schützen konnte.

Außer, dass wir einige Auffälligkeiten am Lebenslauf des betreffenden Herrn aufdeckten, gelang es uns nicht, einen stichhaltigen Beweis für die Existenz eines Kindes oder gar dieses Sohnes zu finden und mussten zumindest diesen Gedanken ad acta legen.

Also alles nur ein Gerücht? Noch gaben wir nicht auf. Nun verfolgten wir die Theorie, dass Margarete mit ihrem Sohn jemand anderen meinte: Rigo, der Sohn von Gabriel aus der Beziehung mit Maria Lehmann. Rigo dürfte eine kurze Zeit in Würzburg bei Gabriel und Margarete gelebt haben, bevor sein Vater ihn nach Rosenheim brachte, um ihn vor der Verfolgung, die ihm selbst drohte, zu bewahren. Dass ein den Nazis sehr zugeneigter Bruder Margaretes auch in Rosenheim lebte, wird wohl ein Zufall sein.

Von einer Verwandten Margarete Reinhardts erfuhren wir von einem Geschehen, dessen sie anlässlich eines Besuches in ihrer größten und bekanntesten Bar, dem *Passage-Palast*, Zeuge wurde. Ein junger Mann sei hereingekommen und habe behauptet, er sei Margaretes Sohn. Es erfolgte offenbar kein Widerspruch seitens der Chefin. Unsere Theorie war nun, dass Rigo Reinhardt, der eine nach ihm benannte Kapelle anführte, im nahegelegenen *Zigeunerkeller* auftrat. Noch immer mag eine Bindung zwischen Margarete und ihm bestanden haben.

Der *Zigeunerkeller*, dessen Geschäftsführer ein gewisser Angel Angeloff war, war durchaus bieder eingerichtet, bot ungarische Spezialitäten und Musik. Es traten dort renommierte Zigeunerkapellen auf; ein Besuch in diesem Lokal war keineswegs anrüchig. Beinahe hatten wir uns in dieser Theorie häuslich eingerichtet, als ein Telefonat mit Sieglinde Reinhardt, Rigos Frau, wie gesagt keine Sintezza, uns enttäuschte. Die Witwe Rigos versicherte, es habe zwischen Rigo und Margarete keinerlei Kontakt mehr bestanden, und Rigo habe auch nur ganz am Rande von Margarete gesprochen.

Wir müssen dieser Aussage glauben und uns der Dokumentenlage anschließen, die besagt, dass Margarete keine Kinder hinterließ.

Wenn sie doch einen Sohn hatte, der heute in Karlsruhe ein unauffälliges Leben führt, dann ist es ihr einmal mehr gelungen, ihre Biographen zu überlisten. Es soll nicht das letzte Mal sein.

1948: Die D-Mark kommt!

Nun folgten also die Jahre zwischen 1948 und 1950, und das Wirtschaftswunder begann sich zu voller Blüte zu entfalten. Gewiss auch für Margarete, die schlau und findig war und den Hunger der Menschen nach einfacher Unterhaltung nach den grauen Jahren der Nazidiktatur und des Krieges für sich zu nutzen wusste. Ebenso, wie es auch ihr Geschäft gewesen war, den Leuten während der Hitlerjahre Spaß zu bereiten. Es gab und gibt immer Menschen, die sich unter jedem System zu arrangieren wissen.

Trotz Wohnungsnot und beengter Verhältnisse im Alltagsleben ging es bergauf mit Margaretes Wahlheimat Karlsruhe.

1952 konnte Margarete dann theoretisch schon im ersten Selbstbedienungsladen der Stadt einkaufen: Pfannkuch, Ecke Kaiser- und Herrenstraße. Im Hertie sehen wir sie 1953 auf einer Rolltreppe nach oben fahren. In der *Hawaii-Bar* vergnügte man sich unter der Leitung von Margarete 1954 zwar ausgiebig, doch ein noch fast unbekannter aber mächtiger Konkurrent der Abendunterhaltung stand in den Startlöchern. Am 1. Juni 1954 wurde nämlich das erste Karlsruher Fernsehgerät bei der Post angemeldet.

Und die neuen öffentlichen Straßenbahnen, die ab Sommer 1954 mit Großraumwagen durch die Fächerstadt ratterten, werden Frau Reinhardt kaum zu ihren Fahrgästen gezählt haben. Wir wissen vielmehr, dass sie für ihren zuvor erwähnten Cadillac berühmt war.

Mit diesem schicken Auto hätte Margarete ab 1954 auf der neuen Autobahnteilstrecke Rüppurr/Ettlingen – Bruchhausen Richtung Basel düsen können.

Beklagt haben mag sie, dass das ungemein beliebte Konzertcafé Bauer 1959 einem Parkhaus weichen musste. Doch sie sorgte ja selbst für Konzerte ganz eigener Art.

Jedenfalls hatte mit dem Jahr 1948 auch für Margarete gewiss eine neue Zeit begonnen. Die Läden auf der Kaiserstraße begannen sich zu füllen, die Lager leerten sich. Langsam breitete sich ein Wohlstand aus, der erstaunlich rasch anschwoll. Kühlschränke und Waschmaschinen hielten Einzug in die Haushalte, und es kam wieder echter Bohnenkaffee und Likör auf den Tisch.

Und man wollte sich wieder vergnügen. Schaut man in ein Karlsruher Telefonbuch, etwa aus dem Jahr 1950, und schlägt die Rubrik Gaststätten auf, so wird einem direkt schwindelig: So viele Gasthäuser und andere Möglichkeiten zum Ausgehen waren aus dem Boden geschossen. Aber es herrschte auch Hunger nach Kultur. Die Museen würden bald wieder öffnen, die Theater konnten mit dem Kartenverkauf kaum nachkommen. Insel- und Kammertheater entstanden. In 22 Kinos wurden die neuesten Streifen gespielt. Ja, die Leute wollten vergessen, auch wenn es manchmal schwerfiel. Erst fünf Jahre war es her, dass ein großer Teil der Stadt in Schutt und Asche gelegen hatte. Fast 8.000 Menschen in Karlsruhe hatte der Krieg gefordert, Tausende waren noch vermisst.

Und doch gab es eine große Sehnsucht nach Vergnügen aller Art. Auf dem Nierentisch standen der berühmte Käseigel und die Bowle. Süßliche Heimatfilme boomten. Sicherheit und Geborgenheit wurden zwar ersehnt, doch bald gesellte sich dann auch das Fernweh nach dem Süden hinzu. Die ersten Gastarbeiter aus Italien und Spanien zeigten, wie es ging mit der südländischen Lockerheit.

Und genau da war auch Margaretes Schnittstelle, die sie zu ihrem Geschäftsmodell machte. Vergnügen ja, aber ein bisschen schärfer. Mal die Sau rauslassen. Kein schlechtes Gewissen haben und sich dauernd für den verlorenen Krieg und die Gräuel der Nazizeit entschuldigen müssen. Spaß haben mit hübschen, halbnackten Mädchen und die Sektkorken knallen lassen, egal was es kostete. Allmählich war man wieder wer.

Die Unterhaltung treibt seltsame Blüten

Ende der 1940er Jahre kam es in Karlsruhe zu einem kuriosen Rechtsstreit, in den erneut Otto Rimile verwickelt war. Margarete wird bestimmt ihren Gefallen daran gefunden haben. Als wir im Generallandesarchiv die Akten durchgingen, sahen wir sie direkt vor uns, wie ihre Augen funkelten angesichts des Konflikts Biedermann gegen Lustprinzip.

Am 13.05.1949 sprach beim geschäftsführenden Präsidenten des Landesbezirks Baden eine Abordnung christlicher Frauen und Männer aus diversen Organisationen vor. Sie protestierten offiziell gegen die beabsichtigte Abhaltung von Frauenringkämpfen im *Passage-Palast* zu Karlsruhe, die für den 16. Mai geplant waren.

Eine solche Veranstaltung mit Frauen, die knapp bekleidet, einander bissen und die Haare rauften, befriedige nur ein billiges Sensationsbedürfnis und verletze die Frauenehre und Frauenwürde. Anständig denkende Männer und Frauen müssten diese auf primitive Instinkte abzielende und nur der Geschäftemacherei dienende Veranstaltung ablehnen. Deshalb sollte die Veranstaltung polizeilich verboten werden. Anders verhielte es sich mit normalen Tanzveranstaltungen, denn diese entsprächen dem natürlichen Wesen der Frauen.

Die Stadtverwaltung folgte den Ansichten der aufrechten Christen und verbot das Spektakel. Es fand jedoch trotzdem statt und es gab auch eine Anfechtung gegen dieses Verbot. Am 17. Mai folgte dann ein gerichtliches Urteil, das dem Anfechter, Geschäftsführer Otto Rimile, recht gab.

Wir rieben uns die Augen angesichts der Urteilsbegründung: Es habe ein Wandel im Frauenbild stattgefunden. Die naturgegebenen Fertigkeiten der Frau hätten eine Neubewertung durchlaufen und man distanziere sich vom Frauenbild des Nationalsozialismus. Erstaunlich! Hatte man etwa doch etwas aus den Hitlerjahren gelernt?

Außerdem stellten die Zeugenaussagen, die dem Gericht vorlagen, fest, dass die Besucher der Frauenringkämpfe zu einem erheblichen Teil aus dem Bürgertum kamen, schon gesetzteren Alters seien und sich die Gästeschar außerdem sowohl aus Frauen als auch aus Männern zusammensetzte. Wie dem auch sei: Aus heutiger Sicht erscheint uns alleine die Idee, einem Frauenringkampf beizuwohnen, doch etwas fremdartig.

Kapitel 3

Zu Beginn der 50er Jahre muss Margarete, das einstige Mädchen vom Land, die Stuttgarter Prostituierte, die verurteilte Schwarzmarkthändlerin, es geschafft haben, die Keimzelle ihres späteren Kneipenimperiums in Karlsruhe aufzubauen. Wir fragten uns: Hat sie es ganz alleine geschafft?

Aber der Zeitpunkt war jedenfalls richtig. Karlsruhe machte sich bereit zum Sprung aus der Provinzialität. 1955 wurde das erste Mal der *Bambi* in der Fächerstadt verliehen. Es mögen viele Gäste dieses Großereignisses auch in Margaretes Bar geschwemmt worden sein. In Feierlaune und auf der Suche nach einer Kneipe, die noch nach der Sperrstunde offen war. Ob sie selbst einmal als Gast bei einer *Bambi*-Verleihung gewesen war? Wir wissen es nicht, aber es steht fest, dass sie in jenen Jahren einen Hang zum Kino und zum Film entwickelte, der bereits in ihr geschlummert hatte. Wir werden später sehen, welche „Blüten" diese Leidenschaft trieb.

Jedenfalls stand eine Rückkehr nach Stuttgart oder Würzburg nicht mehr zur Debatte. Margarete war angekommen: Im Dörfle zu Karlsruhe. Im Laufe unserer Recherchen beschäftigen wir uns immer wieder mit diesem ganz speziellen Teil von Karlsruhe.

Das Dörfle

Das Dörfle? Der Begriff hört sich so harmlos, ja verniedlichend an, dennoch sind viele Karlsruher mit dem Gefühl aufgewachsen, dass hier die Sünde und das Laster zu Hause seien. Und dieser Sünde konnte man auch in Gestalt von Margarete Reinhardt begegnen, die lebenslang dem Viertel verhaftet blieb und geradezu zu seinem Markenzeichen wurde.

Gleich nachdem sie nach Karlsruhe gekommen war, 1944, hatte sie sich in der Brunnenstraße im Zentrum des Dörfles niedergelassen, und auch ihre erste Bar, die *Hawaii-Bar*, die am Standort des ehemaligen *Lobberle* entstand, befand sich im Dörfle.

Das Dörfle, anders gesagt, die Karlsruher Altstadt, liegt zwischen Kaiserstraße, Kriegsstraße und Kapellenstraße und der Kreuzstraße.

Kein großes Areal und seit der Altstadtsanierung ist es noch kleiner geworden. Dabei ohne Klein-Karlsruhe kein Groß-Karlsruhe. Die Ansammlung dichtgedrängter Häuser entstand seinerzeit im Zusammenhang mit dem Bau des Schlosses und wurde deshalb eben auch gerne „Klein-Karlsruhe" genannt. Die fächerförmigen Strassen, an deren Seiten die ehrbaren Bürger wohnten, ließen das Dörfle und seine armen Bewohner außen vor.

In einfachsten Holzhäusern siedelten sich die Bauarbeiter aus Süddeutschland und Italien an, die nach vollendetem Schlossbau auch noch halfen, die Neustadt zu erbauen. Das heißt: Sie blieben ganz gerne in der als tolerant geltenden badischen Residenz. Viele heute alteingesessene Karlsruher würden bei Ahnenforschungen erstaunt feststellen, dass sich italienische Namen in ihrem Stammbaum tummeln.

Anfang des 19. Jahrhunderts wurde das Dörfle dann doch als Stadtteil anerkannt. Und weiterhin ging es dort bunter zu als im Rest der eher biederen badischen Stadt. Arbeiter, Händler und Kleingewerbetreibende prägten das Gesicht des Quartiers. In den Hinterhöfen entstanden Werkstätten und Hütten, und da es anfangs keinerlei Bauvorschriften gab, bildete sich jenes bunte Durcheinander heraus, das heute mit seinen Kneipen für ein Minimum an Altstadtflair für die ansonsten sehr geregelten Strukturen Karlsruhes sorgt. Doch auch die sogenannte Unterschicht fühlte sich in dem engen Häusergewirr wohl. Manch Diebesgut wird dort in den Kellern und Mansarden versteckt worden sein.

Und auch damals lange sozial ausgegrenzte Bevölkerungsgruppen wie Sinti aber auch Juden fanden hier einst günstigen Wohnraum. Nach der Tragödie des Dritten Reiches fanden manche von Letzteren den Weg zurück in das Dörfle, und ihre Lebenswege kreuzten sich auch mit Margarete.

Die sanitären Zustände waren häufig unzureichend, fließendes Wasser in den Häusern oder gar Wohnungen keine Selbstverständlichkeit.

Das Dörfle hatte den Zweiten Weltkrieg zwar relativ unbeschadet überstanden, dennoch war die Bausubstanz vieler Gebäude marode und renovierungsbedürftig. Da die Stadt Karlsruhe bereits in jener Zeit an eine Neugestaltung des Gebiets dachte, durften keine neuen Gebäude mehr errichtet werden, auch nicht jene, die zuvor durch Bombentreffer zerstört wurden. Daran schloss sich später das Verbot an, keine neuen Mietverträge mehr schließen zu dürfen. Viele Straßenzüge verschwanden im Verlauf der sogenannten Altstadtsanierung.

Doch: 1965, in Margaretes Blütezeit in Karlsruhe, lebten im Dörfle noch etwa 6.500 Menschen in den verwinkelten Gassen und den verschachtelten lichtlosen Hinterhöfen. Es waren wieder Menschen zurückgekehrt, die das Dritte Reich und die Verfolgung irgendwie überstanden hatten. Es kam, laut zeitgenössischer Darstellungen, oft zu Auseinandersetzungen und Schlägereien, doch trotz allem gab es ein Lebensgefühl namens Dörfle. Man hielt zusammen, man kannte sich. Hiervon hat natürlich auch Margarete profitiert, die ja eigentlich eine Reingeschmeckte aus Stuttgart war. Schließlich wurde ihr die *Hawaii-Bar* durch einen „Bekannten" vermittelt.

Damals, früher und auch heute: Das Dörfle ist eine malerische Mischung aus künstlerisch und anrüchig. Kleinkunstbühnen und Studentenkneipen blühen neben Laufhäusern.

Die Prostitution gehörte zum Bild des Dörfles auch in den Jahren nach dem Krieg, in denen es aufwärts ging mit dem Wirtschaftswunder.

Die Prostitution war ursprünglich, seit 1912, sozusagen exklusiv in etlichen Hurenhäusern in der Entengasse des Viertels, das wegen der vielen Vogel-Straßennamen auch Geflügelviertel genannt wurde, angesiedelt. Durch die Altstadtsanierung verschwand die sogenannte „Rue de La Quak Quak". Heute ist die Brunnenstraße die bekannte Adresse für Freier, und abends herrscht dort ein lebhaftes Treiben. Doch auch Künstler und Studenten schätzen heute das Flair dieses Viertels, wo sich neben dem Elend auch Lebenslust und Lebensart mischt.

Jedenfalls wusste Margarete, als sie 1944 Karlsruher Boden betrat, genau, wo ihr Metier zu Hause war.

Das erste Etablissement: Die Hawaii-Bar

Jedenfalls war die *Hawaii-Bar* die erste ihrer Unternehmungen. Margarete Reinhardt hatte sie 1954 als heruntergewirtschaftetes Lokal übernommen, früher war darin – wie bereits erwähnt – die *Lokalbahn* gewesen. In den Schaukästen der neuen Bar hingen Fotos der „Schönheitstänzerinnen", die damals noch nicht viel zeigen durften, aber auf nach Vergnügen hungernden Männern dennoch anregend wirkten. Hinzu kam der exotische Name: Die *Blume von Hawaii,* wie die Bar in den ersten beiden Jahren ihrer Existenz hieß, ging nach Margaretes eigener Aussage auf die gleichnamige Operette des von ihr verehrten ungarischen Komponisten Paul Abraham zurück. Im Verlauf ihres Lebens sehen wir übrigens immer wieder, dass es Margarete das Gebiet der ehemaligen K.u.K. Monarchie angetan zu haben schien, genauer gesagt Österreich und Ungarn. Erinnerung an die Deutsch-Ungarische Attraktionskapelle und die schluchzende Geige von Gabriel – oder gefiel ihr die Mentalität der Menschen oder das Romantische sowie das Leben im Walzertakt? Vielleicht aber auch das Traditionelle, das sich in der Alpenrepublik hartnäckig hielt. Margarete überschritt gewiss moralische Grenzen, ja, aber in ihrem Wesen war sie bodenständig und konservativ geblieben.

Das Innere dieser Bar war wenig spektakulär. Hinter der Eingangstür verwehrte ein schwerer, dunkler Vorhang den schnellen neugierigen Blick ins Innere und hielt zudem kalte Luft draußen. Alles wirkte noch etwas improvisiert. Vergessen wir nicht: Wir befinden uns im Jahr 1954, nicht einmal zehn Jahre nach dem Kriegsende und damit der Zerstörung nahezu der gesamten Infrastruktur der Stadt. Der Blick des

Eintretenden fiel rechts auf die einfache hölzerne Bühne, mehr ein Podest, mit Platz für die Musiker einer kleinen Kapelle – und natürlich für die Tänzerinnen. Als noch das Stripteaseverbot waltete, war genau vorgeschrieben, wie viel Haut sie zeigen durften, und das war nicht gerade viel. Später, als sich die Republik freier machte, entblätterten sich die Schönen der Nacht ganz und gar.

Rechts befand sich ein kleiner Tresen. Vor der Bühne lockte die Tanzfläche dazu, die Beine zu schwingen oder auch in Tuchfühlung mit den jungen Frauen zu gehen, die dort arbeiteten. Auf einfachen Holzstühlen vor dem Tresen mögen jene Mädchen gesessen und gelangweilt mit den Beinen geschlenkert haben. Sie warteten auf Gäste, mit denen sie ein Glas Sekt tranken. Oder das, was die Gäste für Sekt hielten, denn in den Gläsern der Mädchen befand sich oft eine Mischung aus Sekt und Tee. Die Preise waren noch einigermaßen erträglich: Ein Bier kostete zu Anfangszeiten 1,60 DM, der Piccolo war schon für 5 DM zu haben.

All das spielte sich vor dem Hintergrund einer in geometrischen Formen gemusterten Tapete ab, die dem damaligen Zeitgeschmack entsprach. Später – so hat uns ein Kenner des Hauses berichtet – standen Terrarien an den Seitenwänden, in denen sich die von Margarete so geliebten Schlangen räkelten.

Durch das geschickte Hüllenlos-Marketing und scheinbar zufällig von den Brüsten abfallende Blumen der Mädchen im Schaukasten gelang es Margarete, ein vorwiegend männliches Publikum anzuziehen, das ein bisschen Verruchtheit genießen wollte. Die Zeit des eigenen „Anschaffens" dürfte spätestens jetzt vorbei gewesen sein. Aber sie kannte das Geschäft mit dem Sex aus eigener Anschauung, das war bestimmt von Vorteil.

Aufsehen erregten gegen Ende der 1960er Jahre auch Tänzerinnen mit einem gewissen „Etwas". Ein Zeuge berichtete uns, wie er in den 1960er Jahren als junger Sportler im Trainingslager in Karlsruhe war. Der Trainer nahm die älteren Jungs mit zu einem ganz besonderen Ausflug. Die Wangen glühten angesichts dessen, was sich auf der Bühne abspielte. Nachdem sich zwei ansehnliche Mädchen enthüllt hatten, betrat eine Frau die Bühne, die unserem Zeugen doch etwas seltsam vorkam. Dennoch beobachtete er fasziniert ihre lasziven Bewegungen, mit denen sie sich Stück für Stück der spärlichen Stoffe entledigte. Als sie ihren Slip triumphierend um den Zeigefinger kreisen ließ, hingen die Augen der Gäste an der Stelle, die eben noch von dem kleinen Stoffdreieck bedeckt gewesen war: „Sie" war ein Transvestit!

Die meisten Tänzerinnen waren sicher auch bereit, mit einem Gast „aufs Zimmer" zu gehen. Noch Anfang der 1990er Jahre, so erzählt es uns der heutige Besitzer des Hauses Kapellenstraße 66, waren alle Zimmer in den Wohnungen über der ehemaligen Bar mit Waschbecken ausgestattet – ein untrügliches Zeichen für ihren Verwendungszweck bis zur Schließung der *Hawaii-Bar*.

Interessant ist ein Detail der Innenausstattung: An einer Wand hingen angeblich Bilder von Margarete in jungen Jahren. Unserem Informanten hatte sie immer wieder erzählt, sie sei Tänzerin gewesen. Warum diese kleine Hochstapelei eigentlich? Ein später Seitenhieb auf Teresia Winterstein, ihre Nachfolgerin im Bett und Herzen von Gabriel Reinhardt, oder doch nur schlichte Angeberei? Vergessen wir nicht: Sie trat in einer Band als Gitarristin auf, ohne Gitarre spielen zu können.

Und doch gibt es immer wieder zeitliche Lücken in Margaretes Leben und vielleicht tanzte sie tatsächlich irgendwann und irgendwo. Nein, Margarete hat nicht alles preisgegeben …

„Off limits"

Noch lange Zeit stand an einer Wand des Hauses Markgrafenstraße 42, der Hans-Thoma-Schule, zu lesen: „This area is off limits to all american allied personnel." Hier begann die Sperrzone für die Angehörigen der US-amerikanischen und alliierten Streitkräfte. Nicht nur in Karlsruhe, auch in anderen Städten gab es diese Verbote, die von der amerikanischen Militärverwaltung und der Military Police (MP) ausgesprochen wurden. Die GIs liebten die deutschen Bars und den lockeren Umgang mit Alkohol, denn in ihrer Heimat galten strengere Gesetze. Und wo viel Alkohol fließt, ist auch der Ärger nicht weit. Besonders am „Payday", wenn die Soldaten ihren Sold bekommen hatten, konnte es hoch hergehen. Nicht selten flogen die Fäuste und die anrückende MP drosch unverzüglich mit Knüppeln auf jeden ein, „der nicht sofort den Adler machte", also mit ausgebreiteten Beinen und Armen und an die Wand gestützt verharrte.

Die *Hawaii-Bar* muss wohl zunächst von der Sperrzone ausgenommen gewesen sein. Die vornehmlich jungen amerikanischen Soldaten ließen die Kasse klingeln, was natürlich die Neider auf den Plan rief. Die anderen Dörfle-Wirte schlossen sich zusammen und erreichten, dass die *Hawaii-Bar* ebenfalls „off limits" erklärt wird. Doch „Maggie", wie Margarete von den amerikanischen Gästen genannt wurde, gab nicht auf und putzte sechs Monate lang Klinken, bis das Verbot wieder aufgehoben wurde. Der Durchbruch kam jedoch erst, als sie sich mit dem US-Polizeikommandanten angefreundet hatte. Nach einem 14-tägigen gemeinsamen Urlaub wurde der Spieß umgedreht: Nun gehörten die Konkurrenz-Lokale in die „off limits"-Zone, die *Hawaii-Bar* jedoch blieb außen vor. Und Margarete sorgte mit ihrer resoluten Art dafür, dass die gefürchteten Schlägereien ausblieben.

Eine Überraschung

Es gab einen Zeitpunkt in unseren umfangreichen und zeitintensiven Recherchen, an dem wir den Eindruck hatten, jetzt hätten wir alles aus Margaretes Leben und Wirken herausgefunden. Zumindest das, was man nach Aktenlage und Datenschutz sowie mit maulfaulen Zeitzeugen überhaupt herausfinden kann.

Ein Anruf von Wolfgang bei Eva löste die Corona-Depression des Jahres 2020 zumindest für einen Moment auf. Er hatte etwas Merkwürdiges bemerkt. Eigentlich hatte er nur nach einer Adresse gesucht, die im Zusammenhang mit dem mysteriösen Sohn stand, doch dann stutzte er. Von 1954 bis 1959 war Margarete Reinhardt in der Kappellenstraße 68 bei der *Hawaii-Bar* eingetragen.

Doch für 1960 fehlt dieser Eintrag. Mehr noch: Eine Person anderen Namens ist nun mit der *Hawaii-Bar* verbunden. Margarete ihrerseits war unter der Adresse der *Passage-Palast-Betriebs GmbH* in der Kaiserpassage 22-26 auffindbar.

Wer war diese andere Person? Zuerst dachten wir, wegen des ungewöhnlichen Vornamens, an eine erfahrene Dame aus dem Milieu, die hier in dem Stripteaseladen nun die Aufsicht führte.

Wir verfolgten die fragliche Person weiter und fanden sie ab 1965 als Mitinhaberin der Tanzbar *Gaslight* in der Kaiserstraße. Das Lokal war ein Treffpunkt der leichten Mädchen. Abend für Abend kamen sie zu später Stunde und lieferten ihren „Beschützern" ungeniert die Einnahmen ab.

Im *Gaslight* fungierte unsere Unbekannte als Mitinhaberin zusammen mit einem Herrn. Auch er trägt einen eher ungewöhnlichen Namen, den wir aus Gründen der Diskretion und des Persönlichkeitsschutzes nicht nennen. Im Zusammenhang mit dem *Gaslight* erfuhren wir auch Details über die von uns gesuchte Person und staunten wieder einmal nicht schlecht: Der eigentlich weiblich klingende Vorname stellte sich als männlich heraus.

Eine Internetrecherche nach den beiden Herren ergab eine Firma, die 1960 in das Handelsregister aufgenommen worden war und 1973 liquidiert wurde. Diese Firma betrieb offenbar zumindest das *Gaslight*.

Eine Suche im Adressbuch von Stuttgart, wo Margarete ja schließlich ursprünglich ihren Lebensmittelpunkt gehabt hatte, spuckte den Namen des Mitinhabers aus. Zusammen betrieben die beiden Herren 1963 eine Gaststätte ohne nähere Namensbezeichnung in der Hauptstätterstraße 18, einer Straße unweit der Altstadt. Da die Adressbücher für die Jahre davor und danach nicht digital vorlagen und wir aufgrund der Schließung aller Archive auch keine weitere Auskunft bekamen, wissen wir nicht, wie lange die beiden Herren diese Gaststätte betrieben.

Mit dem Sohn des damaligen Mitinhabers konnte Eva ein kurzes Telefonat führen. Er trägt den gleichen Namen wie sein Vater, wohnt noch unter der gleichen Adresse, und schon deshalb können wir ihn nicht nennen. Der Sohn, der auch bereits in den 50ern sein dürfte, wusste sofort Bescheid über die Tätigkeit seines Vaters in Karlsruhe. Er sei, zusammen mit seinem Kompagnon, Inhaber der *Hawaii-Bar* gewesen. Darauf konnten wir uns keinen Reim machen. Hatte Margarete die *Hawaii-Bar*, die sie seit 1954 betrieb und die der Grundstock ihres Imperiums war, vorübergehend in den Jahren 1960 bis 1967 abgegeben und warum? Waren die beiden Herren aus Stuttgart im Rotlichtgewerbe erfahrener und besser vernetzt als sie oder galten irgendwelche Sonderregeln für die beiden?

Niemand von unseren Informanten, die wir üblicherweise zu Margaretes Tun befragten, hatte den Namen der beiden Männer jemals gehört. Der vorübergehende Betreiberwechsel macht Sinn, wenn man sich klar macht, dass Margarete 1960 alleinige Geschäftsführerin im

Passage-Palast geworden war und sich mit beiden Lokalen vielleicht überfordert sah; zumal sie 1962 auch noch ihren ersten Film herausbrachte.

Möglicherweise hat sie die beiden Geschäftsmänner noch aus ihrer Stuttgarter Zeit gekannt und geschätzt und sie sozusagen als „Feuerwehr" nach Karlsruhe geholt.

Jedenfalls bestätigt es, was wir immer schon vermuteten: Die Kontakte nach Stuttgart und zur dortigen Szene sind niemals ganz abgerissen.

Damen in einer Luxuslimousine

Sie haben einiges gemeinsam gehabt. Sie fuhren mit großen Schlitten provozierend durch die Stadt, deren Rotlicht sie als Königinnen beherrschten. Sie spielten mit den Begierden der Männer. Sie ließen sich bezahlen für die Lust und sie verdienten gut dabei, denn ihre Kundschaft war gehoben.

Die Rede ist von Rosemarie Nitribitt und Margarete Reinhardt.

Die beiden Frauen ähnelten sich mehr, als man bei ihrem bloßen Anblick zunächst denken würde.

Rosemarie Nitribitt, die erste öffentliche sogenannte „Lebedame" der jungen Bundesrepublik, war eine wahre Aufregerin in den spießigen 50er Jahren. Als sie ermordet wurde, war sie 24 Jahre alt. Mehrmals wurden ihr Leben und ihr Sterben verfilmt.

Ein nachträglich coloriertes Foto von ihr zeigt eine laszive, ein wenig gewöhnliche junge Frau, Zigarette provozierend in der Hand, tiefer Ausschnitt, wie sie aus einem Auto heraus ihre Umgebung abschätzt. Eine Schönheit im strengen Sinne war sie eigentlich nicht. So wie auch Margarete keine Schönheit war. Doch besaßen beide offenbar etwas, das an männliche Instinkte appellierte.

Im Fall von Rosemarie war es blondes Haar und durchdringende Augen sowie die Abwesenheit des prüden Getues der 50er Jahre. Provozierend war sie, diese junge Frau, die sich nahm, was sie wollte und mit ihrem Pudel Joe in aufreizenden Posen zu sehen war.

Rosemarie Nitribitt, geboren 1933 in Düsseldorf, stammte aus deprimierenden Verhältnissen, die ihr Leben vorzeichneten. Maria Rosalie Auguste, wie sie getauft wurde, war das Kind einer 18-Jährigen, die wahrscheinlich als Prostituierte ihr Geld verdiente. In dieses Milieu passt kein Kind. Deshalb landete Rosemarie Nitribitt mit drei Jahren in einem Kinderheim – kein Zuckerschlecken in jenen Jahren. Als Sechsjährige kam sie zu Pflegeeltern in der Eifel. Mit elf Jahren wurde sie Opfer einer Vergewaltigung, doch die Tat wurde nie gesühnt. Schon mit dreizehn Jahren verkaufte sich Rosemarie an alliierte Soldaten und begann mit ihrer kaltblütigen sexuellen Selbstvermarktung. Aus jeder Erziehungsanstalt floh das renitente Mädchen, ließ die Jugendämter und die Polizei ratlos zurück, die keinen anderen Ausweg sahen, als sie mit zwanzig Jahren vorzeitig als volljährig zu erklären. Rosemarie ging nach Frankfurt, ins Bahnhofsviertel, und arbeitete sich hoch, in eine gute Adresse. Sie nannte sich Mannequin und besuchte Benimmkurse in der „Schule der Dame", um mit ihren Freiern aus den ersten Kreisen mithalten zu können. In ihren Netzen verfingen sich bald Männer des Geldadels: die Sachs-Brüder, Milliardär Harald Quandt und angeblich sogar der spätere Bundeskanzler Kurt Georg Kiesinger. Auch der steinreiche Krupp-Erbe Harald von Bohlen und Halbach wurde ein Kunde und wurde noch mehr. Er wurde zum Freund, der in Gedichten von ihren Brüsten schwärmte. Doch die Romanze zwischen einer Edelnutte und dem Stahlerben konnte nicht spannungsfrei verlaufen sein. Der Krupp-Abkömmling war wohl immer wieder in Erklärungsnot wegen seiner Leidenschaft zur Halbwelt geraten.

Bekannt wurde Rosemarie Nitribitt auch durch ihre Liebe zu Statussymbolen wie Pelzmänteln, teurem Schmuck und schicken Autos. Ein Opel Kapitän war der Anfang, der legendäre schwarz lackierte Mercedes 190 SL mit roten Ledersitzen das Ende.

Auch Margarete stammte aus kleinbürgerlichen Verhältnissen, die aber vergleichsweise stabil anmuten: Einen Vater, der bei der Bahn arbeitete, eine Stiefmutter, die wohl gutmütig war, viele Geschwister; das Ganze im katholischen Franken in einer gemütlichen Weingegend nahe Würzburg, die keine Abgründe erahnen ließen.

Auch Margarete will in den 1940er Jahren als erstes Auto einen Opel gefahren haben. In den 50ern fuhr sie provozierend in ihrem offenen Cadillac durch Karlsruhes Straßen. Und auch sie verdiente ihr Geld mit dem Geschäft der käuflichen Lust und des erotischen Vergnügens. Und die US-Soldaten in Karlsruhe, die nach dem Krieg ihre Dollars für ein bisschen Vergnügen loswerden wollten, kamen ihr da ebenfalls gerade recht.

Doch da endet die Ähnlichkeit. Niemand hat uns je davon berichtet, dass sich Margarete Reinhardt mit übertriebenem Schmuck dekorierte oder dass sie sich hochelegant mit einem Pelzmantel bei einem Benimminstitut einfand. Das hätte nicht zu ihr gepasst.

Margarete blieb authentisch und wirkte niemals frivol. Sie beschäftigte Familienmitglieder in ihren Bars, spendete an die Freiwillige Feuerwehr und an die Arbeiterwohlfahrt. Ihr Luxus waren ihre Haustiere, darunter die legendären Schlangen, und der Erwerb neuer Bars. Angeblich sollen es fünf gewesen sein, doch nur vier konnten wir anhand von Quellen nachweisen.

Rosemarie Nitribitt hingegen hatte anderes im Sinn. Sie wollte hoch hinaus oder zumindest akzeptiert werden in der Welt der Wohlstandsbürger des Wirtschaftswunders. Sie wollte eine feine Dame sein.

Wir gewannen den Eindruck, dass Margarete Reinhardt dies niemals wirklich anstrebte. Vielleicht weil sie im Unterschied zu Nitribitt die bürgerliche Welt aus ihrer Kindheit und Jugend kannte und froh gewesen war, ihr zu entfliehen. Wenn auch nur nach Stuttgart.

Während Rosemarie Nitribitt ihre Geschäfte mit tabulosem und deshalb hochbezahltem Sex alleine betrieb und sich auf Fotos wie ein einsamer Star präsentierte, erschien uns Margarete mehr als ein durchaus warmherziger wenn auch resoluter Gruppenmensch. Uns wurde berichtet, dass sie stets von jungen Leuten, meistens Männern, umgeben war. Auch auf den wenigen Fotos ist sie immer mit anderen zusammen, lacht herzlich. Sie legte ihren fränkischen Dialekt niemals ab.

Das selbstverliebte, selbstvergessene Einzelkämpfertum der Nitribitt fehlt ihr ganz und gar.

Vergessen wir nicht: Margarete spielte als junge Frau in einer „Zigeunerband" und liebte es offenbar, gemeinsam mit anderen in der Öffentlichkeit aufzutreten. Sie saß später wie eine kleine Königin in ihrer Loge im *Passage-Palast*, sie fuhr auf einem Faschingswagen mit ihren Mädchen mit. Sie finanzierte und lieferte die Geschichten für die Filme und liebte die Premierenfeiern.

Wo die Nitribitt fast zwanghaft nach Geld, Gut und reichen Männern strebte und möglicherweise vor Erpressung nicht zurückschreckte, um all das zu bekommen, wurde Margarete von einem diffusen

Wunsch nach einem ausgelassenen und lebensfrohen Dasein inmitten der festgefügten Rotlicht-Szene im provinziellen Karlsruhe angetrieben.

Ihre Kindheit mit den Geschwistern und der großen Familie in einer ländlichen Umgebung hatten Margarete geprägt und auch ein wenig immun gemacht für die seelenlosen, gefährlichen Geschäfte der Nitribitt.

Das Ende der Nitribitt kam am 1. November 1957. Als den Nachbarn auffiel, dass sich die Brötchentüten vor ihrer Wohnung stapelten, wurde die erwürgte Prostituierte gefunden. Durch polizeiliche Fehler konnte nicht einmal der genaue Todestermin festgestellt werden. Es war jedenfalls Allerheiligen 1957, als die Nitribitt in ihrer Zweizimmerwohnung in der Stiftsstraße 36 gefunden wurde.

Die Tat wurde niemals aufgeklärt. Ihr schwuler Hausfreund Heinz Pohlmann geriet zwar ins Visier der Kripo, musste jedoch freigelassen werden. Hinweise, die auf Harald von Bohlen und Halbach deuteten, wurden niemals wirklich weiterverfolgt.

Ebenfalls gewaltsam zu Tode kam eine andere Berühmtheit des horizontalen Gewerbes jener Zeit. Und diese Dame hatte sogar eine direkte Verbindung nach Karlsruhe. Mehr noch: Es ist sehr wahrscheinlich, dass sie Margarete kannte.

Helga Matura

Die bildschöne Helga Matura, 1933 in Bottrop in einfache Verhältnisse geboren, wollte ebenfalls mehr vom Leben, als ein schlichtes Dasein im Kohlenpott. Begonnen hatte ihr Leben allerdings scheinbar bürgerlich. Mit 19 hatte sie geheiratet, war Mutter geworden, doch das Kind starb mit fünf Monaten an Lungenentzündung. Dieses Unglück überstand die Ehe nicht. 1955 wurde sie geschieden und Helga verschlug es nach Luxemburg, wo sie als Bardame und Tänzerin arbeitete. Kurzzeitig lebte sie in Beirut, dem damaligen Paris des Ostens, und aus jener Periode stammte wohl auch die Tätowierung mit den Initialen eines reichen arabischen Verehrers auf ihrem Oberschenkel. All diese Fakten wurden von Presse und Öffentlichkeit damals genüsslich ausgeschlachtet.

Nun wird es interessant: Helga Matura tauchte Ende der 50er Jahre in Karlsruhe auf, wo sie ein Judo-Studio eröffnen wollte. Die entsprechenden Genehmigungen waren bereits eingeholt, alles war vorbereitet, doch dann entschloss sich Helga Matura plötzlich anders. Sie ging nach Frankfurt, um in einem 7.000 Mark teuren Himmelbett ihrem Gewerbe offenbar sehr erfolgreich nachzugehen.

Wie bei der Nitribitt zählten auch zu ihren Kunden prominente, einflussreiche und vermögende Männer aus Politik, Wirtschaft und Unterhaltungsbranche.

Peitschen in ihrem Kleiderschrank ließen in den Augen der Sensationspresse damals darauf schließen, dass bei der Matura kein sexueller Wunsch unerfüllt blieb. Die Angst vor einem verschollenen Notizbuch mit den Namen der Freier trieb die oberen Kreise von Frankfurt um.

Dennoch: Im Unterschied zu dem „Mädchen Rosemarie" und Margarete Reinhardt wollte Helga Matura aussteigen und ein bürgerliches Leben beginnen. Sie präsentierte der Öffentlichkeit mit einem biederen Foto sogar einen Verlobten. Doch aus dem Idyll wurde nichts. In der Nacht vom 27. Januar 1966 wurde sie mit mehreren Messerstichen ermordet.

Wie bei der Nitribitt wurde der Täter nie gefunden.

Im Zusammenhang mit der Matura ergaben sich für uns mehrere Fragen.

Wieso wollte sie von Luxemburg nach Karlsruhe ziehen? Es ist die gleiche Frage, die wir uns bei Margarete gestellt haben. Ausgerechnet Karlsruhe?

Gut möglich, dass Helga Matura in der Fächerstadt Margarete als „Kollegin" kennengelernt hat, und diese hat ihr mit einem mütterlichen Rat empfohlen, nach Frankfurt zu gehen. „Da ist mehr los als hier! Und du findest ganz andere Kunden. Denk an die Nitribitt."

Vielleicht hat Margarete aber auch gesagt: „Für zwei wie uns ist in Karlsruhe kein Platz. Zieh Leine oder ich mach dir Beine!"

Margarete Reinhardt, Helga Matura und Rosemarie Nitribitt: Die drei Frauen hatten sehr viel gemeinsam, nur nicht ihr Ende. Margarete hat Glück gehabt. Sie hat das gefährliche Milieu überlebt und starb mit 76 Jahren einen natürlichen Tod – dazu später mehr.

Achtung! Achtung!

Varieté

PASSAGE-PALAST

bringt Schwung in Karlsruher Nächte

Täglich von 21 Uhr bis 5 Uhr früh
durchgehend Programm

sowie große Non-Stop-Schau

Dir. Marg. Reinhardt
Kaiserpassage neben Kurbel

Großes Weltstadtprogramm
mit nur erstklassigen internationalen
Künstlern

Schlag auf Schlag

Gipfelleistung der Artistik

und raffinierten Tanzschöpfungen, vorgeführt von schönen Frauen.

Dieses alles sehen Sie im Brennpunkt des Karlsruher Nachtlebens, der Stätte faszinierend kühner Programme.

Zum **TANZ** spielen
bekannte Spitzenkapellen

Wenn Einsamkeit Dir garnicht paßt,
dann komm in den Passage-Palast!

Kapitel 4

„Wenn die Einsamkeit dir gar nicht passt, such Freude im *Passage-Palast.*" Mit diesem Slogan warb das Etablissement in den 1960er Jahren in Zeitungsanzeigen.

Für den 14-jährigen Kochlehrling Waldemar Fretz schien dieses Lokal das Eldorado schlechthin. Er stieß die Schwingtür auf, die an eine Tür in einem Saloon in einem amerikanischen Western erinnerte und war mittendrin im prallen sündigen Leben des *Passage-Palast*. Überall Stimmen, Gläserklirren und das Klicken von Feuerzeugen, mit denen Zigaretten angezündet wurden, denn zu dieser Zeit war das Rauchen noch gesellschaftsfähig. Die harten Kerle rauchten *Overstolz*, die Männer mit Sehnsucht nach der „großen weiten Welt" wählten *Styvesant* und die Damen zogen an einer schlanken *Kim*.

Die Musik jener Zeit untermalte die Szene, die sich Fretz bot. Es erklangen Lieder von der Ferne und von dem sehnsüchtigen Seemann, die Freddy Quinn darbot, Fremdländisches von Nana Mouskouri und Demis Roussos, die von Taverne und blauem Meer träumten. Es war die Zeit von Peter Kraus, der gerne ein Teddybär sein wollte.

Doch kaum hatten Fretz und seine Kumpels die ersten Schritte in diese Welt der Erwachsenen getan, hatte ihn die Besitzerin des Etablissements, die legendäre Margarete Reinhardt, bereits erspäht. Eine stabile Frau mit langem grau-blondem Haar stand vor ihnen.

„Was wollt ihr Rotzlöffel denn hier? Das ist nichts für Euch!"

Die Jungs erklärten, dass sie gerade von der Arbeit am Herd kamen und dass sie Köche werden wollten. Gutmütig erkannte Margarete Reinhardt, dass hier „kleine" Kollegen vor ihr standen und kommandierte: „Ganz hinten, da hingesetzt und dass ihr euch ganz ruhig verhaltet, dann dürft ihr bisschen zuschauen."

Ja, und so erlebte Waldemar Fretz damals seinen ersten Striptease im brechend vollen *Passage-Palast*, gemeinhin nur *Pa-Pa* genannt. Striptease war nicht unumstritten und konnte je nach Ausübung zu behördlichen Problemen führen. Willi Volk, der unter anderem das *Oberbayern* und das *Café Wien* betrieb, wurde Ende der 50er Jahre für den ersten blanken Busen gar gerichtlich belangt. Und der Akt von Margaretes Tänzerin, die im *Pa-Pa* auf der Bühne mit einem Gummipimmel agierte, den sie anschließend in das Glas eines Gastes steckte, zog auch Ärger nach sich.

Margarete hatte später im *Pa-Pa* eine sogenannte Stripteaseerlaubnis. Wer aber meinte, dass nun viel nackte Haut zu sehen war, so kennt man die prüden 50er Jahre nicht. Ein durchsichtiger BH war alles, was die Herren von den Damen auf der Bühne zu sehen bekommen durften.

Margaretes Arbeitstag, vielmehr ihre Arbeitsnacht, spielte sich in der Kaiserpassage ab. Grund genug, sich diese einmal näher anzusehen.

Kaiserpassage: Einkaufen unter einem Dach

Die Mode, Einkaufsläden mit einem Dach zu überspannen, kam aus Frankreich und schwappte bald ins nahegelegene Karlsruhe über. Am 24. November 1887 eröffnete die Kaiserpassage in Karlsruhe. Sie verband nun die Kaiser- und die Akademiestraße miteinander. Haupteingang war an der Kreuzung von Kaiserstraße und Waldstraße. Der Planer dieser schicken Neuheit war Gustav Ziegler, der gerne Elemente der Frührenaissance in seinen Bauten verwendete und für seinen Entwurf eines von Wind und Wetter geschützten Basars viel Lob erntete. Die Käufer strömten alsbald in dieses neue Eldorado des Einkaufens, auch da es dort elektrisches Licht gab, was keine Selbstverständlichkeit war.

Im Zweiten Weltkrieg wurde die Kaiserpassage sowie auch die angrenzenden Gebäude fast ganz zerstört. 1959 entstand dann nach einer Interimszeit die heutige Kaiserpassage mit dem bis heute sichtbaren, dem Stil der damaligen Zeit entsprechenden Rundfassadengebäude am Eingang. Jetzt belebte sich die Kaiserpassage wieder. Eines der ersten Eiscafés in Karlsruhe sowie das Kino *Kurbel* zogen ein und damit Amüsement und Lebensfreude.

Ebenfalls spektakulär und ein großer Anziehungspunkt war der sogenannte *Zigeunerkeller*, der zum Jahreswechsel 1958/59 in der Karlsruher Kaiserpassage eröffnet wurde. Besitzer Angel Angeloff engagierte Musikkapellen, die überwiegend den, trotz des allgemeinen Misstrauens gegen Sinti, beliebten „Zigeunerswing" spielten. Hier fanden sich große Namen, doch Rigo Reinhardt, Margaretes Beinahe-Stief-Sohn, mit seiner Band war nach allem, was wir wissen, nicht darunter.

Was ist denn von der guten alten Kaiserpassage aus Margaretes Zeiten noch übriggeblieben und würde sie ihre frühere Wirkungsstätte heute noch erkennen?

Vieles hat sich geändert in der kleinen Passage, die ein wenig wie aus der Zeit gefallen wirkt und doch zu Karlsruhe gehört. Läden sind hier ein- und wieder ausgezogen, seriöse Abendunterhaltung gibt es praktisch nicht mehr, das Kurbel-Kino konnte nur mit Mühe erhalten werden. Doch die *Rasierbar,* die würde Margarete noch wiedererkennen, denn die gibt es seit 1958.

Das im Stil der 50er Jahre oval geformte Minilädchen, in dem auf nur acht Quadratmetern Expressfotos und Rasierzubehör angeboten werden, ist im sich rasant verändernden Karlsruhe tatsächlich ein Unikum.

Margarete steigt in den Passage-Palast ein

Während unserer Recherchen sahen wir vor uns, wie Margaretes Gäste an der kleinen *Rasierbar* vorbeigelaufen sind: Die Gäste, die erwartungsvoll ins *Pa-Pa* oder in den *Zigeunerkeller* strebten, und nachts müde und vielleicht nicht mehr ganz nüchtern auf die Kaiserstraße zurückschwankten. Manch einer hat sich vielleicht an der Rasierbar angelehnt, müde und aber doch erfüllt von dem, was ihm an Frivolem und an Unerhörtem im *Pa-Pa* geboten worden war.

Als gutmütig und resolut beschrieb uns Waldemar Fretz, der 1980 mitverantwortlich dafür war, dass das „Off Limits" Schild aus den Gaststätten verschwand, die Wirtin des *Passage-Palastes*. Natürlich waren Margaretes Bars nicht die einzigen, die in jener lebenslustigen Zeit das Vergnügungsgewerbe in Karlsruhe prägten. Die gehobenen Kreise, vor allem der selbstständigen Handwerker und Unternehmer, feierten auch gerne in der *Femina-Bar,* die ebenfalls mit nackten Tatsachen aufwartete. Man traf sich und genoss das Zusammensein bei einem guten Tropfen auch im *Rauchfang* – einer ebenfalls beliebten Karlsruher Kneipe, doch das *Pa-Pa* war überregional berühmt.

Dessen Erfolgsgeschichte begann 1957. Glaubt man ihren eigenen Angaben, so fand Margarete den *Passage-Palast* als heruntergewirtschaftete Bretterbude vor, zudem mit 90.000 DM Schulden belastet. Drei Jahre nach dem Erwerb der *Hawaii-Bar*, die offenbar gut lief, stieg Margarete 1957 als stellvertretende Geschäftsführerin in die *Passage-Palast GmbH* ein. Diese Aufgabe nahm sie gemeinsam mit einem gewissen Franz Pohl wahr.

Wir recherchierten über Franz Pohl und fanden in Karlsruhe zwei Männer dieses Namens, die in Frage kamen. Als wahrscheinlicherer Kandidat erschien uns aufgrund seiner unbürgerlichen Biographie ein 1899 im ostpreußischen Koschmin geborener Franz Pohl. Der Hilfsarbeiter hatte in der französischen Fremdenlegion gedient und war von dort nach Deutschland zurückgekehrt.

Seit Ende 1934 wurden Rückkehrer aus der Légion étrangère im Konzentrations- und Umerziehungslager Kislau interniert. Vorgeblich geschah dies aufgrund gesundheitlicher Risiken. In Wahrheit jedoch wollte man die Kampfkraft der Männer erhalten, sie jedoch politisch auf Linie bringen. Bis 1939 waren etwa 1.800 ehemalige Legionäre im „Bewahrungslager".

Das *Pa-Pa* sollte jedenfalls etwas ganz anderes werden als die schummrige *Hawaii-Bar*, glamouröser aber auch seriöser. Vielleicht ein wenig wie das *CC* damals in Würzburg. Schon der Vorgänger, der *Löwenrachen*, hatte als Restaurant begonnen, wurde dann aber durch ein Varieté ergänzt. Bis in den Zweiten Weltkrieg hinein war das Lokal unter der Leitung von Willi Schnauffer sehr beliebt. Trotz erheblicher Schäden durch die Bombenangriffe wurde das Varieté als eine der ersten Karlsruher Gaststätten nach 1945 unter dem Namen *Passage-Palast* wiedereröffnet. Zunächst amüsierten sich hier nur die US-Besatzer, doch bald durften auch die Karlsruher hier wieder entspannen. 1948/49 fanden im *Pa-Pa* die ersten Karlsruher Freistil(ring)kämpfe der Nachkriegszeit statt. Besitzer war zu dieser Zeit der bereits erwähnte Otto Rimmele, der sich den in Kapitel 3 beschriebenen Prozess mit Kurt Vollmer um die Besitzverhältnisse des *Pa-Pa's* lieferte.

Das *Pa-Pa* war also immer schon ein Ort des derben Vergnügens gewesen, aber bot durchaus auch seriöse Kunstdarbietungen, auch vor Margaretes Zeiten. So organisierte der *Passage-Palast* etwa 1946 anlässlich der Karlsruher Kulturtage der Neubürger ein buntes Programm. Dies beinhaltete Klavier-, Lieder- und Rezitationsabende, Filmuraufführungen, Trachtenschauen und landeskundliche Vorträge.

Befand sich Margarete unter den Zuhörern bei solchen kulturellen Veranstaltungen? Da sie ja, wie wir wissen, ab 1944 in Karlsruhe lebte und sich nach dem Krieg und in den Folgejahren dem Vergnügungsgewerbe verschrieben hatte, wird sie zumindest als Gast auch bald schon im *Pa-Pa* aufgetaucht sein. Karlsruhe war keine wirkliche Großstadt, was das Rotlicht- und Unterhaltungsmilieu anging. Man wird sich gekannt haben, wenn man in der Kneipenbranche unterwegs war, und es wird unter der Hand weitergegeben worden sein, wo ein „Laden" zum Verkauf stand und wo man gute Geschäftsführer fand, die einem nicht über den Tisch zogen.

War sie etwa auch im *Passage-Palast* anwesend, als am 2. Juni 1949 dort ein Boxkampf zwischen Dieter Kaiser und Ferdi Zachmann ausgetragen wurde? Oder war eher Jazz ihr Geschmack? 1949 trat im *Pa-Pa* nämlich die legendäre *Teddy Ley Band* auf.

Auch das Karlsruher Original Adi Walz war ab 1945 dort zu Gast und erfreute mit seinen bodenständigen Figuren. Aus seiner Feder entstanden Gestalten wie der „Käsbibberle" oder später der „Humortagelöhner".

Wir können uns Margarete gut vorstellen, wie sie lebenslustig und unternehmerisch denkend im *Passage-Palast* unterwegs war und sich durchaus eine eigene glanzvolle Zukunft dort vorstellen konnte. Das war doch um einiges spektakulärer als die eher primitive *Hawaii-Bar*. Margarete dachte offenbar gerne „groß" – ungewöhnlich für eine Frau in jener Zeit. Erfolgreiche Geschäftsfrauen gab es zwar auch in den 50er Jahren, aber sie waren wenige.

Und Ihre Träume erfüllten sich. Auf dem Briefkopf eines Schreibens an Konrad Adenauer lasen wir die beeindruckende Adresse: „*Passage-Palast Betriebe*. Margarete Reinhardt. Führendes Haus mit Weltstadt-Variete.Kabarett.Tanz.Bar. Täglich geöffnet von 21 bis 5 Uhr."

Dieser *Passage-Palast* in der Kaiserpassage zu Karlsruhe mit seinen ausgedehnten Räumlichkeiten war Margaretes Aushängeschild und ihre Spielwiese, wo sie neue Ideen und gewagte Inszenierungen ausprobieren konnte.

Werfen wir einen Blick in das *Pa-Pa*, wie es damals ausgesehen haben muss. Es gab eine halbrunde Bühne, auf der die jeweilige Kapelle saß. Regelmäßig trat auch ein Ballett auf, rassige Frauen, meistens in farbenfrohen Kostümen, die an Spanien oder Italien erinnerten. Davor die Tische und Stühle, an denen die Gäste Platz nahmen. Auf der rechten Seite der Bühne befand sich Margaretes Loge, in der sie Hof hielt, umgeben von jungen Männern, manche mit – so ein Augenzeuge – dunklerem Teint. Hier thronte sie, so berichten uns viele Besucher von damals, wie eine Königin oberhalb des Geschehens und beobachtete alles. Sie genoss es, hier die Chefin zu sein. Wer in ihrer Gunst stand, wurde zu ihr gerufen.

In Seitenräumen waren die beiden Bars untergebracht: Die *Südseebar* und die *Mercator-Bar,* in der es intimer zuging. Zu intim freilich nicht. Es gab damals noch den Kuppeleiparagraphen und deshalb blieb es laut Margarete bei harmlosen Vergnügungen. Dazu später mehr.

Feuer!

Nachtclubs haben gelegentlich die Neigung, sich in Rauch und Asche zu verwandeln. Gründe und Anlässe seien dahingestellt. 1959, nach einer durchfeierten Nacht zum Aschermittwoch, brannte jedenfalls das *Pa-Pa* aus.

Nachdem die letzten Gäste so gegen fünf Uhr gegangen waren, wollten Angestellte die Faschingsdekoration entfernen. Dabei musste ein Funke aus einem defekten Kabel entwichen sein, der sofort die Hauptdekoration des Saales entzündete. Innerhalb weniger Sekunden brannte die gesamte Decke und dann die vollständige Einrichtung des Saales aus. Die Flammen schlugen bereits durch das Dach, als die Feuerwehr erkannte, wie gefährlich die Lage auch für die anderen Häuser in der Akademiestraße war. Mehrere Löschzüge und acht Löschrohre dämmten das Feuer ein. Am Morgen schwelte es nur noch, doch die Einrichtung des alten *Passage-Palastes* war durch das Feuer vernichtet. Sogar die Musikinstrumente, die noch auf der Bühne standen, konnten nicht gerettet werden.

Obwohl der Betrieb in der *Eule-Bar* provisorisch bald wieder aufgenommen wurde, bedeutete der Brand einen Einschnitt für *die* Karlsruher Vergnügungs-Institution. Doch das *Pa-Pa* wurde wiederaufgebaut und entwickelte sich bald zum noch spektakuläreren Amüsierangebot als zuvor – zwischen dem 1957 eröffneten Kino *Die Kurbel* und der neuen östliche Kaiserpassage mit Geschäften und einem der ersten Eiscafés in der Stadt.

Es mag nur ein Zufall und somit nur ein interessantes Detail am Rande sein, aber ab dem 15. Juli 1960, etwa ein Jahr nach dem Brand, ist Margarete dann alleinige Geschäftsführerin, der Betrieb wird als „*Passage-Palast* Betriebe Margarete Reinhardt e.K." eingetragen.

Es war viel los im Pa-Pa

Die Leute suchten eine gute Show, nette Gesellschaft und einen Hauch Exotik. All das fanden sie im *Pa-Pa*. Billig war das Vergnügen dabei nicht. Mit dem Wohlstand der Deutschen stiegen auch die Preise im *Pa-Pa*. Mitte der 60er Jahre waren da schon mal 300 Mark für eine Flasche Sekt fällig. Doch, wenn man sie in Gesellschaft der gut gekleideten hübschen und wohlerzogenen Tischdamen genoss, die unter den gestrengen Augen der Chefin ihre Dienste versahen, dann war es das wohl wert.

Ja, es war was los im *Pa-Pa*. Und zwar bis in die frühen Morgenstunden. Aufgrund der Nachtkonzession trafen sich dort nicht nur Nachtschwärmer, sondern auch die anderen Gastronomen sowie die Musiker aus jenen Lokalen, die um ein Uhr schließen mussten.

Fast jeder unserer etwas älteren Gesprächspartner war einmal im *Pa-Pa* gewesen und alle schienen es genossen zu haben. So berichtete uns ein ehemaliger Gast, man sei am Heiligabend nach den familiären Verpflichtungen gerne noch im *Pa-Pa* gewesen und habe dort „Mampe" getrunken, was ein Berliner Magenbitter war. An einen weiteren Stammgast erinnert sich unser Informant. Er habe eine Anzugfabrik besessen, bei der die jungen Männer günstig und auf Ratenzahlung Anzüge erwerben konnten.

Margarete konnte den Eindruck gutmütigen Humors verbreiten, aber auch resolut durchgreifen. Wer nicht zahlen konnte oder wollte, wurde mehr oder weniger sanft nach draußen bugsiert. Für Studenten hatte sie ein weiches Herz und drückte auch mal ein Auge zu. Weitsichtig vermutete sie, dass die eines Tages wiederkämen: Dann als Herr Doktor oder Herr Direktor. In den 1960er Jahren, so ein Zeuge, bekamen Studenten des Öfteren kleinere Aushilfsjobs im *Pa-Pa*, als Bezahlung wurde ihnen mitunter „Naturalien" angeboten, die der eine oder andere wohl auch angenommen haben mag. Und ein heute über 70jähriger Lehrer, der als ganz junger Bursche bei Margarete gejobbt hatte und gelegentlich ihr Auto sowie den Porsche ihres Freundes aus der Tiefgarage holen durfte, berichtet, für ihn am Zapfhahn seien alle Getränke frei gewesen. Übrigens, dieser Freund mit dem Porsche: Wir konnten ihn leider nicht identifizieren. Nach Baden-Baden seien die beiden oft gefahren. Vielleicht ging es in die Spielbank, vielleicht unternahm man einen Abstecher in die dortige Szene.

Eine gutmütige Kneipenchefin also? Entgegen ihrer Äußerungen in einem Interview war die „Direktorin" nicht immer großherzig: Es mag durchaus Situationen gegeben haben, in denen sie einem Gast mit leerem Geldbeutel die Zeche erlassen hat. Doch mehr als einmal wurde uns berichtet, dass Schuldscheine unterschrieben werden mussten. Und wer die nicht fristgerecht einlösen konnte, bekam Besuch der unangenehmen bis schmerzhaften Art.

Ein Zeuge erinnerte sich noch an einen Abend, an dem er während eines Besuchs im *Pa-Pa* sein Portemonnaie vermisste. Er müsse es wohl „verloren" haben, war die augenzwinkernde Erklärung der Chefin, die großzügig anbot, der junge Mann könne die Rechnung abarbeiten.

Laut Jean Berth, einem Tänzer aus Tannenkirch, der im *Pa-Pa* auftrat und dessen Lebenserinnerungen als Buch vorliegen, verzehrte sie dort, laut hörbar, breite Nudeln mit Zucker. Was auf den ersten Blick ein recht seltsames Gericht zu sein scheint, entpuppt sich bei näherem Hinsehen als ein nicht nur in Franken bekanntes „Arme-Leute-Essen". Bevor die italienische Pasta Einzug in deutsche Haushalte hielt, ist in alten Kochbüchern mit dem Begriff „Nudel" eher eine äußere Form als ein Teig gemeint. Daher bestanden die breiten Nudeln aus Nudel- oder Kartoffelteig und wurden süß mit Zucker und Zimt angerichtet. Eine fränkische Regionalspezialität ist die Zubereitung mit Apfelmus. Wie dem auch sei: Margaretes kulinarische Vorliebe war ein Relikt ihrer eher einfachen Herkunft, der sie sich immer noch verbunden fühlte.

Margaretes Lieblingsessen ist sicher Geschmackssache. Auch Geschmackssache ist die Tatsache, dass sie in ihrer Loge offenbar immer von einer Schar junger Männer umgeben war, die nur darauf warteten, zur „Königin der Nacht" gerufen zu werden.

Der *Passage-Palast* war die ansehnliche und anständige Schwester von Margaretes anderen Etablissements. Sozusagen die bürgerliche Vorstufe zur verruchteren *Hawaii-Bar* oder der Bierbar *Goldene Spinne*.

Ein Neffe Margaretes, der längere Zeit im *Pa-Pa* gearbeitet hat, ließ uns über seinen Cousin Robert Hesselbach wissen, es seien immer erstklassige Künstler und Artisten im *Pa-Pa* gewesen. Dementsprechend hoch seien auch die Umsätze gewesen. Er nannte sie „schwindelerregend". Da konnte ein lebenslustiger spendabler Gast schon mal mehrere Piccolos, die Flasche für 100 Mark, konsumieren. Mitte der 1960er Jahre kostete die teuerste Flasche Sekt 500 Mark. Zudem stiegen die Preise in gleichem Maße, wie die Hüllen der Mädchen fielen.

Jean Berth erwähnt in seinem insgesamt negativen Bericht über den *Pa-Pa*, Margarete habe dort zwei weiße Elefanten gehabt. Das stimmt wohl nicht, denn wie sollten zwei Elefanten in die enge verwinkelte Kaiserpassage geraten sein? Doch dass sich exotische Schlangen in dem Etablissement herumringelten, die nachts in großen Körben schliefen und ansonsten für extravaganten Grusel sorgten, das ist verbürgt. Und für Fasching habe Margarete einmal ein Kamel organisiert, auf dem der erwähnte Cousin Karl-Heinz geritten sei. Margaretes Faschingswagen mit den halbnackten Mädchen, die Raubtierschwänze trugen, waren wohl ein großer Aufreger und sind vielen noch heute im Gedächtnis.

Ja, Margarete traute sich was. Sie provozierte die brave badische Gesellschaft mit einem gutmütigen Lächeln im Gesicht.

Tiere schienen es Margarete angetan zu haben. Je ausgefallener, desto besser. Auf einem weißen Pferd seien nackte Mädchen auf die Bühne geritten, wurde uns berichtet.

Manch einer, der uns von seinem Besuch im *Pa-Pa* erzählte, konnte ein Strahlen in den Augen angesichts der Spektakel auf der Bühne kaum verhehlen. Ein Besuch im *Pa-Pa*! Das war nichts Anrüchiges, nein. Dort verkehrte, so Jean Berth, das beste Publikum. Und es sei ein tolles Theater gewesen, mit tausend Plätzen. Auch wenn das wohl etwas übertrieben war, ein Anziehungspunkt weit über Karlsruhe hinaus war der *Passage-Palast* allemal. Auch vom Umland, etwa aus dem Kraichgau, aber auch von weiter her kamen die Besucher und hatten zuvor die Spendierhosen angelegt. Im *Pa-Pa* war einfach etwas los. So etwas wie die Kaiserpassage gab es zu der Zeit nicht in Bretten oder Bruchsal.

Und es waren durchaus nicht nur einzelne Herren, die sich amüsierten. Auch Ehepaare gönnten sich in den immer noch muffigen frühen 1960ern dort einen vergnügten Abend und mögen sich Anregungen fürs Schlafzimmer geholt haben. Der Sekt floss in Strömen, und es traten bekannte Künstler im *Pa-Pa* auf, aber auch zunehmend gewagte Stripteasenummern gehörten zum Programm.

Drastisch beschreibt Jean Berth auch weitere Schattenseiten des Karlsruher Etablissements. Unten in den Kellern sei es schmutzig gewesen, die Ratten seien umhergehuscht und die Toiletten hätten schlecht gerochen. Frau Margarete selbst sei mit langem, blond gefärbtem, ungepflegtem Haar und in Hausschuhen umhergeschlurft. Übrigens trug sie lange Zeit ihr Haar zu einem Kranz geflochten, der milde ausgedrückt, eine „völkische" oder BDM-Mädel-Anmutung hatte. Doch nun sah sie anders aus, und der Ruf einer hässlichen alten Vettel, die sich mit jungen Gigolos umgebe, sei ihr vorausgeeilt.

Also oben hui, unten pfui?

Gewiss waren in dem gut beleumundeten Lokal *Pa-Pa* auch die Größen der Stadt als Gäste zu finden. Aber auch anlässlich von Parteitagen, wie dem Bundesparteitag Ende April 1960, bei dem sie Adenauer hätte bewundern können, und bei den Bambi-Verleihungen ... wo ging man denn nach getaner Arbeit hin? Wahrscheinlich gerne auch in den *Pa-Pa*!

Hier wird Margarete jene Kontakte geknüpft haben, die sie mit der Film- und Fernsehbranche haben liebäugeln lassen. Sie wollte mitmischen. Dass dies nicht gut ausging, werden wir noch genauer erfahren.

Mit und gegen den Zeitgeist

Obwohl Margarete ihren Bars als Gallionsfigur vorstand, entsprach sie gewiss schon lange nicht mehr dem Schönheitsideal der Zeit. Immer mehr kamen knabenhaft schlanke Mädchen in Mode, Typ Twiggy, mit geometrischen Kurzhaarschnitten und großen Augen. Bei der Auswahl ihrer Damen wird Margarete als clevere Geschäftsfrau aber dann schon der Mode gefolgt sein und sich an dem orientiert haben, was gerade angesagt war. Beliebt waren auch Frauen mit zarten Zügen wie Audrey Hepburn und mit sogenannten Beehive-Frisuren, die Bienenstöcken nachempfunden waren. Allen gemeinsam: Betonte Augen, viele falsche Wimpern, sehr viel Lidschatten und ein harter Eyeliner. Auch in den Bars der Frau Reinhardt mussten die Mädchen diesem gängigen Schönheitsideal folgen, auch wenn die Chefin selbst mit höchst traditionellen Frisuren und einer eher bescheidenen Dekoration ihrer selbst stets gleichblieb. Groß in Mode waren in den 60ern Perücken, von denen fast jede Frau eine besaß – ganz gewiss auch die Animiermädchen in den Bars, die sich dadurch natürlich auch wandelbar gaben. Der romantischere Hippielook mit langem welligem Haar und Haarreif mag im *Pa-Pa* dagegen weniger angesagt gewesen sein. An Blumenmädchen, die Bob Dylan hörten und die herrschenden Verhältnisse in Frage stellten, waren die männlichen Gäste wahrscheinlich weniger interessiert.

Margaretes Gewerbe befeuert hat aber gewiss der Minirock, der in den 60ern einen Siegeszug erlebte. 1965 wurde er von Mary Quant erschaffen, begann mit 10 Zentimetern über dem Knie, bis er immer höher und höher rutschte und zum Supermini wurde. Man stellt sich gerne vor, wie die Angestellten von Frau Reinhardt in diesen Minis mit Netzstrümpfen und Stiefeln oder Pumps den Sektumsatz bei den männlichen Gästen förderten. Oder wie sich eine junge Dame im kurzen Kleid in der beliebten A-Form neben einen Gast an den Tisch setzte und dabei die Beine übereinanderschlug, so dass der Phantasie keine Grenzen gesetzt waren.

Der bei Studentinnen angesagte Hippielook mit langen Wallekleidern und Ethnoschmuck musste, wie gesagt, jedenfalls bestimmt draußen bleiben. Und eine Frau mit Hosen wäre in den Nachtbars ebenfalls nicht passend gewesen, obwohl auch das Beinkleid für Frauen allmählich salonfähig wurde. Der Kragen statt Ausschnitt, der in den 60ern aufkam, war ebenfalls kein Aushängeschild für eine Amüsierbar. Damit machte man keinen Umsatz.

Bei aller Anpassungsfähigkeit in Sachen Mode: Hat Margarete wirklich mitbekommen, dass sie ihre Blütezeit in Karlsruhe in dem kulturell, gesellschaftlich und politisch aufregendsten Jahrzehnt lebte? Mitbekommen hat sie natürlich die generell freiere Einstellung zur körperlichen Liebe. Sex war nicht mehr nur eine heimliche, verklemmte und mit Schuldgefühlen beladene Sache – die Welt wurde freier und die Pille sorgte für Wahlfreiheit bei den Frauen. Und auch Margaretes Vorführungen im *Pa-Pa* und in der *Hawaii-Bar* wurden nun gewagter.

Gewiss bemerkte sie das wachsende Selbstbewusstsein von Homosexuellen. Uns wurde berichtet, sie habe den Besitzer der *Bunten Kuh* in der Kaiserpassage bei der Einrichtung dieses Lokals, das von Homosexuellen bevorzugt wurde, unterstützt.

Der Bau der Mauer, die Teilung Deutschlands und der Vietnamkrieg als Spiegel der Auseinandersetzung von Ost und West, weltweite Studentenunruhen und die rebellischer werdenden Teenies werden Gesprächsthemen auch in ihren Bars gewesen sein. Sowie mehrere Leute die Köpfe zusammensteckten, wird es auch um Politik gegangen sein.

Dass in ihren Etablissements Revoluzzer, Kommunarden und mit Blumen geschmückte Weltverbesserer aufgetaucht sind, darf stark bezweifelt werden. Eher profitierte Margarete vom Wirtschaftswunder, von dem steigenden Wohlstand der arrivierten Bürger der Stadt und dem Bedarf an erotischer Bühnen-Unterhaltung sowie der Aussicht auf den Ausschnitt einer hübschen Dame, der man einen oder auch zwei Sekt spendierte; egal: Man war ja wieder wer.

Im Zuge unserer Recherchen erfuhren wir schon recht früh, dass ein Neffe Margaretes mit Namen Karl-Heinz längere Zeit hinter der Bar im *Pa-Pa* gearbeitet hat. Das ist nichts Ungewöhnliches, denn eine Tante hilft sicher gerne, wenn der Neffe einen Job braucht; und Bier zu zapfen und Drinks zu mixen ist keine anrüchige Tätigkeit. Doch aus einem mitarbeitenden Familienmitglied wurden bald zwei: Karl-Heinz' ältere Schwester Renate war Ende der 1950er Jahre für ein bis zwei Jahre beschäftigt, um die Zeit bis zum Beginn einer seriösen Ausbildung zu überbrücken. Mit dieser Nichte konnte Eva einmal kurz am Telefon sprechen. Sie sei nur vorübergehend dort gewesen, erzählte sie, und wollte nichts Abfälliges über ihre Tante berichten. Mit Sicherheit stand sie nicht hinter ihrer Arbeit und wollte auch nicht in diesem Milieu bleiben, denn sie ließ ihren Aufenthalt dort nur als kurzen Besuch erscheinen.

Und aus zwei wurden drei: Helene, die Mutter von Karl-Heinz und Renate, also eine Schwester Margaretes, arbeitete nach ihrer Scheidung für eine lange Zeit als Kellnerin. Wie lange genau, das wissen wir nicht. Aber durch ihren Verdienst konnte sich Helene immerhin ein Zweifamilienhaus in der Heimat bauen. Wir staunten nicht schlecht.

Noch mehr staunten wir, als sich letztendlich herausstellte, dass vier Mitglieder der Hesselbach-Familie in Margaretes Diensten standen. Eine weitere Nichte begann Ende der 1950er Jahre, in der *Hawaii-Bar* zu arbeiten und soll dort bis zur Schließung der Bar – es dürfte das Ende der Konzession 1971 gemeint sein – geblieben sein.

So wurde die Familie nicht nur durch gelegentliche Geldzuwendungen unterstützt, sondern auch durch Beschäftigung. Für Margarete brachte dies auch den Vorteil, Vertrauenspersonen in den Lokalen zu haben und nicht immer selbst ein Auge auf alles werfen zu müssen.

Margarete, einmal mehr die Gutmütige. Doch es gab da auch eine Sache, bei der ihr Ansehen im Umgang mit anderen Menschen zumindest in unseren Augen gelitten hat.

Nicht alles Gold, was glänzt: Minderjährige im Pa-Pa

Am 2. Februar 1966 ging im Polizeipräsidium Karlsruhe, Abt. PB IV/Gewerbeüberwachung, ein Schreiben des Jugendamts der Stadt Karlsruhe ein. Das Amt übergab der Polizei als Anlage wiederum ein Schreiben des Amtsgerichts Bühl vom 21. Januar desselben Jahres mit der Bitte „um Überprüfung der Angelegenheit."

Was so trocken begann, hätte sich für Margarete auf den ersten Blick zu einem größeren Problem entwickeln können. Denn im Zuge eines Fürsorgeverfahrens vor dem Amtsgericht der Stadt Bühl, zehn Kilometer südwestlich von Baden-Baden gelegen, gab ein minderjähriges Mädchen an, zunächst immer wieder als Gast im *Pa-Pa* gewesen zu sein. Doch damit nicht genug: An mindestens zwei Tagen in der Woche will sie als Bedienung in der *Südseebar* tätig gewesen sein. Ferner sagte sie aus, dass dort noch zahlreiche andere sehr junge Mädchen bedienen würden.

Aus den Akten, die uns vorliegen, lässt sich das weitere Vorgehen der Polizei rekonstruieren. Die Namen der Beteiligten kennen wir nicht, denn sie wurden in den Dokumenten, die uns das Generallandesarchiv Karlsruhe überließ, aus Gründen des Persönlichkeitsschutzes geschwärzt. Das damals minderjährige Mädchen könnte zum Zeitpunkt der Drucklegung dieses Buches noch leben, so dass ihre Persönlichkeitsrechte gewahrt werden müssen.

Doch zurück zu den Ereignissen zu Beginn des Jahres 1966. Am 4. und noch einmal am 8. Februar fanden gegen 22.30 Uhr bzw. 19.45 Uhr nicht angekündigte Kontrollen im *Pa-Pa* statt, bei denen jedoch keine minderjährigen Animierdamen angetroffen wurden. In den Listen der Beschäftigten war besagtes Mädchen nicht aufgeführt.

Das Mädchen wurde am 22. März im Mädchenheim „Maria Frieden" in Baden-Baden vernommen. Ihre Aussage wirft auch ein Licht auf die Geschäftsgepflogenheiten des *Pa-Pa* bzw. der darin integrierten *Südsee-Bar*, die von einem Ehepaar geleitet wurde. Die 17-Jährige gab an, seit Herbst des vorigen Jahres öfter im *Pa-Pa* gewesen zu sein, wo sie an einem Abend auf der Toilette von der Geschäftsführerin – nicht Margarete – angesprochen worden sei, ob sie als Animierdame arbeiten wolle. Wenn der Gast einen Whiskey für 10,- DM bestelle, bekäme sie 4,- DM, bei einer Flasche Sekt, die zwischen 70,- und 150,- DM kostete, sei ihre „Provision" 25 Prozent. Innerhalb einer Woche habe sie zwischen 45,- und 70,- DM verdient – nicht wenig Geld für einen Teenager in den 60er Jahren.

Offen bekennt das Mädchen, dass es vorgekommen sei, dass sich Gäste nach Betriebsschluss mit den jungen Frauen verabreden wollten. Sie habe aber solche Angebote nicht angenommen. Interessant ist auch ihr Hinweis auf weitere, möglicherweise ebenfalls minderjährige weibliche Beschäftigte. Ein schlechtes Licht fällt in diesem Zusammenhang auf den Geschäftsführer, von dem das Mädchen in einem Zusatzprotokoll eine Episode erzählt: Damit die jungen Damen nicht schnell betrunken werden, wurde an der Bar – wie uns bereits zuvor berichtet wurde – in ihren Whiskey Tee gemischt. Ein Gast habe dies einmal bemerkt und sich geweigert, das Glas zu bezahlen. Besagter Geschäftsführer habe sich herausgewunden und sie sei dann bereit gewesen, mit dem Gast aus Hamburg einen richtigen Whiskey zu trinken. Als der Gast sie nach Schließung des Lokals mitnehmen wollte, habe sie abgelehnt, was ihr am nächsten Morgen vom Geschäftsführer übelgenommen wurde. Originalton des Mädchens: „Er meinte, ich hätte ja noch eine Stunde mit dem Hamburger wegfahren können". Wir haben hier also einen Beweis dafür, dass im *Pa-Pa* indirekt Kuppelei betrieben wurde.

1966 galt noch der § 180 des Strafgesetzbuches, der auch als „Kuppelei-Paragraph" bekannt ist. Absatz 1 dieses Paragraphen lautet:

> „Wer gewohnheitsmäßig oder aus Eigennutz durch seine Vermittlung oder durch Gewährung oder Verschaffung von Gelegenheit der Unzucht Vorschub leistet, wird wegen Kuppelei mit Gefängnis nicht unter einem Monat bestraft (…)

Unter Unzucht verstand der Gesetzgeber den vorehelichen Geschlechtsverkehr bzw. beischlafähnliche Handlungen. Der § 180 wurde im Zuge der Strafrechtsreform von 1968 entschärft, seit 1970 betrifft er nur noch die Förderung sexueller Handlungen von unter 16-Jährigen. Merkwürdig in unserem Zusammenhang ist, dass die Kriminaloberkommissarin, die jenes Protokoll geschrieben hat, auf diesen Umstand nicht weiter eingegangen ist.

Befragt wurde auch ein Musiker, der als Gast im *Pa-Pa* verkehrte. Laut seiner Aussage fuhr er das Mädchen, das ab und zu betrunken gewesen sei, mehr als einmal nach Hause und habe versucht, sie „aus dem Barbetrieb wegzubringen". Er bestätigt auch den schon von der Jugendlichen geäußerten Verdacht, dass noch weit mehr minderjährige Mädchen in Margaretes Lokal gearbeitet haben, sogar als Striptease-Tänzerin.

Wie schon gesagt, wissen wir nicht, wer jener obskure Geschäftsführer war. Bei allem Verständnis für den Datenschutz blieb dieser Umstand für uns natürlich unbefriedigend. Denn wir haben einen Verdacht, um wen es sich handeln könnte, doch ob unser Verdacht stimmt, werden wir nicht erfahren. So mag in unseren Köpfen, und nur dort, ein Unbescholtener mit dem Vorwurf unrechtmäßigen Vorgehens belastet sein.

Herr X, wie wir ihn jetzt einfach nennen möchten, wurde selbstverständlich damals auch zu den Vorwürfen befragt. Das Mädchen, um das es in unserem Fall geht, hatte er seiner Aussage zufolge mindestens auf 21 Jahre geschätzt, weshalb er sie nicht nach dem Alter gefragt habe. Überhaupt habe er von den Mädchen nur die Vornamen gekannt, ansonsten nicht einmal den Wohnort. Die Mädchen kamen alle selbst als Gast in die Bar und wurden dann von ihm und seiner Frau angesprochen, eine Vermittlung z.B. durch das Arbeitsamt habe nicht stattgefunden. Eine Liste über die weiblichen Angestellten habe er nicht geführt – dies wird später noch wichtig werden.

Wenn seine Angaben stimmen, war Herr X seit dem 28. November 1965 Angestellter bei Margarete, seine Frau dagegen nicht, sie habe ihn nur bei der Arbeit unterstützt. Diese Unterstützung bestand eben auch darin, junge Mädchen anzusprechen.

Aus den Protokollen wird nicht deutlich, was die *Südsee-Bar* eigentlich war. Herr X gibt an, „sie habe sich innerhalb der konzessionierten Räume des *Passage-Palastes* befunden. Er habe die Getränke an der Theke des Hauptlokals abgeholt und nach Betriebsschluss abgerechnet. Er habe den Preis bezahlt, den Frau Reinhardt für die Bar festgesetzt hat. Auf diesen Betrag habe er dann 25 Prozent aufschlagen dürfen, was letztlich sein Verdienst gewesen sei. Er habe von Margarete mündlich das Recht übertragen bekommen, eigenständig Animierdamen zu beschäftigen und zu bezahlen." Originalton Herr X: „Ein schriftlicher Vertrag oder eine schriftliche Abmachung darüber besteht nicht." Während dieser heikle Bereich offenkundig auf Vertrauensbasis geregelt war, scheint Margarete sehr penibel gewesen zu sein, was die finanzielle Seite betraf. Herr X erläuterte dem vernehmenden Beamten, dass er täglich bei der Abrechnung 5 Prozent des Umsatzes für Steuer und Sozialabgaben an Margaretes Lohnbüro abführte. Und am Monatsende bekam er einen Lohnstreifen. Die sprichwörtliche deutsche Gründlichkeit in bürokratischen Angelegenheiten zeigt sich also auch hier. Als eher lässig erwies sich der Betrieb dagegen dann, wenn es um die Einhaltung des Jugendschutzes ging.

Und was sagte Margarete selbst dazu? Sie wusch sprichwörtlich ihre Hände in Unschuld. Sie habe Herrn X als Leiter der *Südsee-Bar* eingestellt, da sie in dem „großen Betrieb nicht überall zu gleicher Zeit sein" könne. Sie gab ferner zu Protokoll: „Ich war der Meinung, dass er alles richtig macht, da er schon sehr lange in diesem Beruf tätig ist und auch selbst schon ein eigenes Lokal hatte." Ab und an habe sie mal nach dem Rechten gesehen und dabei nie eine Animierdame erblickt.

Angesichts der anderen Aussagen in diesem Fall muss Margarete schon sehr mit Blindheit geschlagen gewesen oder zu Tageszeiten erschienen sein, in denen der Betrieb noch nicht richtig ins Laufen gekommen war. Und dass sie verpflichtet gewesen sei, eine Liste über die weiblichen Beschäftigten zu führen, habe sie angeblich auch nicht gewusst.

Auch der Polizei erschien die Unwissenheit der im Jahr der Ereignisse schon sehr bekannten „Königin des Rotlichts" wenig glaubhaft. Vielmehr nahmen die Beamten an, dass eine Liste nicht geführt wurde, um Kontrollen zu erschweren.

Am 4. Juli, also sechs Monate nach Bekanntwerden, wurde von Amts wegen Strafanzeige gegen Margarete Reinhardt wegen Verstoßes gegen § 16 Abs. 2 und § 67 Abs. 1 Ziff. 1 des Jugendarbeitsschutzgesetzes erstellt. Sie wird an das Gewerbeaufsichtsamt weitergeleitet. Wer nun erwartet, dass die harte Hand des Staates auf Margarete hinabgefahren ist, wird eines Besseren belehrt. Die entscheidende Passage eines Schreibens an die Eigentümerin des *Pa-Pa* vom 14. Juli 1966 lautet:

> „Da die Sache schon sehr lange zurückliegt, sehen wir ausnahmsweise von einer Bestrafung ab, verwarnen Sie jedoch nachdrücklichst. Sollte bei einer evtl. späteren Revision wiederum festgestellt werden, daß Sie jugendliche (sic!) zur Nachtzeit beschäftigen, müßten Sie mit einer strengeren Bestrafung rechnen."

Es braucht nicht viel Phantasie, um sich vorzustellen, wie Margarete und Herr X beim Lesen dieses Schreibens in Lachen ausgebrochen sind. Kein Wort darüber, dass Jugendliche zum Trinken von Alkohol animiert wurden, kein Wort darüber, dass Jugendliche womöglich gar verkuppelt wurden. Und dass das Verfahren absichtlich verschleppt wurde, liegt auf der Hand. Überlastung oder behördliches Unvermögen mögen eine Erklärung dafür sein. Denkbar ist jedoch auch das Eingreifen einer „schützenden Hand" – es wäre nicht das erste und nicht das letzte Mal im Leben der Margarete Reinhardt, dass wir den Verdacht hatten, dass ein geheimnisvoller Gönner im Hintergrund die Fäden zog. Doch diese schützenden Hände können auch zuschlagen, wenn man ihnen zu genau auf die einzelnen Finger sieht. Das war etwas, das wir uns im Lauf der Recherchen immer wieder vor Augen führen mussten. Wir recherchierten nicht in biederen badischen Beamtenkreisen: Nein, wir bewegten uns im Rotlichtmilieu und da können manche Fragen auch heute noch gefährlich werden.

Zwischenton: Gefährliche Zeugen

Während unserer Recherchen fiel immer mal wieder der Name „Knochen-Rolf" (wir haben den Vornamen des Herrn aus Gründen des Persönlichkeitsschutzes geändert). „Mit dem habe die Reinhardt zusammengelebt", raunt man uns zu, „der sei so dürr gewesen, dass man die Knochen gesehen habe". Wir durchforsteten die alten Adressbücher, soweit sie in den Bibliotheken vorhanden sind, aber wir konnten keinen Rolf als Bewohner der Kapellenstraße 68 finden, in der sich die *Hawaii-Bar* befand und wo Margarete lange Zeit gemeldet war. Zu gerne wüssten wir, wer dieser Mann war, aber schnell wurde uns klar, dass wir an dieser Stelle nicht weiterkämen. Und so landete diese Spur in einem Aktenordner und geriet im Laufe der Zeit etwas in Vergessenheit. Ein Zufall holte Knochen-Rolf wieder aus der Versenkung. Dieser Zufall begegnete Wolfgang in Gestalt einer Dame aus seinem Bekanntenkreis, der er bei einer Tasse Kaffee von seinem Projekt erzählte. Die Augen der Frau weiteten sich einen kurzen Moment, was ihrem Gesprächspartner jedoch entging.

Ein paar Tage später sprach sie Wolfgang noch einmal auf sein Projekt an. Sie hätte nachgedacht, man würde sich ja schon so lange kennen und daher hätte sie sich entschieden, ihm etwas zu erzählen. Es gäbe da einen ihr bekannten Mann, dem sie von Margarete Reinhardt erzählt hätte und der daraufhin zugegeben hätte, Margarete nicht nur gekannt, sondern für sie gearbeitet zu haben. Dann wäre er in einen wahren Erzählrausch geraten. So jedenfalls erfuhr es Wolfgang von seiner Bekannten, die nun zu einer Mittelsfrau geworden war.

Wir schwebten auf Wolke sieben: Endlich hatten wir einen Zeugen aus dem unmittelbaren Umfeld gefunden, der uns Licht in einige dunklen Ecken unserer Recherche bringen könnte. Persönlich wollte der Mann nicht mit uns reden, aber die Mittelsfrau könnte ihm ein paar unserer Fragen vorlegen. Sie war bereit, sich noch einmal mit dem Informanten – oder sollten wir ihn Zeugen nennen? – zu treffen.

Aber war der Zeuge auch glaubwürdig? Wir entschlossen uns, einen Trick anzuwenden: Wir schrieben eine Liste von zwölf Fragen. Doch zu drei von ihnen kannten wir die Antwort bereits. War unser Unbekannter jemand, der nichts wusste, sich aber wichtigmachen möchte, würde er diese Fragen falsch beantworten. So wüssten wir, dass wir auch den Rest nicht glauben durften. Unsere Mittelsfrau weihten wir in den Plan nicht ein.

Wolfgang verabredete sich mit seiner Bekannten und übergab ihr den Zettel, in der Hoffnung, bald eine Antwort zu bekommen. Und die bekamen wir auch, jedoch anders, als wir erhofft hatten. Der unbekannte Zeuge ließ uns nach der Lektüre wissen, dass er nichts sagen würde. Mehr noch: Er „empfahl“ uns eindringlich, unsere Recherchen in seine Richtung abzubrechen.

Wolfgang war konsterniert. Warum möchte der Mann nicht reden? Uns ging es nicht um ihn und um das, was er legal oder illegal getan hatte, sondern wir hofften, durch ihn Margarete besser kennenzulernen. Wolfgangs Bekannte konnte nur vermuten, aber sie glaubte, er sei kein Kind von Traurigkeit gewesen und hätte auch gut „zulangen“ können.

Wolfgang bohrte weiter, versuchte, etwas über den Unbekannten zu erfahren, um diese Informationen mit anderen abgleichen und eventuell verbinden zu können. Und er hatte einen kleinen Erfolg, denn er erfährt den Vornamen: Rolf!

Wir waren nun sicher, den richtigen Knochen-Rolf gefunden zu haben und auch zu wissen, dass der Spitzname mitnichten auf einen dürren Körperbau zurückzuführen war, sondern auf eine besondere Spezialität des Herrn: Knochen brechen.

Wir wollten aber unsere Knochen im Ganzen behalten und fragten nicht mehr weiter nach.

Ein weiterer hautnaher Kontakt mit Personen aus Margaretes Welt ergab sich für uns am Hauptfriedhof Karlsruhe. Wolfgang hat erfahren, dass an einem Mittwoch die Trauerfeier für eine „Milieugröße" stattfinden sollte. Aus Gründen des Persönlichkeitsschutzes und unserer eigenen Sicherheit werden wir auch diesen Namen hier nicht preisgeben.

Wir beschlossen jedoch, uns unter die Trauernden zu mischen, um einen Eindruck davon zu bekommen, wer die Menschen waren, mit denen Margarete zu Lebzeiten Kontakt gehabt hatte. Trauerkleidung trug kaum einer der Gäste, dafür sah man viele Jeans und Lederjacken. Wolfgang musste sich also keine Sorgen machen, dass es ihm zeitlich nicht mehr gelungen war, etwas Dunkles anzuziehen. Die Atmosphäre vor der Großen Kapelle war locker. Man kannte sich, man begrüßte sich, man tauschte sich aus. Und dennoch spiegelte sich auf den Mienen der Menschen, die gekommen waren, echte Trauer und vielleicht auch ein wenig Wehmut, dass wieder einer weniger in der Runde war. Gedanken, die wir alle kennen.

Der Verblichene war Barmann gewesen und hatte sich offenbar großer Beliebtheit erfreut. In der Trauerrede war die Rede von der Liebe zu seinem verstorbenen Schäferhund und seinen Motorrädern sowie der Sorge um seine Tochter.

Nun wäre vielleicht die Gelegenheit gewesen, die Trauernden anzusprechen, wer sich noch an Margarete Reinhardt erinnern könnte, doch die Pietät ließ uns heute verstummen. Immerhin war ein Mensch, der eine schmerzliche Lücke hinterließ, gestorben. Eine Frau sprachen wir dann tatsächlich an: Sie stand mit uns an der Ampel vor dem Friedhof und war sehr bieder gekleidet. Es handelte sich bei dieser Dame um die Steuerberaterin des Verstorbenen.

Das hier war Margaretes früheres Milieu oder vielmehr, was davon übriggeblieben war, doch ihre Ambitionen endeten damals nicht in der Karlsruher Halbwelt. Sie hatte noch ganz andere Ziele, die sie nach ganz oben führten.

Ein seltsamer Brief

Zu Beginn der Recherchen war das Internet unsere Hauptquelle. Immer wieder tippten wir die unterschiedlichsten Suchbegriffe in immer wieder neuen Kombinationen in den Laptop – mit mäßigem Erfolg. Es gab so gut wie nichts über Margarete in den Weiten des World Wide Web. Doch dann entdeckten wir im September 2018 auf einer Internetseite der *Konrad-Adenauer-Stiftung* einen Brief des Alt-Bundeskanzlers, datiert vom 9. März 1967. Mit der Signatur StBKAH II/44 gehört der Brief zu einer Dokumentenserie unter dem Titel „Die letzten 100 Lebenstage". Was nun in der Rückschau recht nüchtern anmutet, war für uns damals eine Sensation: Die Barbesitzerin Margarete Reinhardt hatte einen Brief des ersten Nachkriegskanzlers der Bundesrepublik Deutschland erhalten!

Einfaches weißes Briefpapier, oben rechts Ort und Datum, unten links die Anschrift der Empfängerin: Die schlichte Aufmachung lässt fast vergessen, dass der Unterzeichnende für über zehn Jahre der mächtigste Mann des Landes gewesen war. Aber der Inhalt schien es in sich zu haben: Adenauer bittet dafür um Entschuldigung, dass er auf einen Brief Margaretes vom 15. Februar 1967 erst so spät antworte. Seine Arbeitsdispositionen seien nicht früher zu klären gewesen. Der nächste Satz ließ unseren Puls heftig ansteigen: „Ich danke Ihnen sehr für Ihr freundliches Anerbieten und es ist mir schmerzlich, Ihrer Einladung nicht folgen zu können." Welche Einladung? Darüber stand leider nichts in dem Schreiben, das in einem äußerst warmen Ton geschrieben ist. Adenauer begründete seine Ablehnung mit der intensiven Arbeit an seinen Memoiren in seinem Haus in Cadenabbia am Comer See. Wie einer alten Bekannten schilderte er der Karlsruher Barbesitzerin gar das Haus und seine Lage „auf einer Anhöhe ganz für sich, völlig ruhig".

Unser Pulsschlag steigerte sich sogar noch etwas, als wir den abschließenden Satz lasen: „Ich nehme an, dass ich die Fotografien behalten darf zur Erinnerung an Ihre Liebenswürdigkeit."

Nun mag jeder selbst prüfen, welche Bilder beim Lesen dieser Zeilen vor dem inneren Auge ablaufen. Ein Nachtlokal, ein Politiker und Fotos! Die Fantasie galoppierte mit uns davon und musste durch die nüchterne Erkenntnis eingefangen werden, dass ein Brief mit solch brisantem Inhalt wohl kaum der Öffentlichkeit zugänglich gemacht würde.

Was hat Margarete dem ehemaligen Bundeskanzler angeboten? Bevor wir diese Frage klären konnten, riefen wir uns zunächst die Zeitumstände ins Gedächtnis.

Der „Alte aus Rhöndorf" tritt ab

Bei der Bundestagswahl am 17. September 1961 hatten die Unionsparteien ihre absolute Mehrheit verloren. Die von Erich Mende angeführte FDP stand zwar für eine Koalition zur Verfügung, war jedoch nur bereit, Adenauer als Kanzler auf Zeit zu akzeptieren. Nach zwei Jahren sollte er zurücktreten. Ein Jahr nach der Wahl bescherte Verteidigungsminister Strauß seinem Kanzler eine Affäre, die die Republik erschütterte: In der Ausgabe 41/1962 des *Spiegel* war unter dem Titel *Bedingt abwehrbereit* ein Artikel über den Zustand der Bundeswehr erschienen. Der Artikel stellte das Konzept eines atomaren Erstschlags infrage und sah die Bundeswehr aufgrund ihrer mangelhaften Ausstattung nicht in der Lage, zu einer konventionellen Vorwärtsverteidigung gegen Truppen des Warschauer Pakts beizutragen. Der Artikel löste hektische Reaktionen aus. Bereits einen Tag nach Erscheinen wurde eine Anzeige wegen Landesverrats gestellt und am Abend des 26. Oktober wurden die Redaktionsräume des *Spiegel* in Hamburg durchsucht, später auch des Redaktionsbüros in der damaligen Bundeshauptstadt Bonn.

Auf fatale Weise berührten diese Ereignisse auch die eigentlich abseits des bundesrepublikanischen Machtzentrums liegende Badische Residenz Karlsruhe: Die Ermittlungen gegen den *Spiegel* leitete Bundesanwalt Siegfried Buback, der fünfzehn Jahre später von einem Kommando der RAF auf dem Weg zu seiner Karlsruhe Dienststelle ermordet werden sollte. Und *Spiegel*-Herausgeber Rudolf Augstein saß Anfang 1963 für kurze Zeit im Stadtteil Durlach im Gefängnis, welches bis 1990 dort existierte.

Im Laufe des Novembers 1962 weitete sich die *Spiegel*-Affäre zu einer Regierungskrise aus. Es zeigte sich, dass Verteidigungsminister Strauß am Zustandekommen der Aktion nicht unbeteiligt war.

Am 19. November erklärten alle fünf FDP-Minister aus Protest gegen Strauß ihren Rücktritt, der seinerseits wiederum am 30. November sein Amt zur Verfügung stellte. Der Bundeskanzler war gezwungen, im Dezember 1962 seine fünfte – und letzte – Regierung zu bilden.

Auch nach seinem Rücktritt versuchte Konrad Adenauer Einfluss auf die Tagespolitik zu nehmen. Gleichzeitig begann er, seine Erinnerungen aufzuzeichnen. Zwar wollte er seine politischen Erfahrungen weitergeben und Ereignisse und Vorgänge so schildern, wie sie aus seiner Sicht „wirklich" gewesen waren, aber er sah das Schreiben auch als „Fron". Eine Ablenkung durch wichtigere politische Tagesereignisse ließ er gerne zu.

Vielleicht kam ihm hier auch der Brief aus Karlsruhe gelegen.

Im Frühjahr 1957 verbrachte Konrad Adenauer erstmals seinen Urlaub im italienischen Cadenabbia am Comer See. Zwei Jahre später wohnte er das erste Mal in der Villa La Collina, die mindestens zweimal im Jahr zum *Ersatzkanzleramt* wurde. Hier spielte der Bundeskanzler Boccia, fand Ruhe und Erholung. Und hier schrieb er auch seine Memoiren, deren erster Band 1965 erschien.

Ende März 1967 erlitt Adenauer einen Herzinfarkt – den zweiten nach 1962. Eine Bronchitis kam hinzu, die sich in den nächsten Wochen zu einer Lungenentzündung verschlimmerte. Anfang April 1967 empfing er den neuen Bundeskanzler Kurt-Georg Kiesinger, doch dann schwächte ihn ein weiterer Infarkt. Adenauer verabschiedete sich von seinen Kindern mit den Worten: „Do jitt et nix zo kriesche" („Da gibt es nichts zu weinen"), bevor er das Bewusstsein verlor und am 19. April 1967 starb.

Das Geheimnis seiner Bekanntschaft mit einer Barbesitzerin aus dem fernen Karlsruhe nahm er mit ins Grab. Wir wollten versuchen, es zu lösen …

Margaretes Brief

Als Konrad Adenauer den Brief aus dem *Passage-Palast* beantwortete, ahnte er noch nicht, dass ihm sein Lebensende unmittelbar bevorstand. Uns war sofort klar, dass wir den Brief Margaretes unbedingt sehen mussten.

Wir wandten uns an die Konrad-Adenauer-Stiftung und wurden von dort an die Stiftung Bundeskanzler-Adenauer-Haus verwiesen, die den Nachlass Adenauers verwaltet und zugänglich macht. Wir erhielten die Antwort, dass sich die Akte mit dem Brief momentan in einer Erhaltungsmaßnahme befände und man uns daher keine Kopie des Briefes machen könnte.

Wir ließen etwas Zeit vergehen und hakten nach. Dann ist es endlich soweit und per Mail erreicht uns ein Scan des Briefes. Wir steckten die Köpfe zusammen und lasen. Und erkannten schnell, dass dieser nicht der erste Brief Margaretes gewesen war, denn gleich zu Beginn bedankt sie sich für die Zeilen Adenauers, „das schönste Geschenk, das Sie mir machten." Die Erklärung dazu lieferte uns eine maschinengeschriebene Aktennotiz vom 21. Februar, die dem Bundeskanzler a.D. die Einordnung des Briefes erleichtern sollte. Eine Mitarbeiterin oder ein Mitarbeiter schrieb:

> „Frau Reinhardt ist die Dame, die Ihnen zu Weihnachten die große Goldmünze (v.d. Gartenschau Karlsruhe) übersandt hatte als Geschenk und Ihnen in dem Begleitschreiben anbot, Ihnen ihr Schlösschen in Österreich für einen Erholungsaufenthalt zur Verfügung zu stellen."

Die Bundesgartenschau begann zwar erst am 14. April 1967, doch schon im Dezember des Vorjahres wurden von der Staatlichen Münzprägeanstalt in Karlsruhe Silbermünzen geprägt. Die mattierten Stücke hatten einen Durchmesser von ca. 33 mm, wogen ungefähr 18 Gramm und hatten einen Silbergehalt von 1.000 o/oo.

Eine solche Münze war sicher nicht nur für Margarete ein geeignetes Weihnachtsgeschenk, sondern wurde oft als Präsent überreicht. Hier versteckte sich also keine große Sensation. Das Angebot an den Bundeskanzler a.D., seinen Urlaub in einem Schloss in Österreich, das einer Barbesitzerin gehört, zu verbringen, war da schon ungleich spannender und ungewöhnlicher. Denn die Gebieterin über den *Passage-Palast* ließ offenbar nicht locker. Der uns vorliegende Brief vom 15. Februar wurde gar als Einschreiben per Eilboten verschickt. Margarete wiederholte ihr Angebot:

> Und nun zu meinem Schlösschen in Österreich. Selbstverständlich steht es Ihnen kostenlos zur Verfügung, solange wie Sie es wünschen und wollen, vorausgesetzt, dass es Ihnen gefällt. Es ist sehr ruhig dort und Sie können sich gut erholen. Sie können auch Ihre Familie oder

Angestellte mitnehmen, es sind Zimmer genug vorhanden. Vielleicht hätten Sie Interesse im April oder Mai, wenn alles schön grünt und blüht.

Weiter erwähnte sie den Bürgermeister des Örtchens Reinsberg, der „ein sehr reizender Mensch" und „sehr intelligent" sein. Sie selbst habe sich oft, wenn sie dort war, „2 – 3 Stunden mit ihm unterhalten."

Wir schauten uns an und jeder sah die Fragezeichen in den Augen des anderen. Eine völlig neue Perspektive auf Margarete/Gretl/Maggie tat sich auf. Bis jetzt hatten wir sie ausschließlich in Karlsruhe verortet – abgesehen von den „Ausflügen" im Zuge des Schwarzhandels – und nun sahen wir sie urplötzlich als Schlossbesitzerin in Niederösterreich. Aber das ist wieder eine ganz andere Geschichte.

Zurück also zu Adenauer. Im letzten Abschnitt des Briefes wechselte die Verfasserin radikal das Thema:

Was die Zigaretten-Steuer anbelangt, die Fabrikanten haben genug Geld und der kleine Mann zahlt auch 10 Pfennig mehr, wenn er unbedingt rauchen will. Denn wir alle möchten dem Staat helfen so gut es geht. Hoffentlich gelingt es der jetzigen Regierung das gestrandete Schiff wieder flott zu machen.

Die Inhaberin mehrerer Bars stand also einer unpopulären Maßnahme der Regierung, die ihren Gästen sicher nicht gefallen wird, positiv gegenüber. Gemeint war die Erhöhung der Tabaksteuer um 10 Prozent zum Jahresbeginn 1967. Anders als heute, wurde die Erhöhung in der Öffentlichkeit nicht als Maßnahme zur Gesundheit gesehen, um Menschen vom Rauchen abzuhalten, sondern als Gängelung. Zu einer weiteren geplanten Erhöhung 1972 schrieb der *Spiegel* (Heft 39/1971): „Die von der Regierung verabschiedeten Steuererhöhungen für Tabak und Alkohol bringen für Verbraucher und Industrie schwere Belastungen". Margarete dagegen schien die Erhöhung zu begrüßen. Der letzte Satz passte nicht so richtig zum Rest, denn abgesehen vom fehlenden Komma ist das sprachliche Niveau höher als bei den vorhergehenden Aussagen. Überhaupt die Sprache…

„Sprachforschungen"

„Sie hat Elsässisch gesprochen", erzählte uns jemand ganz zu Beginn der Recherchen. Dass diese Aussage nicht stimmen kann, war uns ab jenem Moment klar, als wir Margaretes Geburtsort in Unterfranken in Erfahrung gebracht haben. Wenn sie einen Dialekt gesprochen hat, dann wäre dies Unterostfränkisch, das in seiner typischen Form in der Gegend um Würzburg und Schweinfurt auftritt, wo es auch Mainfränkisch genannt wird. Dieser Dialekt hat einige typische Merkmale, die von vielen Sprechern nie ganz unterdrückt werden können. Da ist zunächst das Fehlen der Konsonanten /p/ und /t/ zu nennen, die durchgehend als /b/ und /d/ gesprochen werden: Broleddariad („Proletariat"). Ein /g/ wird dann, wenn es der letzte Laut eines Wortes ist, meist zu ch aufgeweicht, z.B.: „Barch" für „Berg". Ein weiteres Erkennungsmerkmal ist die fehlende Endung beim Infinitiv: Man sagt also nicht „Ich will schlafen", sondern „Ich will schlaff". Und ganz im Gegensatz zum Standarddeutschen wird ein Infinitiv mit der Vorsilbe ge- gebildet: geseh (sehen), gehör (hören), geglab (glauben).

Natürlich hat Margarete Reinhardt lange Zeit in Stuttgart in einer völlig anderen Dialektumgebung gelebt, doch ist es wenig wahrscheinlich, dass sie die gravierendsten sprachlichen Merkmale ihrer Heimat gänzlich ablegen konnte – zumal sie nach allem, was wir wissen, nicht über eine höhere Schulbildung verfügte, mit der meist ein stärkerer Gebrauch des Hochdeutschen einhergeht. Leider fehlen uns bis heute genaue Aussagen über ihre Ausdrucksweise.

Der Brief an Konrad Adenauer konnte uns jedoch immerhin Aufschluss darüber geben, auf welchem Niveau sich Margarete der deutschen Standardsprache bediente. Dr. Z., einer ihrer Anwälte in den 1970er Jahren, glaubt nicht, dass sie diesen Brief selbst verfasst hat. Er hat sie als einfache, derb lachende Frau in Erinnerung, die zu einem solchen Brief nicht in der Lage gewesen wäre. Schauen wir uns den Brief also aus sprachlicher Sicht einmal genauer an.

Der erste Absatz besteht, abgesehen von einer Höflichkeitsformel, nur aus einer einzigen Hypotaxe oder anders gesagt: Einem Hauptsatz folgen mehrere Nebensätze, die ihm untergeordnet sind. Dies wirkt auf den ersten Blick gebildet, doch beim zweiten Lesen wird deutlich, dass die Reihung stilistisch und semantisch „gebrochen" wirkt:

„Es war für mich das schönste Geschenk, das Sie mir machten, indem Sie selbst den Brief unterschrieben haben, da ich Sie schon lange Jahre verehrte und schätze wie niemanden sonst."

Der zweite Absatz weist ein äußerst interessantes Merkmal auf: Hier verwendet Margarete, wie an anderen Stellen auch, die Parataxe, d.h. sie reiht Hauptsätze hintereinander. Jedoch schließt sie die einzelnen Sätze nicht mit einem Punkt ab, wie man erwarten würde, sondern trennt sie mit einem Komma. So entsteht der Eindruck eines mündlichen Vortrags:

„Sie wundern sich sicher, daß ich soviel Interesse an Ihrer Person habe, aber das ist doch selbstverständlich, das habe ich Ihnen auch in anderen Briefen schon mitgeteilt (...)."

Möglicherweise hat sie die Zeilen jemandem diktiert, denn auch an anderen Stellen schimmert mündliche Umgangssprache durch, die mal eher kindlich-naiv („...weil Sie doch alles haben"), mal wie eine Anbetung („...für Sie ist mir nichts zu viel und zu teuer.") wirken.

Wäre der Brief ein Schulaufsatz, fiele er positiv durch nur einen Rechtschreibfehler („geniealer"), negativ jedoch durch mangelnde Kohärenz auf: Der Inhalt ist nur ansatzweise geordnet; am eklatantesten ist der abrupte Wechsel vom Thema „Schloss" zur Tabaksteuer.

Sprachliche Unsicherheit trifft schließlich auf intellektuelle Schwächen, wenn über die Besitzer des Schlosses zu lesen ist: Die Erbauerin „musste fliehen als Adolf Hitler nach Österreich kam und dann hatte es ein Konsul."

Die Analyse belegt, dass der Brief durchaus von einer einfachen Frau verfasst worden sein kann, die sich einige Ausdrücke und Sprachstrukturen, z.B. im Umgang mit höher Gebildeten, angeeignet hat, ohne sie wirklich korrekt anwenden zu können.

Adenauer in Karlsruhe

Bleibt die Frage, ob sich Margarete und Konrad Adenauer persönlich begegnet sein können. Immerhin war Adenauer in seiner Funktion als Bundeskanzler und Vorsitzender der CDU dreimal in der Fächerstadt.

Sein erster geplanter Besuch fand allerdings nicht statt. Eigentlich hätte der Bundeskanzler am 8. Oktober 1950 den Bundesgerichtshof im Erbgroßherzoglichen Palais an der Ecke Kriegs- und Herrenstraße eröffnen sollen. Doch Adenauer schmollte. Er hatte seinen Willen, Köln zur Residenz des obersten Zivil- und Strafgerichts zu machen, nicht durchsetzen können und quasi gegen den damaligen Karlsruher Oberbürgermeister Friedrich Töpper verloren. Töpper hatte im Herbst 1949 die Bewerbung Karlsruhes um eine „bundeszentrale Justizbehörde" nach Bonn geschickt – man fürchtete einen Bedeutungsverlust innerhalb des Landes Württemberg-Baden und wollte durch eine solche Einrichtung weiter im Orchester der wichtigen Kommunen mitspielen. Wenn man Zeitungsberichten Glauben schenkt, dann seien „Spione" nach Karlsruhe geschickt worden, die mit Hilfe von Fotos beweisen sollten, dass das von Karlsruhe angebotene Gebäude eine Ruine sei. Doch zum Leidwesen der Kölner verwechselten die „Agenten" das Erbgroßherzogliche Palais mit dem ehemaligen Residenzschloss, von dem tatsächlich nur noch Trümmer übriggeblieben waren. Auch die vom Kanzleramt aufgestellte Behauptung, in Karlsruhe gebe es nicht genug Unterkünfte für die Richter und Angestellten, konnte widerlegt werden. Und so bekam Karlsruhe letztendlich den Zuschlag für den Bundesgerichtshof.

Es blieb nicht bei diesem einen hohen Gericht: Am 4. Mai 1951 entschied der Bundestag, dass der Sitz des Bundesverfassungsgerichts in Karlsruhe sein sollte. Allerdings versahen die Abgeordneten die Entscheidung mit Blick auf die Teilung Deutschlands mit dem Zusatz „vorerst". Am 7. September 1951 nahmen 23 Bundesverfassungsrichter und eine Bundesverfassungsrichterin die Arbeit im Prinz-Max-Palais auf, was nicht ganz frei von einer gewissen historischen Symbolik ist. Immerhin war der namensgebende Prinz Max von Baden – seit 1900 Besitzer der vom Unternehmer August Schmieder als Altersruhesitz erbauten Villa – der letzte Kanzler des Deutschen Kaiserreichs gewesen. Er war es, der am späten Vormittag des 9. November 1918 eigenmächtig die Abdankung von Kaiser Wilhelm II. verkündete und so den Weg für die Ausrufung der Republik durch Philipp Scheidemann frei machte.

Am 28. September eröffnete Konrad Adenauer zusammen mit Bundespräsident Theodor Heuss das Bundesverfassungsgericht, mit dem er sich nie wirklich anfreunden konnte.

Der Anlass des zweiten Besuchs des „Alten" in Karlsruhe war die Einführung von Josef Wintrich in das Amt des Präsidenten des Bundesverfassungsgerichts. Das CSU-Mitglied Wintrich war im November 1953 zum Richter an das höchste deutsche Gericht nach Karlsruhe berufen worden. Nach dem Tod von Hermann Höpker-Aschoff wurde er am 23. März 1954 zu dessen Präsidenten ernannt. Die herausragendste Entscheidung seiner Amtszeit ist das KPD-Verbot vom 17. August 1956.

Sechs Jahre später war Konrad Adenauer erneut in Karlsruhe, diesmal als Vorsitzender der CDU auf deren Bundesparteitag, der vom 26. bis 29. April in der Schwarzwaldhalle stattfand. Das Protokoll der Sitzungen enthält alle Reden und Beschlüsse, aber natürlich nicht, was die wenigen Damen und vor allem die Herren nach dem offiziellen Ende eines Tages gemacht haben. Wenig wahrscheinlich ist, dass sie sich keusch in ihre Hotelzimmer zurückgezogen haben. Einen Eindruck mag ein Artikel im *Spiegel* aus dem Jahr 1969 geben (Heft 48, 24.11.1969). Dort wird ein Delegierter des CDU-Bundesparteitages in Mainz mit den Worten zitiert: „Ich habe für menschliche Grundbedürfnisse Verständnis, aber dieser Parteitag findet ja nur an der Theke statt."

Theken gab es auch 1960 in Karlsruhe genug und auch Margaretes *Pa-Pa* hätte sich als Ort der Ablenkung nach einem anstrengenden Debattentag angeboten – etwas schlüpfrig zwar, aber immer noch im Rahmen. Doch dass sich hinter der resoluten Kneipenwirtin, die lachend den Sektumsatz kalkulierte, eine Frau verbarg, die ein geheimnisvolles Schloss in Österreich besaß – wer konnte das ahnen. Würde auch dieses Rätsel eines bleiben?

Margarete, die Schlossherrin

Um was für eine Immobilie handelte es sich, in die Margarete nun also den ehemaligen Bundeskanzler Adenauer so großmütig einlud?

Wir erinnern uns, wie sie selbst ihr Anwesen beschrieb. Es sei ein Schlösschen innerhalb eines 14.000 qm großen Areals mit schönem Obstbaumbestand. Das Haus, vielmehr das Schloss, sei groß genug, um nicht nur den von ihr verehrten Dr. Adenauer, sondern auch seine Familie und die Angestellten zu beherbergen. In der Nachbarschaft wohne der Bürgermeister und Lehrer des Ortes Reinsberg, mit dem man sich sehr gut unterhalten könnte.

Es handelte sich, so haben wir dem Brief ja bereits entnommen, um ein Haus mit vielen Zimmern, das einst von einer englischen Gräfin erbaut wurde, und diese Zimmer stünden leer, vielmehr seien sie mit Rokoko- und Renaissance-Möbeln eingerichtet.

Wir staunten. Dass Margarete sich überhaupt mit den Stilen verschiedener Möbel auskannte und diese in einem Brief beschrieb, schien uns seltsam. Was hatte es nun wirklich mit dem geheimnisvollen Schloss auf sich, das angeblich seinerzeit günstig zu haben war.

Das sogenannte Kulturdorf Reinsberg mit seinen 1.300 Einwohnern liegt im Mostviertel und präsentiert sich als ideales Feriendorf fernab der Straßen und Industriebetriebe – eingebettet in eine wunderbare bäuerliche Natur- und Kulturlandschaft, die zum Wandern und Langlaufen einlädt; der richtige Ort für einen erholsamen Urlaub.

Eine Burgarena und die im 13. Jahrhundert von der damaligen Burgherrin Adelhaid gegründete Pfarrkirche zeugen von einer alten, traditionsreichen Vergangenheit.

Der Ort liegt ansonsten, trotz seiner genannten Reize, doch recht abgelegen in Niederösterreich und besteht aus mehreren Teil-Orten. Einer davon ist Robitzboden mit knapp 300 Einwohnern. Dort stand das schlossähnliche Haus von Margarete Reinhardt.

Das Haus Leopold-Haindl-Straße 15 war früher unter der Adresse Robitzboden 47 bekannt. Die Beinamen des Hauses lauten Haus Raphael, Schwesternheim, ehemalige Steinvilla und Margaretenschlössl.

Dieses Haus hat unsere Fantasie ziemlich beflügelt und uns lange beschäftigt.

Anders als Margarete ausführte, wurde die Parzelle bereits 1928 für Helene Stein eröffnet. Die Geldgeberin, eine so genannte Miss Ahlen aus England, hat wohl den späteren Bau des Hauses nur finanziert; gewohnt darin haben offenbar von spätestens 1940 bis 1946 der mexikanische Honorarkonsul und Naturheilarzt Franz Stein, der sich auch Francisco Juán Stein nannte, und seine Gattin Helene. Im Dezember 1939 hatte er das mexikanische Honorarkonsulat in Wien übernommen, das 1939 geschlossen wurde. Franz Stein war jedenfalls ein Nazi und von 1940 bis 1945 Ortsgruppenleiter der NSDAP in Reinsberg. Das ist alles, was über den Mann zu finden war. Was für eine undurchsichtige Figur mochte er gewesen sein?

Es war ursprünglich geplant, aus dem Haus ein Sanatorium unter der Leitung von Franz Stein Junior, der Medizin studierte, zu eröffnen, doch fiel dieser in Russland, und sein Vater, jener Konsul Franz Stein, starb nur ein Jahr später. Seine Witwe heiratete danach Baron Tinti von Pöchlarn, der einem alten Adelsgeschlecht entstammte und wird danach nicht mehr in dem Haus gewohnt haben. Als Pflegefall kehrte sie allerdings in seine Mauern zurück. Die Immobilie wurde dann 1952 an die Wiener Molkerei verkauft, die es als Erholungsheim für die Angestellten nutzte.

1964, und zwar am 28. August, kaufte nun Margarete Reinhardt das Anwesen. In der Ortschronik wird sie mit ihrem Beruf „Filmproduzentin" geführt. Margarete behielt dieses Haus immerhin acht Jahre. Nach ihr besaß es eine Kongregation der Töchter des Göttlichen Heiland. Diese betrieben nun ein Alters- und Pflegeheim für Seniorinnen. Das westliche Zimmer mit jenem Turmvorbau, der dem Gebäude wohl seinen schlossartigen Charakter gibt, wurde zur Kapelle ausgebaut und dort häufig die Heilige Messe gefeiert. Frau Baronin Helene Tinti wurde hier als alte Dame und Witwe in Pflege genommen und starb 1986 mit 94 Jahren.

Heute betreibt eine Gruppe oder Einzelperson das Anwesen. Ein Anruf dort und das Gespräch mit einem wortkargen misstrauischen Mann vermittelten ein unheimliches Gefühl. Hier würde man nichts erfahren. Schnell legte Eva den Hörer auf.

Doch das Mysterium bleibt. Was wollte eine Karlsruher Kneipenwirtin mit einem schlossartigen Anwesen in Niederösterreich? Wie kam sie überhaupt an so etwas? Wir witterten einen Zusammenhang mit der Eintragung im Karlsruher Telefonbuch, in dem 1972 eine Margarete Reinhardt Immobilien geführt wird.

Zumindest den Verkauf hätte man durch solch eine Immobilienfirma abwickeln können, auch wenn Margarete vielleicht hier nur als Strohfrau gedient hätte. Hier könnten steuerliche und andere Gründe eine Rolle gespielt haben.

Doch nochmal: Warum das Ganze?

Hat Margarete dort in Niederösterreich ein rechtes Nest betrieben? Oder ein Bordell mit Sado-Maso-Spezialitäten im Stil des legendären Schloss Roissy aus der infamen *Geschichte der O.*? Der Gedanke, dass hier einmal mehr ein Liebesnest betrieben wurde, lag nahe. Schließlich wissen wir von einer Karlsruherin, die Eva nach einer Lesung ansprach, dass Margarete Reinhardt noch in den frühen 70ern bei einem Ettlinger Architekturbüro wegen Planung eines Bordells vorstellig geworden war. Unter anderem wegen der teuren Sanitäranlagen und baulichen Besonderheiten eines Bordells hatten sich die Pläne offenbar zerschlagen.

In dem uns vorliegenden Artikel aus der bereits mehrfach zitierten mehrteiligen Serie über Margarete Reinhardt von Wilhelm C. Feld steht auch, sie habe ein Schloss in Österreich besessen, in das die Betriebsausflüge der Reinhardt'schen Damen geführt hätten. Als sie jedoch wegen ihrer Filmambitionen in finanzielle Schwierigkeiten geriet, musste sie das Anwesen abstoßen.

Dies und die Tatsache, dass sie in der Reinsberger Ortschronik als Filmproduzentin geführt wurde, hat uns auf den Gedanken gebracht, dass Margarete vielleicht auch in der österreichischen Idylle Filme drehen wollte. Das passte zu ihrem halb-romantischen oder vielmehr zum Romantisieren neigenden Charakter. Österreich. Heimatschnulzen.

Sissi für Arme sozusagen.

Ein Anruf bei der Gemeindeverwaltung bestätigte unsere Vermutung.

Frau Reinhardt, so die freundliche Mitarbeiterin der Gemeindeverwaltung, die sich für uns beim Alt-Bürgermeister nach der früheren Einwohnerin erkundigte, sei im Ort durchaus präsent gewesen. Sie habe im Gasthaus gesessen und sich mit den Leuten unterhalten. Sie habe einen Chauffeur aus dem Ort engagieren wollen, doch daraus sei nichts geworden.

Und: Sie habe beabsichtigt, in Reinsberg einen Film zu produzieren. Adrian Hoven und Gisela Hahn hätten darin mitspielen sollen, beides bekannte Akteure zu ihrer Zeit. Die Schauspieler hätten sich auch gelegentlich im Ort aufgehalten.

Zur Erinnerung an Adrian Hoven kurz einen Einblick in seinen Lebenslauf:

Der smarte Schauspieler wuchs in Tirol auf. Als Fallschirmjäger wurde er während des Krieges in Nordafrika schwer verwundet. 1943 hatte er einen Statisteneinsatz in dem rassistischen Unterhaltungsfilm *Quax in Fahrt* mit Heinz Rühmann.

Nach dem Krieg entschied er sich für den Schauspielerberuf. Er arbeitete als Darsteller an mehreren Berliner Theatern, darunter am *Renaissance-Theater* und am *Theater am Schiffbauerdamm.* Schließlich wurde er vom Regisseur Helmut Weiss für den Film entdeckt. Mit der in der Zirkuswelt spielenden Produktion *Tromba* begann er eine rasche Karriere als typischer jugendlicher Held und Liebhaber im Kino der 1950er Jahre. Hoven spielte ebenso in Heimat- (neben Uschi Glas in *Waldrausch*), Kriegs- *(Canaris)* und Kriminalfilmen (*Inside Out* neben Telly Savalas und James Mason, *Tatort*) wie im Neuen Deutschen Film unter Rainer Werner Fassbinder (u.a. *Angst vor der Angst, Berlin Alexanderplatz* und *Lili Marleen*).

Im Jahr 1965 gründete Hoven zusammen mit Pier A. Caminneci die Produktionsfirma *Aquila Film Enterprises* (München und Berlin) und realisierte seinen ersten eigenen Film als Regisseur, Autor und Produzent: In dem psychologisch angehauchten Krimi *Der Mörder mit dem Seidenschal* flieht ein kleines Mädchen (Susanne Uhlen in ihrem Filmdebüt) vor dem Mörder seiner Mutter, der es als Zeugin seines Verbrechens beseitigen will. Nachdem der Film kein großer finanzieller Erfolg wurde, verlegte sich Hoven in der Folgezeit aufs Horror- und Erotikfach, wo er große geschäftliche Erfolge (sogar im Ausland) erzielen konnte. 1966 produzierte er Jess Francos sadomasochistische Erotikfantasie *Necronomicon – Geträumte Sünden,* die sogar Altmeister Fritz Lang lobende Worte entlockte.

Das bedeutete doch, dass Adrian Hoven zumindest theoretisch dem auf Zelluloid gebannten Eros nicht komplett abgeneigt war.

Und wer war Gisela Hahn, die man heute nicht mehr wirklich kennt?

Aufgrund des Flüchtlingsschicksals ihrer Eltern kam sie zweijährig nach Hamburg und wuchs in Visselhövede auf. Nach der Mittleren Reife absolvierte sie eine Lehre bei Siemens und machte als Bowling-Meisterin auf sich aufmerksam. 1963 ging sie nach München. Dort wurde sie Arzthelferin, um ihren privaten Schauspiel- und Gesangsunterricht zu finanzieren. Kurz danach hatte sie unter dem Künstlernamen „Gisela Hahn" ihre ersten Theaterauftritte.

Als attraktiver Blickfang wirkte sie ab 1964 in zahlreichen Spielfilmen mit. Einige Jahre war Gisela Hahn auch in deutschen Fernsehserien zu sehen, bevor sie sich 1970 in Rom niederließ und zumeist in italienischen Produktionen agierte. Vorwiegend Krimis, Western und Abenteuerfilme waren ihr Metier. Im Dezember 1976 erschienen Bilder von ihr in der italienischen Ausgabe des Magazins *Playboy*. 1983 kehrte sie nach Deutschland zurück, wo sie die Leitung des Filmvertriebs *Cinevox* übernahm. Daneben zeigte sie sich gelegentlich in Fernsehrollen.

Es sah für uns also danach aus, dass man hier unter Margarete Reinhardts Schirmherrschaft Filme – wahrscheinlich mit erotischem Beigeschmack – produzieren wollte, aber dass die Sache irgendwie nicht zustande kam.

Aber das sogenannte Schloss war ja nun mal da und bedeutete gewiss auch laufende Kosten. An diesem Gebäude hatte Margarete wohl einiges reparieren lassen und sich offenbar durchaus mit dem Anwesen beschäftigt. Und tatsächlich seien manchmal junge Damen zu Besuch gewesen, und man habe im Ort gemunkelt, dass diese dem leichteren Gewerbe zuzurechnen waren.

Also lag es für Margarete nahe, das Schloss in den Zeiten, in denen dort nichts geschah, anderen Leuten anzubieten, zum Beispiel dem von ihr verehrten Konrad Adenauer, aber vielleicht auch noch anderen, die wir nicht kennen. Vielleicht fanden dort auch Zusammenkünfte von Personen statt, die das Licht der deutschen Öffentlichkeit scheuten. Der Fantasie sind hier keine Grenzen gesetzt. Apropos Fantasie!

Kommen wir nun zu den Träumen auf Zelluloid, die Margarete produzierte. Wir fragten uns: Tritt uns hier endlich die richtige Margarete entgegen?

Margarete produziert einen Film

Die Kamera schwenkt über eine Gruppe an einem festlich gedeckten Tisch. Die drei Männer und drei Frauen unterhalten sich angeregt, einige rauchen. Schnitt. Eine kurze Szene aus einem Film. In der *Südsee-Bar* des *Pa-Pa* prostet man sich zu, dann kommt Margarete ins Bild: Sie wirkt klein und pummelig, mit auffällig fleischigen Armen und dicken Fingern. Das geschlossene, längs gestreifte Kleid wirkt in der Schwarzweiß-Aufnahme eher bieder denn verführerisch. Regisseur und Schauspieler Helmut Weiss hält sie im Arm, Margarete lacht und fasst sich aus Verlegenheit an das blonde, schulterlang gewellte Haar, in dem über der Stirn eine Schleife und an der Seite eine Spange zu erkennen ist.

Es gibt keinen Originalton zu diesen Bildern, doch das Lachen Margaretes wirkt laut und derb. Aus dem Off kommentiert der Sprecher, sie sei „gerührt über so viel Liebe und Anhänglichkeit ihrer Stars", um dann süffisant hinzuzufügen: „Nun ja, kein Wunder, denn sie wurden ja dafür bezahlt."

Diese einzige Filmaufnahme, die wir von Margarete Reinhardt haben, stammt aus dem *Karlsruher Monatsspiegel*, einem zwischen 1957 und 1966 monatlich produzierten und in den Kinos gezeigten Magazin im Stil der Wochenschauen.

Die Aufnahme entstand am 22. Juni 1962, am Abend nach der Premiere des Films *Auf Wiedersehen am blauen Meer*, den Margarete produzierte und zusammen mit einer Karlsruher Bank finanzierte. Eine Million Mark investierte sie laut den *Badischen Neuesten Nachrichten* in den Film, der in fünf Monaten zwar nicht im Reinsberger Schloss, dafür aber in Italien gedreht worden war.

Die Premiere des Films fand im *Luxor* in der Kaiserstraße 168 statt. Mit seinen 800 Sitzplätzen gehörte es damals zu den größeren Lichtspielhäusern in Karlsruhe. Das Kino war im Stil der Zeit von pompöser Ausstattung: Sein in Balkon und Parkett unterteilter Saal war in goldgelben Farben gehalten, die Leinwand war mit einem Silbervorhang verschlossen.

Der Film, der dem Premierenpublikum gezeigt wurde, spielt sowohl vor einer Alpenkulisse, wie auch an der Adria und bedient dabei die beiden Sehnsüchte des Kinopublikums der 1950er und 60er Jahre: Heimat auf der einen, die Sehnsucht nach dem Süden auf der anderen Seite.

Nachdem der deutsche Film in den Jahren des Wiederaufbaus durchaus kritische Töne angeschlagen hatte, etwa in Wolfgang Staudtes *Die Mörder sind unter uns* aus dem Jahr 1946 oder in *Liebe 47* (1949, Regie: Wolfgang Liebeneiner) nach dem Drama *Draußen vor der Tür* von Wolfgang Borchert, setzten die Produzenten in den 50er Jahren wieder vorwiegend auf leichte Unterhaltung. Die Auseinandersetzung mit dem Nazi-Reich wurde verdrängt und auf später oder nie verschoben. Jetzt wollte man sich unterhalten. Das Genre des Heimatfilms eroberte die Herzen des Publikums und füllte Kinosäle und die Kassen der Produzenten. Sonja Ziemann und Rudolf Prack waren 1950 das Traumpaar des Films *Schwarzwaldmädel*. Zu den Kassenschlagern, die auch heute noch ab und an im Fernsehen zu sehen sind, gehörten *Grün ist die Heide* (1951), *Der Förster vom Silberwald* (1954) oder *Das Schweigen im Walde* (1955) von Helmut Weiss. Insgesamt wurden in den 1950er Jahren mehr als 300 Filme dieser Machart gedreht. Vor diesem Hintergrund erscheint es nicht verwunderlich, dass Margarete sich mit ihrem ersten Filmprojekt diesem Genre zuwandte.

Wenn bei Capri die rote Sonne im Meer versinkt… sang Rudi Schuricke Ende der 1940er Jahre. Auch wenn dieses bereits 1943 aufgenommene, dann aber verbotene Lied, nicht den Beginn der neuen Italiensehnsucht der Deutschen markiert, so ist es doch eines der Symbole jenes Wunsches, dem Alltag hunderte Kilometer weit zu entfliehen und sich am Strand zu räkeln. Mit bastumwickelten Weinflaschen und anderen Souvenirs aus Italien zurückgekehrt, hatte man auch die Gewissheit, es geschafft zu haben: Nicht nur waren die Zerstörungen des Krieges überwunden, man konnte sich auch wieder etwas leisten. Die Fresswelle war ein weiterer Ausdruck dieses neuen Lebensgefühls.

In Margarete, die es ja auch „geschafft" hatte, müssen diese Gefühle ebenfalls aufgekommen sein. Sie riefen den Wunsch hervor, ein Teil der Filmwelt zu werden. Margarete hob *Reinhardt-Film* aus der Taufe und wählte für die insgesamt vier Produktionen Geschichten aus, die durchaus ein Spiegel der Sehnsüchte des Mädchens aus der fränkischen Provinz sein könnten, die sich nach oben gearbeitet hat – wenn auch nicht in dem engen, biederen Milieu der 50er Jahre.

Die Produktion der Filme stellt aber auch einen Wendepunkt im Leben der bislang so erfolgreichen Margarete Reinhardt dar. Schien sie immer wohlhabender zu werden und florierten ihre „Läden" mehr und mehr, so grub sie sich mit dem Traum aus Zelluloid ihr eigenes Grab. Doch nicht nur das macht die Filme so interessant. Sie zeigen mehr von ihrem Charakter als jedes Foto oder jede flüchtige Erinnerung an sie. Sie sind ihr Leben. Mal mehr und mal weniger.

Auch die Menschen, mit denen Margarete diese Filme drehte, müssen genauer beleuchtet werden, denn sie stammen aus einem Arsenal, das sich aus Kriegs- und Nachkriegszeit rekrutierte und manche davon hatten keine Probleme damit, da wieder anzuknüpfen, wo sie unter Hitler angefangen, Karriere gemacht und mit dem Zusammenbruch des Dritten Reiches aufgehört hatten.

Das verbindet sie mit Margarete und deshalb ist es uns wichtig, ausführlich die Szenerie und das Milieu zu beschreiben, in dem sich die Karlsruher Filmproduzentin bewegte.

Filmische Anfänge

In der Artikelserie von Wilhelm C. Feld im Magazin *KiK* berichtet Margarete, wie sie schon vor ihrem ersten Kinostreifen kleine Kurzfilme produziert hat, die als Pausenfüller zwischen den Varieténummern im *Pa-Pa* dienten. Gedreht wurden diese Filmchen u.a. auf einer Rheinfähre und einer Wiese in der Nähe von Stuttgart, wo entkleidete Mädchen mit Kühen spielten. Margarete gibt freimütig zu, dass die Filme billig waren, dem Publikum sollen sie aber dennoch gefallen haben.

Die Idee, einen „richtigen" Film zu drehen, soll an der Bar des *Pa-Pa* entstanden sein und von einem unbekannten Gast stammen. Wie so oft, kam dann eines zum andern: Ein weiterer Gast habe dann gemeint, jemanden zu kennen, der wiederum jemanden kenne, der ein Drehbuch geschrieben habe. Ein ebenfalls nicht näher bekannter Kameramann aus Baden-Baden habe dann letztlich alles ins Rollen gebracht, denn er hatte die richtigen Beziehungen ins Filmgeschäft. Und zu diesen Beziehungen gehörte ein Autor, der die Ideen Margaretes in Dialoge umsetzen konnte: Wolf Neumeister – später mehr zu ihm.

Auf Wiedersehen am blauen Meer

Das erste Produkt der *Reinhardt-Film* sollte ursprünglich *Ein Gamsbart in Italien* heißen, doch dem Verleih missfiel dieser Titel. *Auf Wiedersehen am blauen Meer* sollte die Italien-Sehnsüchte der Deutschen ansprechen.

Doch bevor die Zuschauer die Wellen des Mittelmeers zu sehen bekommen, werden massenhaft Klischees aus den Heimatfilmen bedient.

Der fesche Jäger Andreas Pucher kommt auf seinem Weg durch sein Jagdrevier zu einem hoch in den Bergen gelegenen Hof, wo die junge Magd Vroni an der Seite ihres Vaters lebt. Der junge Mann flirtet mit der blonden Bauerntochter, was deren Vater wenig begeistert, denn Andreas besitzt den schlechten Ruf eines Berg-Casanovas. Im Jahr zuvor hatte er noch mit Christa, der Nichte des Dorfwirts, angebändelt.

Der Jäger ist auch tatsächlich nicht nur auf vierbeiniges Wild aus, wie sich schon bald zeigt. Denn – oh großer Zufall! – im Waldboden haben sich die Räder eines weißen Mercedes-Cabriolet mit einer hübschen und sehr gut angezogenen Dame hinter dem Steuer festgefahren. Die Italienerin Manuela Grassi hat in der Nähe ein altes Schloss geerbt. Wie der Autor auf diese beiden Details gekommen ist und wer da mit seiner eigenen Vita Patin gestanden hat, lässt sich unschwer erraten.

Der Alpenjäger träumt schon länger davon, die Welt zu sehen, und die junge Frau aus Italien weckt diese Sehnsucht erneut in ihm. Schnell gelingt es ihm, den Widerstand der selbstbewussten Manuela mit Charme zu brechen.

Beide fahren nach Italien, wo Andreas erkennen muss, dass sich Manuela schnell wieder ihren zahlreichen Bars und Nachtclubs widmet und weniger ihm. Ihre relative Ungezwungenheit weicht der Strenge einer Chefin. Mehr noch: Von ihren Kollegen wird Andreas als Exot betrachtet und in seiner Jägertracht verspottet. Und Manuela macht unmissverständlich klar, dass sie jeden Mann fallen lassen wird, sobald er sie langweilt. Die anderen Damen des Ortes sind jedoch vom Jägersmann begeistert.

Die Handlung kippt fast ins Absurde, als Manuela ausgerechnet Christa, die Wirtstochter und Andreas Verflossene, zu sich einlädt. Wie Andreas zuvor von den Frauen, wird nun Christa von den reichen Männern des Ortes begehrt. Andreas erkennt, in welcher moralischen Gefahr Christa schwebt, und hindert sie daran, mit dem reichen arabischen Waffenhändler Anulfi allein auf ein Schiff zu gehen. Christa wiederum öffnet ihm ebenfalls nach kurzer Zeit die Augen: Er werde von Manuelas Freunden als Gigolo bezeichnet, der sich aushalten lasse.

Nach einer weiteren Enttäuschung reift in Andreas der Entschluss, zurück in die Schweiz zu gehen und Christa, die er immer noch liebt, mitzunehmen. Doch Christa möchte in Italien eine Karriere als Sängerin starten und hofft, in dem reichen Anulfi einen Gönner zu finden. Doch weit gefehlt: Er lässt sie auf sein Schiff entführen. Dort wird sie betäubt und die Yacht steuert Palermo an. Nun wird Andreas zu einem kleinen „Alpen-James Bond", der Anulfi und seine Schergen k. o. schlägt und Christa rettet. Es folgt das Happyend: Die Verbrecher kommen hinter Gitter, Christa und Andreas kehren als Paar in ihr Dorf zurück.

Wir haben den Film gesehen und können zurecht sagen, dass die Darstellung nicht besser ist, als der Plot: Kitschig, vorhersehbar und sogar für einen Unterhaltungsfilm unglaubwürdig. Das Urteil des *Katholischen Filmdienstes* können wir nur bestätigen: „Ein buntes Routinestück, in dem nichts zusammenpassen will".

Wie es dazu kam, dass wir einen angeblich verschollenen, dann wiedergefundenen und erneut verschwundenen Film zu sehen bekamen, erzählen wir später. Zunächst schauten wir uns die Hauptdarsteller und vor allem die „Macher" des Films einmal genauer an. Und da verbargen sich einige Überraschungen.

Prominente Besetzung: Toni Sailer

In die Rolle des Jägers Andreas Pucher schlüpfte kein Geringerer als der ehemalige Skistar Toni Sailer. Der 1935 im österreichischen Kitzbühel geborene Sailer gewann drei olympische Goldmedaillen und sieben Weltmeistertitel. Er zählt damit zu den erfolgreichsten Skirennläufern aller Zeiten. 1958 beendete er seine Skikarriere und besuchte in Berlin eine Schauspielschule. Es folgten zahlreiche Film- und Fernsehproduktionen, von denen *Der schwarze Blitz* aus dem Jahr 1958 (Regie Hans Grimm) wohl die bekannteste ist. Pate für den Filmtitel stand Sailers Beinamen *Der schwarze Blitz aus Kitz*. Auch als Sänger trat Sailer in Aktion und nahm insgesamt 18 Schallplatten auf. In *Auf Wiedersehen am blauen Meer* singt er zwei Lieder im Duett mit Hannelore Cremer in der Rolle der Manuela Grassi. Die 1936 geborene Schauspielerin war in den 1950er Jahren als „Frau Renate" in Werbefilmen für Dr.-Oetker-Produkte bekannt geworden.

Die Rolle der Christa wurde mit der österreichischen Schauspielerin und Sängerin Eva Astor (geboren 1944 in Graz) besetzt, die im Jahr zuvor mit *Casanova bye bye* einen Schlagerhit gelandet hat. Sie singt dieses Lied auch im Film, wo mit dem Casanova der Jäger Andreas Pucher (Toni Sailer) gemeint ist.

Es ist nicht mehr zu rekonstruieren, wie die Besetzungsliste des Films zustande gekommen ist. Üblich ist die Auswahl durch ein Besetzungsbüro oder den Regisseur. Im Falle von Toni Sailer könnte es jedoch auch ein persönlicher Wunsch Margaretes gewesen sein. Sailer weilte zweimal anlässlich der Bambi-Verleihung in Karlsruhe, zuerst 1957. Den Preis gewann er nicht und neben der Einladung zur Gala blieb ihm nur eine silberne Zigarettendose, die ihm als Geschenk der Stadt Karlsruhe überreicht wurde. Überliefert ist, dass er etwas hilflos auf die Dose starrte – er war Nichtraucher. Auch bei der zweiten Einladung 1959 ging er leer aus. Doch auch hier stellte sich uns wieder die Frage, wie sehr die Bambi-Verleihungen Eindruck auf Margarete gemacht hatten und ob nicht auch Toni Sailer seinen Abend im *Pa-Pa* verbrachte. Möglich, dass man ins Gespräch kam und ein gemeinsames Projekt plante. Künstlerische Bedenken standen da sicher hintan, denn Margarete lockte mit Geld. Geld, das sie im Überfluss aus ihren Bars herausholte. Noch!

Regisseur von *Auf Wiedersehen am blauen Meer* ist Helmut Weiss (1907–1969), der selbst in einer Rolle zu sehen ist. Nach einem Engagement am Berliner Staatstheater begann Weiss 1935 seine Filmlaufbahn. Vom Darsteller komischer und grotesker Nebenrollen wurde er zum Drehbuchautor, Regieassistent und schließlich Regisseur. Sein Erstlingswerk ist noch heute ein Kultfilm: *Die Feuerzangenbowle* mit Heinz Rühmann in der Rolle des Pfeiffer „mit drei f". Entging dieser Film wegen seiner Infragestellung der schulischen Ordnung nur knapp dem Verbot durch die Nationalsozialisten, so war *Quax in Fahrt* – ein Nachfolgefilm des berühmten *Quax, der Bruchpilot* – ein Werk ganz im Sinne der Goebbelschen Propaganda. Trotz dieser Nähe zu den Nazis und ihrem Denken war Weiss der erste Regisseur, der nach Kriegsende in Westdeutschland wieder einen Film drehen durfte (*Sag die Wahrheit*, 1945, mit dem Ehepaar Heinz Rühmann und Hertha Feiler). Neben der intensiven Zusammenarbeit mit Heinz Rühmann ging Helmut Weiss in die bundesdeutsche Filmgeschichte durch die Komödie *Drei Mann in einem Boot* (1961, Darsteller u.a. Hans-Joachim Kulenkampff, Walter Giller und Heinz Erhardt) ein. Es erschien uns doch mehr als seltsam, dass sich dieser Mann ausgerechnet von einer Karlsruher Nachtclubbesitzerin engagieren ließ, noch dazu für einen derart platten Film.

Das Drehbuch stammte im Wesentlichen aus der Feder von Wolf Neumeister, der seit 1934 zahlreiche Komödien und Propagandafilme (u.a. *Kampfgeschwader Lützow 1941*), schrieb. Ab 1949 verfasste er die Bücher für zahlreiche harmlose Komödien (*Immer die Radfahrer* mit Heinz Erhardt) und Liebesfilme, wie sie für den später als *Opas Kino* bezeichneten deutschen Film der 1950er und beginnenden 1960er Jahre charakteristisch waren. Eine Verbindung zu Helmut Weiss stellt sein Drehbuch für den schon erwähnten Film *Drei Mann in einem Boo*t her.

Neumeisters Co-Autor war Richard Billinger (1890–1965), den man als zwielichtigen Zeitgenossen im wahrsten Sinne des Wortes betrachten darf. Schon in der Schulzeit schrieb er Gedichte und Dramen. In der Zeit des Nationalsozialismus wurde er dann zu einem Erfolgsautor, dessen Bühnenstücke durch seine Heimat, das Innviertel, beeinflusst und der populären Blut-und-Boden-Literatur zugerechnet wurden. Heute gilt Billinger als einer der repräsentativsten Vertreter natur-mystischer Literatur, für dessen Gedankenwelt folgende Zeilen aus dem Gedicht *Ein Brotlaib* stehen mögen:

Ähren auf den Fluren preisen
Dich, o Brot, in Flammenweisen.
Schwester Hostie, keusch und kühl,
grüßet dich voll Gottgefühl

Billinger war NS-Mitläufer, obwohl er als Homosexueller Anfang 1935 inhaftiert worden war. Oder vielleicht gerade deshalb. Denn so konnte er von seiner Veranlagung ablenken. Carl Zuckmayer schrieb in einem seiner „Geheimreporte" für das US-Amerikanische *Office for Strategic Services* über Richard Billinger:

> „Billinger kommt aus der gleichen Ecke Österreichs wie Hitler [...] – zwischen Passau, Schärding, Wasserburg und Burghausen –, scheint ein besonderer Boden für das Wachstum zwielichtiger zweitgesichtiger medialer oder auch pathologisch deformierter Halb-Genies oder Ganz-Charlatane zu sein..."

Warum beteiligte man Billinger am Drehbuch für einen seichten Heimatfilm?

Die Antwort mag sein: Man kannte ihn persönlich oder die Kreise, in denen er verkehrte, waren noch höchst lebendig und fühlten sich bei Margarete sehr wohl?

Die Moral von der Geschicht'

Auf Wiedersehen am blauen Meer spiegelt den Übergang von der rigiden spießigen Moral der 50er Jahre zu der beginnenden sexuellen Liberalisierung in den 60er Jahren wider. So verwundert es auch nicht, dass Manuela in einem offenen 190er Mercedes-Cabriolet im Wald stecken bleibt. Man mag dies als Anspielung auf Rosemarie Nitribitts schwarzen 190 SL sehen, sicher aber auch als Reminiszenz an Margaretes eigenen offenen Cadillac. Auch Toni Sailer fuhr privat übrigens einen 190 SL.

Toni Sailer alias Andreas Pucher treibt Manuela Grassi regelrecht ins Bett. Von Christa hat sie jedoch erfahren, Andreas habe sie nie leicht bekleidet gesehen, obwohl sie ein Paar waren. Dort muss sich der Jäger wohl als wohlerzogen erwiesen haben. In Italien herrscht sexuelle

Dekadenz, werden doch die Neuankömmlinge Andreas und Christa vom jeweils anderen Geschlecht taxiert, für gut befunden und begehrt.

Manuela Grassi wählt sich ihre Männer selbst und lebt ihre Sexualität. „Ich mache mit Männern, was ich will", sagt sie an einer Stelle im Film und erinnert frappierend an Margarete in ihrer Loge des *Pa-Pa*, wo immer ein junger Mann wie ein Schoßhündchen an ihrer Seite saß, wenngleich nicht immer derselbe. Manuela will sich ihre Liebe zu Doktor Eric Corvin (gespielt von Bob Franco) nicht eingestehen. Mit ihm würde sie jedoch einen gleichwertigen, starken Mann an die Seite bekommen. Somit entspräche sie passend zum Zeitgeist ihrer Bestimmung als Frau.

Trompeten der Liebe

Glaubt man der Webseite *filmportal.de*, die immerhin vom Deutschen Filminstitut in Frankfurt betrieben wird, stammt ein Film aus der Produktion der Margarete Reinhardt, der unter verschiedenen Titeln im Umlauf war: *Trompeten der Liebe* bzw. *Der Pastor mit der Jazztrompete*. In Österreich lief der Streifen wieder unter einem anderen Titel in den Kinos: *Dort, wo der alte Pfarrhof steht*.

Das Drehbuch des 1962 entstandenen Films schrieb u.a. der schon erwähnte Wolf Neumeister, Regie führte Hans Schott-Schöbinger. So weit, so gut. Was die Produktion betrifft, so scheiden sich die Geister. Etwas abweichend vom Eintrag bei *filmportal.de* nennt das *Lexikon des Internationalen Films* als Produzenten: *Carinthia/Reinhardt*. Die Online-Enzyklopädie *Wikipedia* verzeichnet einen Siegfried Petritz als Produzenten, was durch die renommierte *IMDb (Internet Movie Database)* gestützt wird.

Über Siegfried Petritz konnten wir nichts weiter finden, mehr dagegen über *Carinthia-Filmkunst*: Die Firma wurde 1952 von Hans-Gustl Kernmayr, Hans Schott-Schöbinger und Josef Friedrich Perkonig gegründet, wobei Kernmayr kurz nach der Gründung wieder aus der Gesellschaft ausschied. Die *Carinthia-Filmkunst* stellte vor allem Kulturfilme über Kärnten für das Kino-Vorprogramm her. Zwischen 1953 und 1959 entstanden vierzehn dieser Filme. Nach dem Tod von Josef Friedrich Perkonig 1959 wurden keine Kulturfilme mehr produziert. Parallel entstanden eine Reihe von Spielfilmen unter der Regie von Schott-Schöbinger und Perkonig. *Carinthia-Film* hatte 1956 bereits mit der Münchener *Rialto-Film* kooperiert, die später durch die Karl-May-Filme bekannt werden sollte, und den Streifen *Holiday am Wörthersee* herausgebracht. *Der Pastor mit der Jazztrompete* war die zweite Zusammenarbeit mit einer deutschen Filmproduktionsgesellschaft. Beide wurden mittelmäßige geschäftliche Erfolge, und nach dem *Pastor mit der Jazztrompete* stellte *Carinthia-Film* ihre Geschäftstätigkeit ein.

Im Mittelpunkt der Handlung steht der unkonventionelle Pastor Johannes Röll, der sich um die Jugend kümmert und in seiner Freizeit Jazztrompete spielt. In der Gemeinde, in der er seinen älteren Kollegen vertritt, erwirbt er sich die Missgunst des Bürgermeisters. Der wiederum plagt sich mit der Erbschaft seines verstorbenen Bruders herum. Der Besuch dreier Erbinnen steht bevor, von denen jede eine große Summe bekommen, er selbst jedoch leer ausgehen soll. Die drei Damen kommen ausgerechnet im Pfarrhaus unter. Um das Maß für den Bürgermeister voll zu machen, plant Pastor Röll, ein Jazzoratorium aufzuführen. Denn da ein Großteil der Jugend für das Oratorium probt, hat sie keine Zeit, den Tanzclub im Hotel des Bürgermeisters zu besuchen. Der Ort spaltet sich: Jugendliche, die sich gegen den Pastor wenden, werfen die Scheiben von Kirche und Pfarrhaus ein. Unterstützung erhält Johannes Röll ausgerechnet vom katholischen Kollegen, so dass das Konzert letztlich zu einem interkonfessionellen Ereignis wird, das der Film jedoch ohne jegliche religionspolitische Vision darstellt.

Um dem Kitsch die Krone aufzusetzen, ist Pastor Johannes Röll ein guter Schütze und wird natürlich Schützenkönig des Ortes. Eine Intrige folgt nun auf die andere, Pastor Röll fällt bei seinem Vorgesetzten in Ungnade, doch am Ende wird das Oratorium ein großer Erfolg und der Pastor rehabilitiert.

Bleibt noch die Chronistenpflicht, zu erwähnen, dass der in St. Veit an der Glan, Kärnten, gedrehte Film am 30. November 1962 in die Kinos kam. Er konnte, wen wundert's, weder Publikum noch Kritik überzeugen.

St. Pauli Herbertstraße

Eva Astor, der Christa aus *Auf Wiedersehen am blauen Meer*, begegnen wir in einem weiteren, von Margarete produzierten Film wieder. Welten trennen dieses Machwerk vom Erstling, der immerhin noch den Anspruch auf ein gewisses inhaltliches Niveau erhob. Nun jedoch haben wir einen frühen Vertreter der sogenannten Sexploitation-Filme vor uns. Die Anfänge dieses Genres lagen in den USA bereits in den Jahren nach dem Zweiten Weltkrieg, populär wurde er in den 1960er Jahren, in denen auch die Bezeichnung dieses Filmtyps entstand. Im Zuge der sexuellen Revolution, in der nackte Körper und Sex dargestellt werden sollten, entstanden B-Movies, also Filme mit niedrigem Budget und ebenso niedrigem künstlerischen Anspruch. Gezeigt wurden sie in darauf spezialisierten Kinos, den Grindhouses. In Europa erreichte die Sexploitation-Welle mit den *Schulmädchen-* und *Hausfrauen-Report*s in den 1970er Jahren ihren Höhepunkt.

Unter der Regie des Ungarn Ákos von Ráthony spielt Eva Astor die junge Angelika Geißler, die zu Beginn des Streifens ein behütetes und beschauliches Leben auf dem Bauernhof ihrer Eltern verbringt. Als sie jedoch nach einer Vergewaltigung ein Kind erwartet, wendet sich die Familie, die in strengen konservativen Moralvorstellungen lebt, von ihr ab. Der Vater wirft sie kurzerhand aus dem Haus, die bigotte Mutter begeht Selbstmord, weil sie mit der „Schande" nicht leben kann. Angelika will in Hamburg ihr Glück versuchen. Doch zunächst tritt das Gegenteil ein. Sie landet in St. Pauli als Tischdame in einem Vergnügungslokal, der erste Schritt des sozialen Niedergangs ist getan. Aber es kommt noch schlimmer, als sie an den Zuhälter Werner Kästel, gespielt von Pinkas Braun, gerät, der sie sogleich in seinem Bordell einquartiert. Anfangs wehrt sich Angelika dagegen, als Prostituierte zu arbeiten, doch ihr Zuhälter zwingt sie dazu. Das Blatt wendet sich, als Angelika den Automechaniker Helmut Brett (Michael Cramer) kennenlernt, der ernsthaft an ihr interessiert ist. Ihm gelingt es herauszufinden, wo Angelika festgehalten wird und schließlich befreit er das Mädchen aus der berüchtigten Herbertstraße.

Der Film entstand im Frühjahr 1965, jedoch nicht vor Ort an der Elbe, sondern in den Studios der *Gopa-Film* in Baden-Baden. Die Kritik zerriss den Streifen gnadenlos. So schrieb das *Hamburger Abendblatt* am 5. Dezember 1965:

„Da ein Karlsruher Produzent in Hamburg und ein österreichischer Regisseur in St. Pauli besser Bescheid zu wissen glauben, als die Polizei erlaubt, darf man die südostwärts erkundete „Herbertstraße" des Herrn von Rathony getrost zu dem Schnulzenmüll kehren, der sich zu diesem Thema schon angehäuft hat: Der Wahrheit fern, dem Märchen nah. Die standortfernen Herren St.-Pauli-Beschreiber sollten in der Davidswache und besser noch in der Kopenhagener ‚Straße ohne Ende' in die richtige Schule gehen."

In der Branche wurde der Film jedoch wegweisend, denn er steht am Beginn einer Reihe von St.-Pauli-Filmen, die infolge des halbdokumentarischen Kinodramas *Polizeirevier Davidswache* (Regie: Jürgen Roland) bis 1971 von unterschiedlichen Produzenten und Regisseuren hergestellt wurden. All diese Filme vereinen die klischeehafte Erzählweise und die schlechten Kritiken.

Bei den Recherchen zu diesem Film stießen wir im Internet auf eines jener Programmhefte, die in den 1950er und 60er Jahren an der Kinokasse erworben werden konnten. Eine der bedeutendsten war die *Illustrierte Film-Bühne*, die zwischen 1949 und 1969 über 8.000 Titel herausgebracht hatte. Wir ersteigerten die Nummer 7.249, die Besetzungsliste und Inhalt von *St. Pauli Herbertstraße* beinhaltet.

Das Drehbuch schrieb C.V. Rock. Das war zunächst ein unbekannter Name für uns. Doch schnell kamen wir dem Mann hinter dem Pseudonym näher. Der äußerst fleißige Autor, der mit wahrem Namen Kurt Walter Roecken hieß, hatte unter sehr vielen Pseudonymen unzählige Krimis geschrieben, fungierte aber auch immer wieder unter seinem bürgerlichen Namen. Aus der Feder Roeckens stammen Reißer wie *Der Gangsterprofessor, Die glühenden Türme* oder *Was weiß Foster?*

Kurt Walter Roecken war 1906 in Garmisch-Partenkirchen geboren und starb 1985, war also ein Zeitgenosse von Margarete Reinhardt. Erste Ergebnisse einer Internetrecherche ließen Eva zunächst an einen Nazi-Autor denken, denn im *Stürmer* von 1942 erfuhr Roecken eine positive Erwähnung für sein Werk *Geschichte eines Golddollars*, erschienen im *Schützen-Verlag* Berlin. Das umfangreiche Werk ist antiquarisch noch zu haben. Doch Roecken, der mit einer Jüdin verheiratet war, lavierte sich wohl durch die zwölf Jahre des Tausendjährigen Reiches und überlebte mit Krimis, die aus dem Amerikanischen übersetzt oder als Idee entlehnt waren. Er war später auch als Drehbuchautor aktiv, wenn auch nur als Seitenzweig seines Schaffens, und das Erotische zählte eigentlich nicht zu seinen Grundkompetenzen.

Woher kannten sich denn Margarete und dieser Autor, mit dem es zunächst keine Schnittpunkte gibt?

Bei genauerem Hinsehen wurde uns klar, wo sich Margarete und Roecken begegnet sein könnten: Roecken schrieb nämlich unter anderem auch unter dem Pseudonym Edgar T. Sterling für den Rastatter *Pabel-Verlag*. Rastatt mag in den 60er Jahren nicht gerade ein Zentrum der gepflegten Bar-Kultur gewesen sein, und so liegt es nahe, dass sich Roecken bei seinen Aufenthalten in der Barockstadt gelegentlich nach Karlsruhe verirrt hat. Und es wäre ein Wunder gewesen, wenn er nicht auch ins *Pa-Pa* gegangen wäre, wo sich Künstler und Mitwirkende von Kabaretts und Shows trafen. Hier wird er den Kontakt zu Margarete geknüpft haben.

In dem Film *Der nächste Herr, dieselbe Dame* aus dem Jahre 1967 hat ebenfalls Roecken als C.V. Rock das Drehbuch zusammen mit einer gewissen Gini Rock geschrieben – seiner Frau, wie Wolfgang schnell herausfand, womit er Evas Verdacht, es könne sich wieder um Margarete mit anderem Namen handeln, zerstreute.

Regie führte, wie auch bei *St. Pauli Herbertstraße*, Akos von Rathony, und der Film befand sich ebenfalls im *Austria-Verleih*. Obwohl Margarete hier nicht als Produzentin erscheint, liest sich die Inhaltsangabe dieses durchaus bekannten Streifens wie ihre eigene Geschichte vom Hotel in Österreich. Wieder steht eine Bordellbesitzerin im Mittelpunkt und diesmal soll ein „Frischluftsanatorium" mit jungen Damen für spezielle Wünsche und eine feine Kundschaft etabliert werden … Margaretes österreichisches „Schloss" in Reinsberg diente in seiner wechselvollen Geschichte ebenfalls als Sanatorium und es würde nicht wundern, wenn sie dort ursprünglich ein piekfeines Bordell einrichten wollte. Der Hang nach Größerem wohnte ja sichtlich in ihr.

Hat Margarete hier wieder mit ihrer eigenen Lebensgeschichte unfreiwillig zum Drehbuch von *Der nächste Herr …* beigetragen oder hat sie bewusst als anonyme Ideengeberin fungiert, vielleicht für ein paar Mark, die sie nun dringend nötig hatte. Noch am 16. Juni 1962 lobte die lokale Zeitung, die *Badischen Neuesten Nachrichten*, den Mut der

Karlsruherin, sich angesichts schwindender Umsätze ins Filmgeschäft zu stürzen. Doch aus Begeisterung war bei Margarete inzwischen Katzenjammer geworden.

Sünde mit Rabatt

Wer glaubt, das Niveau könne nicht mehr sinken, wird mit der letzten Produktion der Reinhardt-Film eines Besseren belehrt. Immerhin ist wieder Eva Astor zu sehen, daneben der uns schon bekannte Adrian Hoven, der im österreichischen Reinsberg gesehen worden war.

Sünde mit Rabatt ist, wie der Titel unschwer erraten lässt, ebenfalls ein Sexploitation-Film, der zudem die Erotik mit einer Kriminalhandlung verbindet. Ausführender Produzent war Gunter Otto, der sich später einen zweifelhaften Namen mit Werken wie *Lass jucken, Kumpel*, *Liebesgrüße aus der Lederhose* und *Josefine Mutzenbacher* einen Namen machen wird. Mag sein, dass Margarete Reinhardt ihn mit diesem Auftrag auf die Erfolgsspur gebracht hat.

Worum geht es denn nun diesmal?

In der „Pension Apollo", einem Großstadtbordell, warten wie jeden Abend die Frauen auf ihre zahlenden Kunden. Einige der Mädchen bedienen in den Hinterzimmern ihre Freier, während im Veranstaltungsraum vorn das Show-Programm beginnt. Es besteht aus Gesangs- und Stripteasenummern. Hier herrscht die „Madame" des Etablissements mit wachsamen Augen und achtet darauf, dass keiner der allein angekommenen Herren an seinem Tisch auch allein bleibt. Wer glaubt, hierin Margarete zu sehen, dürfte seinen Augen kaum trauen, wenn er sieht, wer die „Madame" verkörpert: Margarete Reinhardt höchstpersönlich!

Martina ist eine der jungen Damen, die die wohlhabenden Gäste um den einen oder anderen Geldschein erleichtern soll. Doch eigentlich hat sie andere Sorgen, denn ihr Zuhälter hatte sie geschwängert und denkt nicht daran, sich um das gemeinsame Kind zu kümmern.

Dann wird Martina in einem Waldstück vor der Stadt ermordet aufgefunden. Kommissar Weber (gespielt von Claus Holm) nimmt sich des Falls an. Er konzentriert seine Ermittlungen auf den zwielichtigen Zuhälter. Doch der kann nicht der Mörder sein. Die Tat bleibt unaufgeklärt, was unter den Damen des horizontalen Gewerbes große Unruhe verursacht: Jede fürchtet, das nächste Opfer zu sein. Nach zahlreichen Zwischenfällen kommt der Kommissar dem wahren Täter auf die Spur: Es handelt sich dabei um den Ehemann einer Stripteasetänzerin. Der als Artist gescheiterte alte Mann will sich für erlittene Demütigungen rächen. Von der Staatsmacht eingekreist, sieht er nur noch einen Ausweg: Er springt von einem Dach in den Tod.

Das *Lexikon des Internationalen Films* schreibt:

> „Schmierige Zuhälter, verbitterte Polizisten und lüsterne Kleinbürger in einem unbeholfen inszenierten Sexkrimi, dessen Visionen vom Nachtleben eher provinziell geraten sind."

Wie provinziell der Streifen geraten ist, erzählen uns Augenzeugen, denen es anders als uns vergönnt war, dieses cineastische „Schmankerl" sehen zu dürfen: Unverkennbar ist die sündige „Großstadt" nichts anderes als Karlsruhe, was man an den städtischen Polizeiuniformen und den Flaschen aus der Produktion einer damals bekannten Karlsruher Brauerei erkennen könne. Der Film zeige, so schreibt es Udo Rotenberg in seinem Blog *Grün ist die Heide. Der deutsche Film 1930 bis 1980,* eine „Mischung aus moralischem Zeigefinger und voyeuristischem Spektakel". Rotenberg weiter: „Diese Entwicklung (weg von den Heimatfilm-Idealen, ek/ww) geht konkret auf Margarete Reinhardt zurück, deren Ideen die Basis aller drei Filme bildeten".

Das Drehbuch stammt von Rudolf Lubowski, der auch Regie führte. Nach der Komödie *Zwei Bayern in Bonn* (1962) scheint sich der 1924 geborene Lubowski überwiegend dem Schmuddelkino zugewandt zu haben, was umso erstaunlicher anmutet, als Lubowski sich auch als Kinderbuchautor und Produzent von Kinderhörspielen einen Namen gemacht hat. 1974 sorgte Lubowski aber auch in diesem Genre für einen Skandal, als er eine Schallplatte herausbrachte, die unter dem Titel *Angelika und der Fremde* acht- bis vierzehnjährige Kinder vor sexuellem Missbrauch warnen sollte. Die Hörspielhandlung endet nach Lust- und Schmerzgeschrei mit derben Worten des Sex-Täters. Nach entrüsteten Protesten strich Lubowski die Stelle und ließ das Hörspiel neu pressen.

Doch zurück zu dem Film und seiner seltsamen Intention. Die Mischung aus Bordellszenen, zur Schau gestellter Nacktheit und den Problemen der Prostituierten auf der einen und der an Edgar-Wallace-Filme erinnernden Krimihandlung auf der anderen Seite soll die Gefahr verdeutlichen, die jeder Frau droht, die ihren Körper verkauft. Dies mutet seltsam an, wenn man sich vergegenwärtigt, wie Margarete ihr Geld verdiente. Angesichts der tiefen Einblicke in die Prostitutionsszene der 1960er Jahre bleibt der warnende Anspruch auf der Strecke.

Der Film richtet sich primär an Männer und bedient die voyeuristischen Erwartungen jener Zeit.

Eine Zeugin, die das aus heutiger Sicht wohl eher zweifelhafte Vergnügen einer Statistenrolle in dem Film hatte, erzählte uns, sie habe die Rolle über den Intendanten eines Karlsruher Theaters bekommen. Der Film sei in Karlsruhe im Kino *Atlantik* aufgeführt worden. Und das machte Sinn: Während das *Rex* in unmittelbarer Nähe mit Filmkunst die Studenten der benachbarten Universität ansprach, begann das *Atlantik* schon früh Sexfilme, später Pornos, zu zeigen. Nur ein paar Schritte sind es von diesem Kino zu Brunnenstraße und den Damen des horizontalen Gewerbes. Margarete blieb in ihrem Reich. Doch wie viel von ihrem früheren Leben steckt in den Filmen? Können wir hier ein Puzzle zusammensetzen?

Margaretes Leben – auf Zelluloid gebannt!?

Unzweifelhaft sind in *Auf Wiedersehen am blauen Meer* Anklänge an Margaretes Leben erkennbar: Neben dem Schloss, das Manuela Grassi geerbt hat, sind dies vor allem deren Geschäfte als Barbesitzerin, die das Vorbild unschwer erahnen lassen. Nicht nur bei diesem Streifen, auch bei *St. Pauli Herbertstraße* wird im Vorspann Margarete als Ideengeberin der Handlung genannt. Zudem kommen Varieté-Nummern aus dem *Passage-Palast* in den schlüpfrigen Filmen vor und in *Sünde mit Rabatt* spielt Margarete höchstpersönlich die mondäne Bordellchefin, die ihren durch die Mädchen „angeschafften" Reichtum durch Pelzmütze und Mantel mit Pelzbesatz zur Schau stellt.

Wir fragten uns: Enthalten die Filme womöglich noch mehr Anspielungen auf die Biographie der Produzentin, als bisher angenommen? Da wir die Filme selbst nicht zu Gesicht bekommen konnten, waren wir allein auf die Analyse der Handlungsbeschreibung angewiesen und stießen auf jenes interessante Detail, das wir zuvor schon haben anklingen lassen.

Angelika Geißler, die Hauptfigur in *St. Pauli Herbertstraße*, führt zunächst ein mehr oder weniger gutes Leben auf dem Bauernhof ihrer Eltern. Nach einer Vergewaltigung bekommt sie ein Kind und verlässt ihre Heimat.

Wir haben uns immer wieder gefragt, warum Margarete ihre fränkische Heimat verließ und ausgerechnet nach Stuttgart ging. Wir haben uns überdies mehrfach mit der Hypothese beschäftigt, Margarete habe ein Kind gehabt. Führt der Film womöglich die Fäden zusammen? Ihre Familie versicherte in den wenigen Aussagen zu Margarete stets, von einem Kind sei ihnen nichts bekannt.

Doch diese Aussagen gehen immer über den Neffen Robert Hesselbach, der seinerseits zu „jung" ist, um Zeuge von Margaretes Leben gewesen zu sein.

Doch mit den Anklängen an die Biographie ließe sich auch erklären, warum Margarete ausgerechnet für diesen Film zu ihrem Mädchennamen zurückkehrt. Im Vorspann des Films ist zu lesen: „Nach einer Idee von Margarete Reinhardt-Hesselbach". An keiner anderen Stelle unserer Recherchen über Margarete ist dieser Doppelname jemals aufgetaucht. Warum also hier?

Unsere Meinung: Sie wollte mit der Nennung ihres Mädchennamens deutlich machen, dass hier ihre eigene und wahre Geschichte Pate gestanden hat. Und die Verantwortlichen von damals sollen dies auch erfahren und wissen. Hier nimmt jemand Rache wie die Dürrenmatt'sche alte Dame auf Besuch. Doch für was? Dieses Geheimnis hat Margarete mit ins Grab genommen. Und derjenige, der ihr etwas angetan hat, auch.

Wo sind sie hin?

Muss man die Machwerke der *Reinhardt-Film* gesehen haben? Wir denken: Man muss! Vor allem dann, wenn man die Gedankenwelt der „Königin des Karlsruher Rotlichts" verstehen will, die sich zumindest indirekt in den Geschichten der Filme verbirgt.

Anfang der 1980er Jahre soll es eine Film-Gala im Programmkino *Schauburg* gegeben haben, bei der alle vier Filme gezeigt wurden. Initiator war Georg Fricker, der damalige Inhaber des Kinos. Und Margarete soll persönlich anwesend gewesen und vom Kinochef höchstpersönlich rührend umsorgt worden sein. Offenbar haben sich die Filme, so unsere Information, damals im Archiv der *Schauburg* befunden.

Heute läuft *Auf Wiedersehen am blauen Meer* immer wieder mal im Programm eines Pay-TV-Kanals, ist also frei verfügbar. Ganz anders verhält es sich dagegen mit den beiden „Schmuddel-Filmen". Während *St. Pauli Herbertstraße* wohl nie wieder den Weg auf eine Leinwand gefunden hat, war *Sünde mit Rabatt* im November 2014 im Rahmen einer Veranstaltung des *Filmkollektivs Frankfurt. Projektionsraum für unterrepräsentierte Filmkultur e.V.* zu sehen. Es handelte sich um den *1. Auswärtigen Sondergipfel des Hofbauer-Kommandos.* Bei der Gruppe mit dem martialisch anmutenden Namen handelt es sich um Cineasten, die sich der Wiederentdeckung und Neubewertung verschollen geglaubter Perlen der Filmkultur abseits des großen Publikums, der Filmfestivals und Feuilletons verschrieben haben. Der Name soll an Ernst Hofbauer erinnern, der wesentlich zu der Entstehung der *Schulmädchen-Report*-Reihe beigetragen hat.

Doch nun zu einem Ärgernis: 2017 wurden angeblich auf einem Dachboden elf alte Filmrollen aus dem Besitz Margaretes gefunden und dem Redakteur einer Zeitung übergeben. Der Finder will die Rollen mit den Filmen Margaretes beim Ausräumen der *Hawaii-Bar* gefunden und mitgenommen haben, bevor sie im Müllcontainer landen. Ganz legal war das wohl nicht, sollte Margarete es ihm nicht höchstpersönlich erlaubt haben. Vielleicht ist dies auch der Grund dafür, dass der Finder telefonisch nicht erreichbar ist. Und der betreffende Zeitungsredakteur konnte sich in einem Telefonat mit Eva an den gesamten Vorgang nicht erinnern. Schade, finden wir.

Auch der Bruder von Georg Fricker, der dessen Stiftung führt, weiß nichts. Kaum etwas von Margarete und schon gar nichts darüber, wo sich noch Elemente ihres Nachlasses finden könnten.

Eine weitere Merkwürdigkeit bei unseren Recherchen, die natürlich nichts bedeuten muss…

Ein Kneipenimperium?

„Wie hießen den nun ihre fünf Lokale?"
„Es waren in Karlsruhe nur drei."
„Überall steht aber, dass es fünf waren."
„Aber nur drei sind nachweisbar."

Einen Dialog mit diesem oder ähnlichem Wortlaut führten wir im Lauf der zwei Jahre unserer Recherchen mehr als einmal. Natürlich, so stellten wir uns vor, müssen es fünf Lokale gewesen sein. Mindestens. Der Hintergrund ist einfach: Bei all denen, die die Zeit von Margarete Reinhardt, der *Hawaii-Bar* und dem *Pa-Pa*, als junge Erwachsene miterlebt haben, war der Name gleichbedeutend mit der Vorstellung einer Frau, die wie eine Spinne in einem Netz vieler Amüsier-Betriebe sitzt und in der Branche die Fäden zieht. Und dabei passierte es leicht, dass dieser Frau alles zugeschrieben wurde, was vor allem in den 1960er Jahren in der Stadt einen schlüpfrigen Ruf hatte.

Doch zunächst zu den Fakten. Unsere wichtigste Anlaufstelle war das Ordnungsamt bzw. dessen Abteilung für Gaststätten und Gewerbe. Dort war Margarete nur als Inhaberin von drei Gaststätten im weitesten Sinne nachweisbar: Neben der *Hawaii-Bar* und dem *Passage-Palast* gehörte ihr die *Goldene Spinne* in der Kriegsstraße, die sie zusammen mit einer gewissen Antonia Blaschke betrieb, über die wir leider nichts Genaueres herausfinden konnten.

Für das Jahr 1972 verzeichnet das Adressbuch Margarete Reinhardt in einem Eintrag zu einer *Sexy-Bar* in der Kriegsstraße. Dieser Name ist uns in keinem anderen Zusammenhang untergekommen. Es könnte sich um ein weiteres Lokal oder um einen neuen Namen für die *Goldene Spinne* handeln.

Und dann ist da noch das berühmte *Rheingold* im Karlsruher Stadtteil Mühlburg, das uns immer wieder im Zusammenhang mit Margarete genannt wurde. Auch von Wilhelm C. Feld wird es ihr im schon mehrfach zitierten Artikel im *KiK* zugeschrieben. Dort soll sich auch ein Vorfall mit einem Sexspielzeug ereignet haben, der mit zum Entzug der Konzessionen geführt haben soll.

Die bewegte Geschichte des *Rheingold* begann 1937 als Kino. Nach dem Zweiten Weltkrieg gehörte es zu den drei größten Kinos der Stadt. Es wurde besonders bei Jugendlichen beliebt, die sich in den Nachmittagsvorstellungen Wildwestfilme ansahen. 1967 wurde der Saal durch eine Zwischendecke geteilt. Im oberen Bereich liefen bis 1980 weiterhin Filme, während im unteren Bereich zunächst ein Beatclub, später ein Varieté mit Striptease betrieben wurde. In Letzterem liegt denn auch der vermutete Bezug zu Margarete. Die Schankkonzessionen für das *Rheingold* sind ab 1966 nachvollziehbar: Sie wurden an zwei Personen erteilt, Margarete war keine der beiden.

Ein viertes Lokal ist allerdings außerhalb Karlsruhes nachweisbar. Im Oktober 1973 pachtete Margarete den einstigen *Deutschen Kaiser* in Bretten. Dort, in der Bahnhofstraße 44, richtete sie den *Scotch-Club* ein, jedoch ohne Varieté-Tänzerinnen und Animierdamen. An ihrer Stelle sollten profane Spielautomaten die männlichen Gäste anlocken. Es herrschte ein entsprechend bescheidenes Niveau. Es überrascht wenig, dass dies kein Erfolgsmodell für Margarete war. Während ihres Aufenthalts in der Justizvollzugsanstalt Schwäbisch-Gmünd erreichte sie ein Schreiben der Rechtsanwälte ihres Verpächters. Sie schuldete ihm den Pachtzins für den Monat März 1975. Die Tatsache, dass der am Monatsersten fällige Betrag, es handelte sich um 4.500 DM, bereits am 10. des Monats angemahnt wurde, zeigt vielleicht auch, dass es um das Ansehen Margaretes nicht mehr zum Besten bestellt war. Offenbar fürchtete der Verpächter, im Falle eines Prozesses nicht mehr an sein Geld zu kommen.

Heute ist der *Scotch-Club* vergessen.

Kapitel 5

Deutsche Zeitungen nannten es den „eigenartigsten Fälschungsversuch der Weltgeschichte“: Mit getürkten Banknoten wollte eine illustre Truppe aus Reichswehroffizieren, Exilgeorgiern und einem Ölmagnaten 1927 die UdSSR zu Fall bringen. Das Komplott scheiterte – und wurde doch nie ganz aufgeklärt. Von solchen Dimensionen ist die Blüten-Affäre von Gretel weit entfernt. Hier handelte es sich höchstens um ein „badisches“ Affärle.

Falschgeld

Die Falschgeldgeschichte rund um Margarete Reinhardt lässt schmunzeln und gleichzeitig die Stirn runzeln. Schmunzeln, weil sie so naiv und fast lachhaft daherkommt und die Stirn runzeln, weil sich die eigentlich zuvor so geschäftstüchtige Margarete derart tölpelhaft in die Hände von Gaunern und Betrügern begeben hat.

War sie etwa im unermüdlichen Dienst der Nacht nun doch alt geworden und glaubte jedem jüngeren Mann in ihrer Umgebung, dass er es ehrlich mit ihr meinte?

Doch schauen wir uns die Falschgeldaffäre genauer an.

Werbung ist alles, das wusste Margarete schon lange. Nicht umsonst hatte sie früher Flugzeuge mit Werbebannern für ihre Lokale in die Luft steigen lassen oder war skandalträchtig auf einem eigenen Faschingswagen im Narrenzug mitgefahren.

Und die Idee, die sie nun hatte, war ja nicht mal schlecht. Nur ging sie leider schief, und am 18. Februar 1975 klickten die Handschellen. Im tags darauf ausgestellten Haftbefehl des Amtsgerichts Karlsruhe liest sich die „Geschäftsidee“ recht nüchtern: Der Vorwurf lautet „Falschmünzerei“. Margarete und ihr Mitangeklagter, der Barmann, hätten

> „seit Ende 1970 in Karlsruhe und Jöhlingen es unternommen, falsche DM 100,- Noten im Flachdruckverfahren herzustellen. Zu diesem Zweck habe Reinhardt durch einen bislang nicht bekannten Drucker Negative und Matritzen für DM 100,- Noten herstellen lassen.“

Man schaffte sich außerdem eine 23.000 Mark teure Druckmaschine an. Im späteren Prozess ergab sich, dass auf den Matrizen ursprünglich überdimensional große 50-Mark-Scheine gedruckt werden sollten, auf deren Rückseite Werbung für die *Hawaii-Bar*, das *Pa-Pa* und die *Goldene Spinne* prangte.

Das Ergebnis war aber nicht überzeugend, und außerdem versprach man sich dann doch mehr Erfolg mit originalgetreu aussehenden 100-Markscheinen. Auf der Vorderseite sollten sie echten 100-Mark Scheinen verblüffend gleichen, auf der Rückseite stand: „Für diesen Schein im Original können Sie bei uns einen tollen Abend erleben." Doch auch diese Scheinchen sahen nach der Herstellung nicht so echt aus, wie sie sollten, obwohl der Barmann in Italien teures Papier besorgen sollte, mit dessen Hilfe möglichst originalgetreue Geldnoten hergestellt werden könnten.

Für diese Reise gab es Geld von der Chefin, doch der junge Mann hatte in Bella Italia mit dem Geld lieber das „dolce vita" genossen und lediglich normales Schreibmaschinenpapier nach Hause gebracht. Unter anderem deshalb wurde das wohl nichts mit dem originalgetreuen Aussehen der Scheine.

Aus Scherz habe einer der Beteiligten vorgeschlagen, man könnte ja auch mal echtes Geld nachmachen. Das habe sie, so Margarete vor Gericht, aber abgelehnt, denn in ihrem Alter wollte sie nun wirklich nicht mehr ins Gefängnis wandern.

Man habe den ganzen Gedanken mit den Werbe-Geldscheinen dann fallen lassen. Die unbrauchbaren Scheine wurden im Hof von Margaretes Jöhlinger Anwesen verbrannt.

Die Matrizen und das Zubehör sowie einige Scheine verschwanden dann für Jahre in der Wohnung in Jöhlingen und zwar dort unter dem Bett.

Das alles spielte sich 1970 und 1971 ab.

Über jene undurchsichtigen Informationskanäle, die durch die Karlsruher Altstadt fließen, wurde der Besitz und Aufenthaltsort dieser Matrizen aber viel später durch einen Gast Margaretes ruchbar. Er hatte die Scheine samt Matrizen unter ihrem Bett gefunden.

Unklar bleibt, was dieser Gast unter Margaretes Bett zu suchen hatte, doch das muss man so stehen lassen. Er nahm jedenfalls ein paar Scheine mit und zeigte sie herum.

Ein Klein-Ganove aus dem Umfeld von Margarete wurde neugierig auf den Schatz, gelangte ins Schlafgemach der einstigen Rotlichtkönigin und brachte sich in den Besitz der Folien, aus denen sich ja vielleicht noch etwas machen ließe.

Amtsgericht C 14

Geschäfts-Nr. 14 Gs 343/75
14 Gs 340/75

Bitte bei allen Schreiben angeben!

Karlsruhe, 19.2.75
(Ort und Tag)

Vollzugsanstalt
25. FEB 1975

Haftbefehl

1. Die am 4.4.1909 in Bibergau geborene, in Karlsruhe, Kapellenstr. 66 wohnhafte, gesch. Kauffrau

Margarete Reinhardt geb. Hesselbach

2. der [redacted] geborene, in Karlsruhe, [redacted] wohnhafte, verb. Gastwirt

[redacted]

~~ist~~/sind zur Untersuchungshaft zu bringen.

~~Der~~/Die Genannte n ~~ist~~/sind dringend verdächtig,

sie hätten in bewußtem und gewolltem Zusammenwirken seit Ende 1970 in Karlsruhe und Jöhlingen es unternommen, falsche DM 100,- Noten im Flachdruckverfahren herzustellen. Zu diesem Zweck habe Reinhardt durch einen bislang nicht bekannten Drucker Negative und Matritzen für DM 100,-Noten herstellen lassen. Reinhard und [redacted] hätten die zum Druck erforderliche Maschine "Rotaprint" Type 4e AK Nr. 59969 zum Preis von DM 23000,- Ende 1970 in Karlsruhe gekauft. [redacted] habe mit einem andern 1971 in Mailand das zur Herstellung benötigte Papier DIN A 4 80 gr/qm. besorgt. Die benötigten Druckfarben habe auf Weisung von Reinhardt und [redacted] der Drucker [redacted] 1970/71 besorgt, der auch Probedrucke vorgenommen habe. Reinhardt ist am 18.2.75 noch in Besitz von 2 Fotonegativen in Form von Vor- und Rückseite einer DM 100,- Note betroffen worden. Die weitere Durchführung des Tatplanes habe sich verzögert, weil besseres Papier erforderlich schien und noch nicht hat besorgt werden können.

Sie hätten somit gemeinschaftlich handelnd versucht, Geld in der Absicht nachzumachen, um es als echt in Verkehr zu bringen.

VZ 17
758 Bühl

Zum Anschluß
an das Aufn.-Ersuchen

Best.-Nr. 281 b
Haftbefehl §§ 112 ff. StPO — Amtsgericht —
(rot. 6a A4 3.73 80000 VB)

Zum Durchschreiben mit Best.-Nr. 281 a

Bitte wenden!

In einer Quelle hieß es, die Folien seien in Frankfurt aufgetaucht und dort angeboten worden, in einer anderen, dass sie in der Fächerstadt verblieben – auf jeden Fall gelangten sie in die Hände der Polizei und Margarete sowie ihr Barmann flogen auf.

Der Richter, der den Haftbefehl ausstellte, sah Fluchtgefahr, denn „Reinhardt hat keine familiären Bindungen, Geschäfte sind hoch verschuldet, obwohl sie erhebliche Barmittel beiseite geschafft haben soll…"

Die einst so mächtige Rotlichtkönigin wurde am 20. Februar in die Justizvollzugsanstalt Offenburg, Außenstelle Bühl, eingeliefert. Nach etwas mehr als einer Woche wurde sie in die JVA Schwäbisch-Gmünd überführt. Die Haftanstalt befindet sich in den Gebäuden eines ehemaligen Klosters und wird nach dessen Namen auch Gotteszell genannt. Die Gefangenen-Personalakte von dort mit der Nummer 100/75 offenbart uns den Beginn eines langsamen, traurigen Abstiegs.

Bei der Einlieferung in Bühl hatte sie eine schwarze Handtasche mit diversem Inhalt sowie 115 Mark in bar bei sich. Dies erinnerte uns sehr an die Zeit, als sie wegen Schwarzmarktgeschäften verhaftet wurde. Auch damals war immer nur wenig Bargeld in ihrer Nähe. Allerdings trug sie diesmal einen Fahrzeugschein und Führerschein Klasse 3 bei sich.

Schon bei ihrer Verhaftung muss Margarete angegeben haben, ein Herzleiden zu haben. Angesichts ihrer adipösen Figur von 1,59 Meter und stolzen 93 Kilo ist dies keine Überraschung. Sie gab zudem an, bei einem Karlsruher Arzt in ständiger Behandlung zu sein. Am 19. Februar wurde Margarete ärztlich untersucht, was ihre Angaben, unter Herz- und Kreislaufproblemen zu leiden, wohl bestätigte. Denn es erging der Beschluss, die Gefangene nach Antritt der Untersuchungshaft internistisch zu untersuchen, um die Haftfähigkeit zu prüfen. Diese Krankengeschichte wird Anfang März wieder aktuell, als Margarete nach Schwäbisch-Gmünd verlegt werden soll. Ihr Rechtsanwalt Dr. Z. erhebt dagegen Einspruch und beantragt die Aussetzung des Vollzugs des Haftbefehls. Zur Begründung zählt er die Erkrankungen auf, die wir hier nicht wiedergeben möchten. Erwähnt wird, Margarete sei bereits zu einem früheren Zeitpunkt im Vincentius-Krankenhaus zur Behandlung gewesen und wolle sich auch wieder dorthin begeben. Allerdings wurde bereits zuvor im Sinne der Gefangenen verfügt, sie in die Krankenabteilung der JVA Schwäbisch-Gmünd zu verlegen. Dem Antrag wurde nicht sofort stattgegeben.

Bemerkenswert, aber für die Zeit vor dem digitalen Datenaustausch wohl nicht ungewöhnlich, ist die Angabe Margaretes, keine Vorstrafen zu haben. Wir wissen heute, dass dies nicht stimmte, doch für die Beamten damals war es offenbar nicht nachprüfbar.

In einem Dokument aus Schwäbisch-Gmünd ist Margarete eingehend beschrieben. Man spricht von ihrem blond gefärbten Haar, ihren braunen, breiten Augenbrauen. Letztere sind ein Merkmal, das wir bereits auf dem Foto von ihr als jungem Mädchen sehen. Margarete hat grau-grüne Augen, runde, große und anliegende Ohrläppchen. Auffallend sind ihre schlechten Zähne, zu denen der Eintrag „oben Prothese, unten zahnlos" gemacht wurde. Ein derartiger Befund ist eher bei Personen aus unteren sozialen Milieus zu erwarten, nicht von einer Frau, die einen Cadillac vor der Tür stehen hat. Offenbar war sie sich selbst nichts wert. Es zählte der äußere Schein der Etablissements, nicht das eigene Erscheinungsbild.

Margarete soll laut Einlieferungsprotokoll schriftdeutsch gesprochen haben, was ein wenig erstaunt, denn uns wurde immer wieder von ihrem starken Dialekt erzählt. Wurde er von Unkundigen gar als elsässisch gedeutet, so war meistens klar, dass es sich um fränkisch handelte, ein Idiom, das sich ein Leben lang hält. Sie gibt an, etwas Englisch zu können, wahrscheinlich ein Relikt aus ihrer Zeit des „off-limits", dessen Vermeidung und der US-amerikanischen Gäste.

Ihre als stark bezeichnete Gestalt weist Narben im Unterleibsbereich auf. Ansonsten hat sie keine besonderen Kennzeichen.

Aufgrund ihres Status sowie der Erkrankungen ist sie weder einzelhafttauglich noch zu Sport oder Arbeit geeignet.

Belegt sind auch die Kontakte, die Margarete nach außen hatte. Zweimal wöchentlich durfte sie für 15 Minuten mit ihrem Rechtsanwalt Dr. Z. oder mit einem anderen Rechtsbeistand telefonieren. Allerdings durften sich diese Gespräche nur auf Rechtsangelegenheiten beziehen, Geschäfte durfte sie nicht telefonisch, sondern nur schriftlich abwickeln. In Gotteszell durfte sie einmal pro Woche für 60 Minuten Besuch durch einen Herrn R. empfangen. Eine offenbar beantragte Dauerbesuchserlaubnis wurde diesem Herrn nicht erteilt, da nicht klar war, welche Geschäfte besprochen werden sollten. Leider konnten wir nicht ermitteln, um wen es sich bei R. handelte.

Zweimal bekam sie Post. Ein Brief stammte vom Besitzer des Hauses Kapellenstraße 68, ein zweiter von einem uns unbekannten Herrn aus Stuttgart. Diesem Brief lagen 10,- DM bei.

Auch der Gefangenenakte lag etwas bei, das uns einen tieferen Eindruck in die Seele Margaretes zu geben schien, ja gar anrührend wirkte: Ein Zettel, aus einem Block oder Heft herausgerissen (siehe Foto), auf der Vorder- und Rückseite von Margarete eigenhändig beschrieben. Sie wendet sich an die „Aufsicht", meint aber sicher die Gefängnisleitung. Der Text ist eine Mischung aus Beschwerde und Bitte, gar ein bisschen Rechtfertigung schwingt in ihren Worten mit:

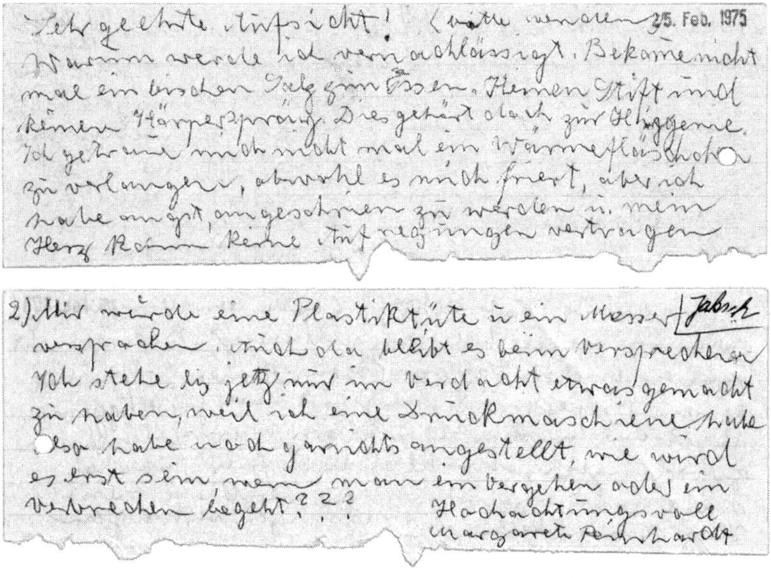

(Vorderseite) „Warum werde ich vernachlässigt. Bekome nicht mal ein bischen Salz zum Essen. Keinen Stift und keinen Körperspräy. Dies gehört doch zur Higyene. Ich getraue mich nicht mal ein Wärmeflläschchen zu verlangen, obwohl es mich friert, aber ich habe Angst, angeschrien zu werden u. mein Herz kann keine Aufregungen vertragen" (Rückseite) 2) „Mir wurde eine Plastiktüte u ein Messer versprochen. Auch da bleibt es beim Versprechen. Ich stehe bis jetzt nur im Verdacht etwas gemacht zu haben, weil ich eine Druckmaschine habe. Also habe noch garnichts angestellt, wie wird es erst sein, wenn man ein Vergehen begeht??? Hochachtungsvoll Margarete Reinhardt."

Ungelenke Schrift, ungeschlachte Ausdrucksweise, Sätze voller Rechtschreib- und Zeichensetzungsfehler: Unser Eindruck von Margarete als Person mit recht einfachem Gemüt und mangelnder Bildung bestätigt sich. Das Schreiben trägt einen Eingangsstempel vom 25. Februar. Drei Tage später gestand ihr das Amtsgericht eine Wärmedecke zu. Weitere Gegenstände wurden am 17. März durch richterlichen Beschluss genehmigt: ein Deo-Stift oder ein -Spray, eine Taschenlampe und diverse Bekleidungsstücke, darunter eine Hausschürze. Über Letztere müssen wir schmunzeln – aus der stolzen Barbesitzerin schien ein schlichtes Hausmütterchen geworden zu sein.

Liest man den Brief mehr als einmal, dann verändert sich der anfängliche anrührende Eindruck. Man stellt einen Unterschied zwischen Vorder- und Rückseite fest: Zunächst bittend und ängstlich, scheint sich Margarete bei der zweiten Hälfte auf ihre Stärken besonnen zu haben, denn nun ist ein fordernder Tenor spürbar. Womöglich wusste sie nicht, welche Strategie die bessere war.

Die Untersuchungshaft währte insgesamt vier Wochen: Am 21.3.1975 wird der Haftbefehl zwar nicht zurückgenommen, jedoch sein Vollzug ausgesetzt. Die Beschuldigte wird unter Auflagen entlassen, u.a. hat sie sich einmal pro Woche auf dem zuständigen Polizeirevier zu melden sowie Personalausweis und Reisepass abzugeben.

Margarete verließ das Gefängnis mit wenig Geld: Sie verfügte offenbar über keine eigenen Barmittel mehr und erhielt 20 DM als Unterstützung sowie einen Gutschein für eine Zugfahrt 2. Klasse nach Karlsruhe. Um 14.45 Uhr öffneten sich die Tore der Justizvollzugsanstalt Schwäbisch-Gmünd. Ob sie diese Mauern noch einmal von innen sehen würde?

Der Prozess fand im folgenden Jahr vor dem Landgericht Karlsruhe statt. Der Barmann bestritt alle gegen ihn erhobenen Vorwürfe und auch Margarete beteuerte, unschuldig zu sein. Das konnte das Gericht glauben oder auch nicht. Negativ wirkte sich aus, dass ein Sachverständiger für Notenfälschungen der Bundesbank Frankfurt das Zubehör als grundsätzlich geeignet zur Herstellung betrügerischer Blüten bezeichnete.

Das Gericht war ihr, so kann man aus den Zeitungsartikeln herauslesen, durchaus wohlwollend gesinnt. Von ihrem „guten" und „legendären" Ruf ist hier anerkennend die Rede.

Rolf Bossi, sogenannter Staranwalt aus München, ein gebürtiger Karlsruher und der Welt der Amüsierbetriebe und dem Milieu nicht abhold, übernahm unter anderem ihre Verteidigung. Doch offenbar entließ Margarete den „populären Showman" während des Prozesses aus der alleinigen Verantwortung. Er schien ihr zu teuer für so eine „Bagatelle" zu sein, wie sie die Anklage selbst nannte. Die 10.000 Mark Honorar, die er kostete, schienen ihr für andere Delikte besser eingesetzt. Welche sie damit meinte, blieb ihr Geheimnis, aber höchstwahrscheinlich gehörten Rechtsstreitigkeiten zu ihrem täglichen Brot.

Margarete wurde von der Dritten Großen Strafkammer unter dem Vorsitzenden Richter Burkard zu einer 15-monatigen Gefängnisstrafe verurteilt, doch dank ihrer Anwälte musste sie diese nicht antreten.

Es gehört zur Ironie der Geschichte, dass zur gleichen Zeit in der Karlsruher Münzprägeanstalt, eine der vier deutschen Münzstätten (Kennbuchstabe „G"), Geldstücke im Nominalwert von zwei Pfennig bis fünf Mark produziert wurden. Sie hatten die richtige Legierung und wurden mit Original-Prägestempeln auf echten Prägestöcken hergestellt. Die Beteiligten, darunter der Direktor der Münze, wurden im Gegensatz zu Margarete zunächst nicht wegen Falschmünzerei verurteilt, da, so das Gericht, nicht gefälscht sein könne, was am richtigen Ort und auf die legale Weise hergestellt wurde.

Margarete wird diese Geschichte wohl wenig interessiert haben, denn sie hatte andere Sorgen, und ihr Niedergang hatte endgültig begonnen …

Leider sind die Akten ihres Prozesses nicht mehr erhalten. Weitere Unterlagen zu diesem Vorgang, die z.B. über die Konzessionen für das *Pa-Pa* Auskunft geben könnten, sind weder im Stadtarchiv noch im Generallandesarchiv vorhanden. Waren die Vorgänge um die „Rotlichtkönigin" nicht interessant für die Öffentlichkeit oder nicht typisch für die Zeit? Wir meinen doch. Es hätte sich gelohnt, die Dokumente, die mit Margarete Reinhardt zusammenhängen, als einzigartiges Stück deutscher Nachkriegsgeschichte aufzuheben.

Der Falschgeld-Prozess markierte den Anfang von Margaretes Niedergang. In seiner Folge verlor sie nicht nur die Konzession für das *Pa-Pa*, sondern auch den Halt im Leben. Doch der Reihe nach.

1971, also fünf Jahre vor dem Prozess, brannte es in der *Hawaii-Bar*. In den frühen Morgenstunden des 23. Januar, einem Samstag, muss in der *Hawaii-Bar* jenes Feuer ausgebrochen sein, das erst am Samstagmittag gegen 16.30 Uhr entdeckt wurde. Aus den verschlossenen Fenstern und Türen des Lokals drangen bereits Rauchschwaden, die schon ins Treppenhaus vorgedrungen waren und ein Ehepaar in seiner Wohnung über den Gasträumen bedrohten.

Es gelang relativ rasch, den Brand zu löschen, wobei sich mehrere Feuerwehrleute der Berufsfeuerwehr durch die große Hitzeentwicklung verletzten. Zwei 2,50 lange Pythonschlangen, die in ihren Körben lagen, konnten gerettet werden. Ein Künstler, der den Rettungskräften half, machte die Männer auf die hilflosen Tiere aufmerksam. Dies war einer der 527 Brände, die Karlsruhe innerhalb des Jahres 1971 zu verzeichnen hatte.

Die *Hawaii-Bar* erlitt bei diesem Unglück einen hohen Sachschaden und musste von Grund auf renoviert werden.

War hier Brandstiftung im Spiel? Was man auch immer Margarete Reinhardt zutrauen mag – sie liebte ihre Tiere. Unserer Überzeugung nach hätte sie niemals ihre Schlangen bei lebendigem Leibe verbrennen lassen.

In der Folge des Brandes verlor Margarete offenbar die Nacht-Konzession für die *Hawaii-Bar* und durfte das Lokal nur noch bis zur Mitternachtsstunde offen lassen. Aber es sollte noch eine größere Bedrohung kommen: die „Altstadtsanierung". 1959 hatte der Gemeinderat das Sanierungsgebiet festgelegt, nachdem bereits mit dem Bau der vierspurigen Fritz-Erler-Straße der Charakter des Dörfle durchbrochen worden war. Man wollte das alte „Klein-Karlsruhe" zu einem Wohnquartier der City aufwerten. Zum Glück vermied man Fehler anderer Städte und baggerte nicht restlos alles weg, um Platz für „moderne" mehrstöckige Häuser zu schaffen. Die *Neue Heimat* als Sanierungsträger und die Münchner Architekten Heinz Hilmer und Christoph Sattler passten Gebäudehöhe und Fassadengestaltung den Gründerzeitbauten in der

Umgebung an und bauten dezent im Stil der siebziger Jahre neu. Was man aber auf jeden Fall nicht mehr dulden wollte, waren die vielen Etablissements des Vergnügungs- und Rotlichtmilieus. Ein Blick in die Statistik zeigt, dass es noch 1960 im Dörfle über 70 einschlägige Kneipen und Lokale gab, 1979 waren nur noch 20 übrig geblieben. Und auch dieser Rest sollte in „nicht störende Betriebe" umgewandelt werden. Der Plan sah für die *Hawaii-Bar* eine Speisegaststätte mit einem Biergarten vor. Doch so schnell gab Margarete nicht auf, immerhin hatte sie mit dem Besitzer des Gebäudes, einem Göppinger Geschäftsmann, der ein Fotostudio betrieb, einen Pachtvertrag bis 1982. Wie man Margarete dazu gebracht hat, einer Auflösung des Vertrags zuzustimmen, wissen wir nicht. 1979 wurde die *Neue Heimat* Pächter des Lokals und suchte einen neuen Wirt, der aus dem einstigen Strip-Lokal eine gutbürgerliche Gaststätte mit gehobenem Niveau machen sollte.

Und Margarete? Sie wohnte weiterhin in dem Haus, in dem einst ihre Karriere begonnen hatte. Am Karfreitag 1980 feierte sie ihren siebzigsten Geburtstag – „in alter Frische", wie die *Badischen Neuesten Nachrichten* am 5. April schrieben, denen dieses Ereignis immerhin eine kleine Meldung wert war. Und dieser Meldung ist auch zu entnehmen, dass Margarete noch voller Pläne gesteckt habe und sie die Wiederaufführung ihrer Filme in Angriff nehmen wollte. Dazu kam es offenbar nicht, jedenfalls kann sich niemand daran erinnern – oder will sich nicht daran erinnern.

Margarete ist nun nicht mehr die „Königin des Nachtlebens". Nach dem steilen Aufstieg kam der Fall, der bei Margarete in einem Zustand der Verwahrlosung und womöglich auch geistiger Verwirrung endete. Anfang der achtziger Jahre wird sie täglich auf dem parkähnlichen Gelände des Alten Friedhofs gesehen, wie sie eine ganze Schar Hunde an Leinen ausführt; Hunde, die teils ihr selbst gehörten, teils Damen des horizontalen Gewerbes. Margarete fällt immer noch mit ihrem langen, blond gefärbten Haar auf. Diese Marotte hat sie zeitlebens nicht abgelegt. Gesehen wurde sie auch immer wieder im Lokal *Stadt Heidelberg* am Eingang zur Brunnenstraße.

Anfang der achtziger Jahre sollte ihre Wohnung im ersten Stock der Kapellenstraße 66 renoviert werden, wie uns ein Zeuge berichtet. Er unterstützte damals als junger Mann seinen Vater, einen ortsansässigen Malermeister, der die vier Wände von Margarete wieder auf Vordermann bringen sollte. Was unser Zeuge erlebte, scheint fast unglaublich: Er dachte zunächst, die Decken der Wohnung seien abgehängt, doch entpuppte sich dies bei näherem Hinsehen als Irrtum – ein dichtes Geflecht aus Spinnenweben zog sich von einer Decke zur anderen. In der Küche sah es noch schlimmer aus. Der Herd sah aus wie ein modernes Ceran-Feld, doch nur, weil sich zwischen den Kochplatten so viel Schmutz angesammelt hatte, dass alles wie eine Fläche wirkte. Der junge Maler musste sich zusammenreißen, um sich angesichts dieser ekligen Funde nicht zu übergeben. Damen, die offenbar von der Arbeiterwohlfahrt kamen, bemühten sich redlich, den ganzen Schmutz zu beseitigen.

Außerdem lebten sechs bis sieben Hunde und ebenso viele Katzen in der kleinen Wohnung. Sie hatten sich in ein Sofa eine Art Höhle gebissen, in die sie sich immer wieder verkrochen.

Margarete selbst erlebte der Zeuge ebenfalls als äußerst ungepflegt. Nur noch drei Zähne bildeten ihr Gebiss. Dicke Beine deuteten auf eine Krankheit hin. Ein weiterer Zeuge, damals Angestellter in einer Filiale der Volksbank, bestätigte die Aussagen des jungen Malers. Auch ihm fiel Margaretes ungepflegtes Äußeres und das schlechte Gebiss auf, begleitet von unangenehmen Gerüchen.

Wovon Margarete in jenen Jahren ihren Lebensunterhalt bestritt, lässt sich nicht mehr rekonstruieren. Sie dürfte kaum in die Rentenkasse eingezahlt haben, und aus dem einst üppigen Vermögen hatte sie ihr „Filmabenteuer" bezahlt, der Rest könnte für Anwalts- und Prozesskosten verbraucht worden sein. Doch es gibt noch einen anderen Verdacht. Margarete kam öfter in die kleine Filiale der Volksbank, um Geld abzuheben. Der Volksbankmitarbeiter war früher selbst öfter Gast im *Pa-Pa* gewesen und hatte die Frau Direktorin dort öfter gesehen. Ihr jetziges Erscheinungsbild beschrieb er uns mit den Worten: „total fertig". Umso erstaunlicher, dass sie immer in Begleitung eines wesentlich jüngeren Mannes war, der zudem eine Vollmacht für das Konto besaß. Unser Zeuge vermied es tunlichst, einen Blick auf den Kontostand zu werfen. Er erklärte uns im Gespräch, er habe auf eine eventuelle Frage, wie viel Geld „die Reinhardt" denn noch habe, wahrheitsgemäß antworten wollen, dass er dies nicht wisse. So verständlich diese Haltung auch ist: Uns bringt sie heute um die wichtige Erkenntnis, ob ein Rest des Vermögens noch vorhanden war – ein Rest, der so groß war, dass sich seine schleichende Plünderung hätte lohnen können. Wir kennen einen Namen, den wir von mehreren Zeugen gehört haben und der uns von einem Rechtsanwalt, der Margarete in kleineren Angelegenheiten vertrat, bestätigt wurde. Dieser Mann, nennen wir ihn Herrn K., habe Margarete ausgenutzt.

Auch die letzten Lebensjahre der einstigen Margarete Hesselbach aus Bibergau sind mit einem Geheimnis behaftet. Auf diese Spur bringt uns der damals junge Maler. Er kann sich gut erinnern, dass Margarete mindestens einmal per Räumungsbeschluss aus der Wohnung fliegen sollte, und jedes Mal sei „von oben" die Weisung gekommen, dass die Räumung nicht zu vollziehen sei. Wie weit oben wir suchen müssen, könnte ein weiterer Hinweis zeigen: Die Rechnung für die Arbeiten sollte an den „zweiten Bürgermeister" gehen. Dieses Amt gibt es allerdings in Karlsruhe nicht. Nun kennt sich nicht jeder in den Hierarchien einer Großstadt aus. Wenn man davon ausgeht, dass viele Menschen den Oberbürgermeister einfach als „Bürgermeister" bezeichnen, dann ist der „zweite Bürgermeister" sein Stellvertreter. In der Karlsruher Amtssprache ist dies der „Erste Bürgermeister".

Zwischenton: Besuch bei einem Rechtsanwalt

Wir waren erfreut, dass einer von Margaretes Rechtsanwälten sich sofort bereit erklärte, uns in seiner Kanzlei zu empfangen. Der ältere Herr war sehr höflich und schien auskunftsfreudig.

Und dennoch hatten wir nach dem Gespräch den Eindruck, wir hätten ihm letztlich mehr erzählt als er uns. Dieses „Interview" fand am Anfang unserer gemeinsamen Recherchen statt und wir waren noch ein wenig unerfahren in der Führung derartiger Gespräche.

Der Jurist – wir haben ihn im Zusammenhang mit dem Brief an Konrad Adenauer schon einmal zitiert – kannte Margarete aus den 70er Jahren, das heißt aus der Zeit, als ihr Stern bereits am Sinken war. Nachdem er uns darüber belehrt hatte, dass auch nach so langer Zeit und nach dem Ableben immer noch Mandantenschutz bestehe, er uns also keine vertraulichen Dinge mitteilten dürfe, beschrieb er uns Margarete als eine ungepflegte, einfach wirkende Frau mit einem derben Lachen. Dieses Bild wurde uns mehrfach von anderer Seite bestätigt.

Der Anwalt wusste natürlich, dass sie in Jöhlingen in einem Bungalow wohnhaft war. Doch ob sie das Haus besessen oder nur gemietet hatte, konnte er nicht bestätigen. Zeugen aus Jöhlingen, die allerdings auch eigentlich nichts sagen wollten, erzählten lediglich, das Haus habe einen Swimming Pool gehabt. Margarete hatte die Freiwillige Feuerwehr von Jöhlingen unterstützt und hätte darüber hinaus allerdings auch Mädchen angesprochen, ob sie bei ihr als Bardame arbeiten wollten.

Über Margaretes Vergangenheit machte sich ihr Rechtsanwalt keine Illusionen und vermutete, dass seine Mandantin zumindest zu bestimmten Zeiten in ihrem Leben als Prostituierte gearbeitet habe.

Den Brief an Adenauer, den ihm Wolfgang vorlegte, kannte er nicht, hielt es aber für ausgeschlossen, dass Frau Reinhardt ein Schreiben in einem so korrekten Deutsch verfassen könnte. Er vermutete vielmehr einen Strohmann hinter Margarete, eine geheimnisvolle Person, die im Verborgenen die Strippen zog. Diese Person könne durchaus aus höheren Kreisen stammen – aus Kreisen gar, die schon früher, sprich zur Nazizeit, besondere Möglichkeiten gehabt hatten.

Damit bestätigte der Rechtsanwalt einen Verdacht, den wir schon von Anfang an hegten: Margarete hatte einen Gönner in Karlsruhe. Dieser Gönner mag es auch gewesen sein, dessentwegen sie seinerzeit überhaupt in die Stadt gekommen war.

Vielleicht jemand, der sich aus dem Dritten Reich herübergerettet hatte in die neue Zeit.

Dass ehemalige Nazi-Schergen in der jungen Bundesrepublik wieder schnell Fuß gefasst hatten, ist schon lange kein Geheimnis mehr. Sie waren nicht nur als Geheimdienstmitarbeiter tätig – die Organisation Gehlen, der Vorläufer des Bundesnachrichtendienstes, rekrutierte sie haufenweise –, sondern auch als Polizisten, Richter, Ärzte und tausendfach als einfache Beamte. Sie alle arbeiteten unter ihrem richtigen Namen für den neuen Staat „Bundesrepublik Deutschland". Doch es gab auch andere, die die Wirren der ersten Nachkriegsjahre dazu nutzten, sich eine neue Identität zu verschaffen.

Ein einsamer Tod

Immer wieder hört und liest man davon, dass ein Mensch vereinsamt und allein in seiner Wohnung verstirbt und seine Leiche oft erst Tage, wenn nicht gar Wochen später entdeckt wird. Trauriger kann ein Lebensende nicht sein.

Vieles spricht dafür, dass auch Margarete Reinhardt am Ende ihres Lebens ein einsamer Mensch gewesen ist. Vielleicht war sie auch nicht mehr im Vollbesitz ihrer geistigen Kräfte. Am 20. Mai 1985 gegen 22 Uhr starb sie in ihrer Wohnung in der Kapellenstraße. Wir kennen weder die Todesursache noch die Situation, in der sie aufgefunden wurde. Auch hier stellten sich uns Fragen: War sie alleine? Wenn ja, wer hat sie gefunden? Und schließlich wissen wir auch nicht, wer sich um die Formalitäten gekümmert hat. Sicher ist nur, dass die sterblichen Überreste eingeäschert und nach Rottendorf überführt wurden. Dort, wo bis heute Teile ihrer Familie leben, wurde die Urne in einem Familiengrab bestattet, um das sich eine Angehörige bis heute kümmert.

So ist die Gretl letztlich wieder in ihre Heimat zurückgekehrt.

Ganz vergessen war sie in Karlsruhe nie, auch wenn sie nicht zu den oberen Zehntausend der Badischen Residenz gehörte. Im Mai 2004 wurde ihr zu Ehren parallel zum Opernball, auf dem die feine Gesellschaft ihr Tanzbein schwang, ein „Ball der unteren Zehntausend" in der Schauburg veranstaltet.

Margaretes Welt heute

Es ist kein gutes Gefühl, als Frau durch die Brunnenstraße zu laufen, zumal an einem verregneten Januarnachmittag. Doch Eva nimmt dies auf sich und wir gehen zusammen durch die Straße.

Es ist Samstag. Die Straße wirkt schäbig, die Etablissements wenig einladend. Man würde von einer Großstadt wie Karlsruhe ein etwas spektakuläreres Rotlichtmilieu erwarten.

Wie mag es zu Margaretes Zeit, nach dem Krieg, hier ausgesehen haben. Vielleicht ein wenig anheimelnder, vielleicht bunter und ein wenig verruchter? Das hier ist nicht verrucht. Es ist langweilig.

In den Fenstern sitzen Mädchen, hübsch und spärlich bekleidet. Wir schauen weg. Bestimmt hat jede ihr Schicksal, und uns als Produkt der deutschen Wohlstandsgesellschaft steht hier kein Urteil zu.

Schließlich spricht Eva einen etwas älteren Mann an. Ob er Margarete Reinhardt gekannt habe? „Lebt die noch?", fragt er.

„Nein", sagt sie.

Es stellt sich heraus: Der Mann hat keine Ahnung. Ältere Damen des Gewerbes gebe es, da hinten stünden welche. Eine mit langem Haar. Ob es die sei?

Dann sagt er, er sei Fotograf im Puff in Frankfurt gewesen, das sei eine ganz andere Nummer als hier in Karlsruhe. Die Namen Nitribitt und Matura fallen, aber ich weiß nicht, ob er Helga Matura wirklich kannte. Rosemarie Nitribitt habe ein Auto wie ein Wohnzimmer gehabt, habe aber gefährlich gelebt. Aber das ist nicht wirklich eine Neuigkeit.

Eva berichtet ihm, Margarete Reinhardt habe auch einen Cadillac gefahren, doch er hört nicht zu. Erzählt von einer schönen Rumänin, die gegenüber im Bordell anschafft und die er heiraten wollte, damit sie die deutsche Staatsangehörigkeit bekäme. Viele der Damen, die in Karlsruhe anschaffen, stammen aus den Ländern des ehemaligen Ostblocks und lindern mit ihrer Arbeit hier zu Hause die ärgste Not.

Leicht ist es nicht. Schnell können sie ihre tägliche Zimmermiete von 120 Euro nicht bezahlen, wie etwa heute an einem trüben verregneten Samstag. „Da geht nichts!", sagte der Mann. „Und dann kriegen die Ärger mit ihren Zuhältern."

Nein, auch in dem netten neueröffneten Café um die Ecke, in dem Studenten verkehren, hat der sympathische Wirt den Namen Margarete Reinhardt noch nie gehört. Er ist aber sehr interessiert und ruft einen alten Spezi an, der etwas wissen könnte, aber der weiß auch nichts.

Margarete ist vergessen. Ihr Imperium längst Vergangenheit. Schade eigentlich.

Schlussakt(en)

Margarete Reinhardt war in Karlsruhe bekannt. Sehr bekannt. Sie hat immer wieder für Aufsehen gesorgt. Man denke nur an ihre Karnevalsauftritte, die bei älteren Karlsruhern unvergessen scheinen.

Deshalb erschien uns als erster Ort, um Dokumente und Unterlagen über sie zu finden, das Stadtarchiv als logische Anlaufstelle.

Doch wir fanden: So gut wie Nichts. Zwei Bilder und eine Sterbeurkunde, das war alles.

Das Generallandesarchiv bot mehr Ansatzpunkte. Mehrmals konnten wir im Einzelgespräch mit Mitarbeitern unser Anliegen schildern, und man versuchte uns zu helfen. Die gefundenen Akten haben uns weitergeholfen und wir hatten zuletzt den Eindruck, dass unser Projekt auf Interesse stieß.

Dennoch ist die Aktenlage mehr als dünn und selbst Mitarbeiter der Archive waren darüber erstaunt.

Margarete hatte Kontakt zu allen Kreisen dieser Stadt. Vertreter von Politik und Wirtschaft verkehrten bei ihr und mögen, gelockert vom teuren Sekt, manches ausgeplaudert haben.

Sie wird in unserer ersten Quelle, dem Artikel im *KiK*, mit den Worten zitiert: „Interessant war es schon, bis jetzt. Leider kann ich nicht alles sagen, denn man kennt ja die Leute, die da betroffen sind."

Wir hatten bei der Recherche für dieses Buch noch einen mächtigen „Gegner". Und das war der Datenschutz, den man als Bürger grundsätzlich natürlich bejaht. Doch weder Gewerbeakten noch Prozessakten waren zugänglich; bei manchen Akten die Namen, die uns hätten weiterhelfen können, geschwärzt. Anderes wiederum, z.B. die Akten des Falschgeld-Prozesses, wurden nach einer Aufbewahrungsfrist von dreißig Jahren vernichtet. Kein Archiv hat sie zur weiteren Aufbewahrung angefordert.

Wir schrieben eben nicht über eine Person, die sich im Leben der Stadt kulturell oder politisch hervorgetan hat, sondern über eine Frau, die im Halbdunkel agierte.

Einfacher wäre es gewesen, wenn wir selbst Angehörige unserer „Hauptfigur" wären, in Familienarchiven hätten stöbern können oder bei den entsprechenden Stellen ein persönliches Interesse hätten geltend machen können, wie es etwa bei Ahnenforschung der Fall ist.

Und ihre eigene Familie wollte uns nichts sagen. „Lasst doch die Gretel in Ruhe!"

So mussten wir mühsam versuchen, aus kleinsten Aktennotizen etwas zu machen. Je mehr wir in die Jetztzeit kamen, desto schwerer wurde es. Konnten wir noch in den dreißiger Jahren ihre Aufenthaltsorte bis auf einige Ausnahmen genau nachvollziehen, wollte niemand von jenen, die heute noch leben, mit uns sprechen. Dies trieb uns manchmal an den Rand der Verzweiflung.

„Es ist halt das Milieu!", hieß es immer wieder schulterzuckend. Das ist das Eine. Doch das Andere ist, dass auch Margarete selbst ihr Leben möglicherweise verschleiert hat. Sie tritt uns immer wieder als Frau mit vielen Gesichtern entgegen. Haben wir ihr wahres Gesicht enthüllt?

Danksagung

Im Laufe unserer zweijährigen Recherchen hatten wir Kontakt mit einer Vielzahl an Menschen, die uns mit kleinen Hinweisen, längeren Aussagen als Zeitzeugen oder mit Hilfestellungen im Rahmen ihrer beruflichen Tätigkeit unterstützt haben. Ohne sie wäre dieses nicht möglich gewesen. Es würde den Rahmen sprengen, sie hier alle zu nennen. Und viele möchten auch gar nicht namentlich erwähnt werden, was wir zu respektieren haben.

Zu Dank verpflichtet sind wir den Archiven, in denen wir Akten einsehen durften: Stadtarchiv Karlsruhe, Generallandesarchiv Karlsruhe, Staatsarchiv Ludwigsburg und Stadtarchiv Stuttgart sowie dem Archiv der Badischen Neuesten Nachrichten.

Danken möchten wir Robert Hesselbach für viele wichtige Informationen, Mario Beisel, der für Eva den Stein ins Rollen brachte, und Inga Brock für die kritische Durchsicht des Manuskripts.

Unser ganz besonderer Dank gilt unseren Partnern Simone und Günter für deren Geduld.

Quellenverzeichnis

Bücher, Zeitschriften und Artikel

- Alltag in Karlsruhe. Vom Lebenswandel einer Stadt durch drei Jahrhunderte. Hrsg. v. Heinz Schmitt unter Mitwirkung von Ernst Otto Bräunche. Karlsruhe 1990 (= Veröffentlichungen des Karlsruher Stadtarchivs Bd. 10).
- Das Dörfle – Altstadt Karlsruhe: Streifzüge durch die Ortsgeschichte. Hrsg. Vom Stadtarchiv Karlsruhe und dem Bürgerverein Altstadt Karlsruhe e.V., Karlsruhe 2012.
- Die Stunde Null. Zwischen Apokalypse und Aufbruch. Deutschland im Jahr 1945. Geo Epoche, Heft 102.
- Die 20er Jahre. Spiegel Geschichte, Heft 1/2020.
- Feld, Wilhelm C.: Die Margarete-Reinhardt-Story, in: Kultur in Karlsruhe (KiK), Heft 1- 3, 1980.
- Jähner, Harald: Wolfszeit. Deutschland und die Deutschen 1945 – 1955. Berlin 2019.
- Kranich, Kurt: Karlsruhe: Schicksalstage einer Stadt. Neuausgabe Karlsruhe 1982.
- Schlesiger, Hort und Josef Werner: Die 50er Jahre. Ein Karlsruher Jahrzehnt in Bildern. 2. Auflage Karlsruhe 2002.
- Stahl, Egon und August Greiner: Polizeipräsidium Karlsruhe. Eine zeitgeschichtliche Dokumentation ab 1945. Karlsruhe 1992.
- Winkler, Willi: Das braune Netz. Wie die Bundesrepublik von früheren Nazis zum Erfolg geführt wurde. Berlin 2019.
- Wuttke, Walter: Die Reichsmusikkammer – Ortsgruppe Ulm. Das Schicksal des Sinto-Musikers Josef Reinhardt, in: Zeitzeugen aus Demokratie und Diktatur, Bd. 6, Gotthold Knecht (Hrsg.) (= Blaubeurer Geographische Hefte, 48/50), Nürtingen 2014, S. 133-147.
- Werner, Josef: Karlsruhe 1945. Unter Hakenkreuz, Trikolore und Sternenbanner. 2. Auflage, Karlsruhe 1986.

TV-Dokumentation

- Damals nach dem Krieg. TV-Dokumentation von Steffen Schneider und Karsten Laske. Teil 2: Hunger und Hoffnung. ARD 2008.

Internetquellen
- De Wolf, Koenraad: Projekt Blaue augen, www.koenraaddewolf.be/d/blauweogen_d.html (Datum des letzten Zugriffs: 30.04.2020)
- Filmdienst: Wiedersehen am blauen Meer, www.filmdienst.de/film/details/47341/auf-wiedersehen-am-blauen-meer (Datum des letzten Zugriffs: 06.01.2020)
- Grün ist die Heide. Der deutsche Film 1930 – 1980, Blog, udorotenberg.blogspot.com/2016/12/auf-wiedersehen-am-blauen-meer-1962.html (Datum des letzten Zugriffs: 06.01.2020) und udorotenberg.blogspot.com/2014/12/sunde-mit-rabatt-1968-rudolf-lubowski.html (Datum des letzten Zugriffs: 07.01.2020).
- Heuss-Czisch, Barbara und Jennifer Lauxmann: Arthur Richnowsky und seine Schwester Frieda. Das bekannte Gold- und Silberwarengeschäft, https://www.stolpersteine-stuttgart.de (Datum des letzten Zugriffs, 07.05.2020).
- Klausmann, Rüdiger: Karlsruhe feiert Bambi-Rekord, www.bambi.de/karlsruhe-feiert-bambi-rekord/22197 (Datum des letzten Zugriffs: 30.04.2020).
- Klausmann, Rüdiger: Das weiße Reh wird golden, www.bambi.de/das-weisse-reh-wird-golden/22204 (Datum des letzten Zugriffs: 30.04.2020).
- Küsters Hans Jürgen: Die letzten Jahre 1963 – 1967, www.konrad-adenauer.de (Datum des letzten Zugriffs: 23.12.2019).
- Lexikon verfolgter Musiker und Musikerinnen der NS-Zeit.
- Lexikon des Internationalen Films: Sünde mit Rabatt, www.zweitausendeins.de/filmlexikon/?sucheNach=titel&wert=45572 (Datum des letzten Zugriffs: 07.01.2020).
- Rühle, Günter: Ein Dichter schärft das Fallbeil.
- www.zeit.de/2002/19/200219_l-zuckmayer.xml (Datum des letzten Zugriffs: 06.01.2020).
- Wuttke, Walter: Gabriel Reinhardt, in: Lexikon verfolgter Musiker und Musikerinnen der NS-Zeit, hrsg. von Claudia Maurer Zenck, Peter Petersen, Sophie Fetthauer, www.lexm.uni-hamburg.de/object/lexm_lexmperson_00006622 (Datum des letzten Zugriffs: 07.05.2020).

Archivquellen

- Generallandesarchiv Karlsruhe, 455 Zugang 1992, 53 Nr. 9
- Staatsarchiv Ludwigsburg, EL 330_Bü 5265
- Staatsarchiv Ludwigsburg, K 745 II_Bü 1
- Staatsarchiv Ludwigsburg, EL 902/20 Bü 96104
- Staatsarchiv Würzburg, Bestand Gestapostelle Würzburg, Nr. 10160
- Stadtarchiv München, ReinhardtJ Einwohnermeldekarte, BAB ReinhardtJ R 165/12
- Stiftung Bundeskanzler-Adenauer-Haus, II/44

Reproduktionsgenehmigungen

- Stadtarchiv Stuttgart, Fotoarchiv, Signatur FM 1007/106, 1121 (Seite 47)
- Stadtarchiv Karlsruhe 8/BA Schlesiger A24/45/6/42 (Seite 102)
- Stadtarchiv Karlsruhe 8/BA Schlesiger A16/60/2/9 (Seite 86)
- Stadtarchiv Karlsruhe 8/Alben 6/14b (Seite 60)
- Landesarchiv Baden-Württemberg, Abt. Staatsarchiv Ludwigsburg Bestellsignatur EL 330 I Bü 5265 (Seiten 155 + 158)

Eva Klingler

In Gießen (Oberhessen) geboren, in Mannheim aufgewachsen und lange in Baden-Baden wohnhaft, lebt heute in Karlsruhe. Sie hat in vielen Berufen gearbeitet, so als Dokumentarin beim SWR in Baden-Baden, als Freie Journalistin, als Lehrerin und als Bibliotheksleiterin.
Eva Klingler (www.evaklinglerkrimis.de) hat viele Bücher verschiedener Genres bei großen Publikumsverlagen veröffentlicht, darunter Sachbücher über das Land Baden sowie heitere Kurzgeschichtenbände, aber vor allem auch zahlreiche Kriminalromane, wie etwa die beliebte Reihe um die Karlsruher Ahnenforscherin Maren Meinhardt oder die modebewusste Detektivin Swentja Tobler. Eva Klingler hat darüber hinaus die Wohltätigkeitsorganisation der „20 Stühle für den Guten Zweck" gegründet. (www.20stühle.de)

Dr. Wolfgang Wegner

Jahrgang 1965, studierte Germanistik und Politische Wissenschaft und ist seit über zwanzig Jahren als Germanist und Dozent für Deutsch als Fremdsprache tätig. Bücher und Geschichten waren schon immer seine Leidenschaft, bereits als Jugendlicher verschlang er einen Wälzer nach dem anderen. Im Laufe der Zeit veröffentlichte Wolfgang Wegner Bücher unterschiedlicher Genres, von wissenschaftlichen Arbeiten bis zum Kinderbuch und Kriminalroman. Darüber hinaus ist Wolfgang Wegner als Kultur- und Medienschaffender aktiv, u.a. mit einem YouTube-Kanal zum Mittelalter und unterschiedlichen Kultur-Events.
Mehr zu Wolfgang Wegner finden Sie unter www.wolfgang-wegner.com.